编辑的微世界

王联合 著

复旦大学出版社

前　言

(一)

近代中国出版业的发展坐标系中,编辑人、出版家占有重要一极,其赢得的声望有时比肩伟大的作品创作人,并与杰出作品一起见证人类文明的发展。编辑出版人向往这样的时代,而社会正在兴起一场无与伦比的拥抱互联网浪潮。在"快"字当头的信息社会里,纸质图书阅读率持续进入下降通道似乎已成为铁律。在一个更宽泛的意义上,出版已被注入许多全新的要素:数字出版,网络出版,互联网出版,自媒体出版等,当网络游戏产业产值作为现代出版产值的一部分计入国民经济总量时,我们看到的是"出版"的边界也越来越模糊。出版中的主体——编辑,业界甚至已无法给出一个准确的定义。从纯粹文本编辑到策划编辑,再到文化产品制作设计人,他们距离传统兼具学术风味的"编辑人"概念日益遥远,现代出版社编辑身份更加多元,以致失去了初始定义的边界。"编辑人声望"的再复兴只停留在些许理想主义者心中。

(二)

从业二十年的过程,对我来说,是编书的过程,是以书怡情的过程,是以书获得体面生活的过程,也是对编辑身份认同愈加迷茫的过程——

编辑是谁？编辑从哪里来？编辑又将去往何处？稍幸的是，混沌年代，大体还可暂时放下微博、微信的打理，手捧纸书，在独处时遥想，我们这一代的编辑何尝不是一种幸运？我们能够亲身体验一个行业从起步到发展再到繁荣之后的急速坠落，重寻方向的过程；我们还能秉承良心、道德和责任，编辑社会的正能量，记录并思考社会上发生的重大事件；我们还能在厌恶、批判却无法阻止过度的商业文明和无处不在的社会功利之时，转身去做我们可以做到的——不能改变社会，却可以经营自己的精神世界——珍视亲情，呵护童年伊始诞生的纯真，努力用真诚的掌声回应身边青年人取得的每个成就。

在曾经辉煌灿烂的"编辑高大上"召唤下，我以财经专业背景进入出版业；当意识到编辑声望将不再可能成为一项宏大叙事时，我就努力在内心建立起自己的微世界：那些书和那些为书的旅程，那些至今想起来让我心灵激荡的读书人、平凡人。我不会刻意标榜自己文化人身份而将我的财经专业背景隐去。每一本书向读者传递文化的同时，也是在完成一项商业利益交换。当编辑成为行当的那一天，编辑就自然成为一种谋生的手段。从这点来说，一项职业里如果同时兼容文化与商业两种基因，当可做到精神与物质的富足。我比较满足于当下的生活状态。

(三)

本书中关于书业、书评、财经评述等多数文章均在相关报刊上独立或专栏形式发表过。此次作较大程度整理后收录，然涉及乡村乡情的部分是自己平时的日志记录，是一个都市人回望过去的心灵独白。意识到滋养我生命、赋予我希望的那些家乡村落正日渐凋落，那些给我智慧、慰藉我灵魂的人们正在老去，我试图让他们一直驻留在自己的微世界里。

我的家乡，曾诞生一个伟大的文学流派——桐城散文学派，那里的

前言

每一个孩子自会说话伊始,就被父母寄予求学致仕的厚望;那里有独特而发达的民间启蒙教育,即使在饥肠辘辘的灾荒年代,做父母的砸锅卖铁也要让孩子读书。本书中关于父亲的片断很多。他是一个旧式文人,上个世纪八十年代,如今我这个年纪的时候,以一个民办老师月薪不到二十元的财力提供,把我们兄弟四人一一送进了大学。如今父亲年届八十,依然保持着背诵古诗文的兴致。

支撑这个家的还有母亲。当我背起书包去几十里远的高中读书时,母子间的对话就少了,只在一个月回来一次隔天再返回学校时,行李中不断增加的豆酱——那是那个年代的奢侈。而今,编辑职业成就了我在上海一份衣食无虞的生活,6月12日带即将赴国外深造的女儿回老家探视父母后随即发微信:

"九岁时感冒发烧,躺在床上糊里糊涂感受母亲冰凉的手搁在我的额头上……那年头,兄妹四人整天喊饿死了,食不果腹的日子里母亲脾气日益暴躁甚至叫我们滚……十六岁读高中寄宿始,我离开那片并不富饶的土地直到来沪读大学再工作。中途偶尔几个春节回家,目睹母亲用冻裂粗糙的手洗菜做饭,很想上去抚摸,但没有……这个端午节带女儿回老家的当夜,我一边洗脚一边跟母亲说我左上臂疼痛已三月有余。母亲忙完手中活走到我对面按摩我的左肩,我顺势抬起右手轻轻地按摩母亲的左肩,母亲也为颈椎病困扰多年……就这样对视着。母亲苍老的手还算有力,但手触母亲双肩的瘦弱让我震惊——来上海快三十年了,我为什么都没好好留意呢……"

以此致天下母亲。她们未必一定要存在于我们日记里、书本里,"母亲"二字之所以伟大,在于她永远镶刻在子女生命中的每一天。

(四)

"自出版"技术与概念的兴起,使得个性出版成为趋势,这或许可以降低学院派对本书内容的苛刻。但愿正在编辑职位上不断进取的青年人,大抵能透过本书,看到一个经历行业跌宕起伏的编辑是如何乐观对待生活。尽管我有时把"为他人作嫁衣裳"视作一种职业卑微,但我并不打算就此撤离,依旧有勇气与当下的编辑或即将成为编辑的青年人携手前行。在行业发展寻找突破瓶颈的艰难时刻,依附于内心微世界的强大,我们依然能够在中观企业层面,享受和谐的企业文化。特别感谢在我的编辑事业途中给予关怀、潜移默化让我守住自尊的人——上海财经大学出版社首任总编裘逸娟教授、复旦大学出版社前总编高若海教授。在互联网信息猛烈地冲击并试图以海量信息占领我们的思想领地时,他们的人格魅力让我守住灵魂的清白、坚定职业信心,并乐于在自己的微世界里保持对生活的温度。

王联合

2014年8月

目 录

前言 /1

职业·途中

阅读行业 /2

    阅读的力量 /2

    编辑人的幸福事 /4

    求贤问酒,寻找最合适的出版人 /13

    重塑编辑职业伦理 /15

    出版业热点解与析 /17

    文化走出去需要平常心 /26

    此景可待成追忆 /30

    一抹风景当挽留 /32

    当下书业活法的几个表述 /36

编辑征途 /45

    一所大学的组稿三人行 /45

    吃河豚与坐飞机:职业途中的两个风险故事 /46

    忆台北的一位女生 /48

心灵独白在剑桥　/50
　　法兰克福书展:欧罗巴的三重记忆　/53
　　写在纽约大学的数字化出版学习间隙　/61

出版当自强　/66
　　议价能力与核心竞争力　/66
　　"二八"法则与长尾理论　/67
　　我的数字出版观　/69

阅书·识人

开卷说人　/76
　　娶妻当如卞夫人　/76
　　西门庆,立体的男人　/80
　　《兰亭集序》——一代文人的真性情　/82
　　王侯的诗书　/85
　　从鲁迅笔下的男女说开　/88
　　黄有光教授:快乐老头的快乐生活方式　/91
　　上海真男人徐根宝　/93

品茶评书　/98
　　茶茗自有别　/98
　　从《瓦尔登湖》到《送别歌》　/100
　　幸福的人际比较研究是条死胡同　/103
　　和孩子讲政治、讲民主　/105
　　你幸福了吗? 始辩于动物的苦乐　/109
　　基业常青,文化视角的考察　/111

"中国模式"已经胜出？ /113

《1Q84》的爱情寻觅 /116

奥巴马治税,华人不可掉以轻心 /117

金融危机下的政府干预:自由主义还有市场吗？ /120

又何必刻意人生——《姚明之路》后的艰难人世 /123

别样书味 /125

不一样的空气 /125

信自己 /129

唯文人多难养 /131

难言之隐,一退了之 /133

编书识人:作者感情指数排行榜 /135

财经·微说

说经济,说生计 /140

你我皆可改变:给萧条经济中的职业男女支招 /140

泛金融时代的社会表达 /144

为什么不是经济出问题？ /146

克鲁格曼,独立冷静的中国之行 /150

"天上人间"关闭前后:娼妓经济学的一个解释 /152

人民币升值与只卖肉包子 /154

专业积攒财富 /156

为什么你一直是穷人 /158

一毫米的市场有多大？ /159

说股票,说人生 /161

股市中的道德困境 /161
股市异象:别让股票玩死了自己 /164
一个大龄股民的忏悔和感激 /166
余秋雨股权投资发财,招谁惹谁了? /168
曲线政改:借股市这把刀 /169
炒股,让女人走开 /171
闪婚前的"内幕交易" /173
下跌的股票,抗跌的婚姻 /175
走强的房市,走弱的婚姻 /177
与你的爱人分享财务信息 /179
从财务自由到心灵自由 /180

乡关·情怀

奔波在城乡之间 /184

清明时节 /184
匆匆这个秋 /186
老家的关系社会 /188
触摸乡愁 /190
生硬的城市 /194

懵懂年代 /196

童年的歌 /196
我的高考 /198
选学文科 /200
那一个暴风骤雨夜 /202

给年迈的父亲 /205

  记忆里的背影 /205

  酒后的一堂课 /206

  夏夜谜情 /207

  父亲,您还会给我回信吗? /209

乡村平凡人 /212

  外婆,健在的缠足者 /212

  直面虚空的勇气 /214

  婶娘往事 /217

  宝姑妹子 /220

  秃子队长 /222

闲适·微记

世事乱弹 /226

  为计生政策放宽欢呼 /226

  光鲜的背面 /228

  希拉里如是说中国 /230

  写在日本大地震之后 /233

  吾国吾民中的看客 /238

  中国人的嗓门 /240

  奥运会上的中国,一个五味杂陈的名字 /242

  民间的"三俗"未必就是公害 /244

  张悟本是被绿豆击中的? /246

艺林微说 /249
    数学很难么？——关于中学数学的断想 /249
    别拿钱锺书数学成绩说事 /251
    音乐不过是音乐 /253
    第一次"触电" /255
    首届《中国达人秀》还有哪些软肋 /257
    赵本山、小沈阳的赢家法则 /262

饮食男女 /264
    爱情价若何？ /264
    幸福的代数式 /266
    这算不算爱情？ /267
    女人啊,形式爱情就这么重要？ /269
    两个男人的好天气 /271
    女生的吃相 /273
    女为衣狂 /275
    酒的自戕 /278
    咖啡不是天天有 /280

忐忑年代 /282
    时钟在走 /282
    三思而后体检 /283
    消极生存法则 /285
    未来人怎么写我这个年代 /287
    语言植物人 /289
    "屌丝"也要正能量 /291

职业·途中

◎ 阅读行业
阅读的力量
编辑人的幸福事
求贤问酒,寻找最合适的出版人
重塑编辑职业伦理
出版业热点解与析
文化走出去需要平常心
此景可待成追忆
一抹风景当挽留
当下书业活法的几个表述

◎ 编辑征途
一所大学的组稿三人行

吃河豚与坐飞机:职业途中的两个风险故事
忆台北的一位女生
心灵独白在剑桥
法兰克福书展:欧罗巴的三重记忆
写在纽约大学的数字化出版学习间隙

◎ 出版当自强
议价能力与核心竞争力
"二八"法则与长尾理论
我的数字出版观

阅读行业

阅读的力量

习总书记在世界读书日前访俄、访德、访法,一连串的文学、哲学、艺术大家名字脱口而出,这不是简单的名单背诵,不是秘书捉刀,而是实实在在的"我年轻时阅读过"。不同文化的彼此欣赏赢得了欧洲政治家的信赖,也让国人对"习彭"这对大国"第一夫妻"有了高度认同。这就是文化的力量。

(一)

微信时代,让我多多少少有些恐慌。碎片式的短文,政治猎奇,愤青批判,小妇人之调皮烹饪术,人生体验之一个必读两个必知三个心得四个教训五个方法六个技巧七个智慧八个法则九个忠告十全大补,喝水吃饭养生防癌的技巧完全颠覆了传统医学,一切让人焦灼:世界仿佛没有了普世规律;这让人很不自在,甚至觉得面目可憎,好似面对一桌满汉全席,居然隐隐胃痛。

全民读书日的口号动员,把人们拉到书桌边,享受一份宁静和心得,是最无可奈何的方式。作为做书人,更欣赏在互联网发达的欧美,人们依然把读书的风景展现在公园、车站、飞机以及动荡的车厢里。据说,在欧洲诸国,类似微博这样互联网交际工具很少有人用,微信更是中国的发明,中国人急吼吼地询问宾馆Wi-Fi账号时,老外总是耸耸肩:我们这里没有那东西。读书,读纸质图书,依然是欧洲从老人到小孩的普遍选择,故气质、书卷气、绅士、淑女这样的名词依然在他们的脸上寻找到。

(二)

我的孩子刚按自己意愿去了早稻田大学政治经济学部。她成绩优秀,但算不上顶尖。我欣慰的是,这十几年,她没上过一节课外辅导课,也没有做大量的习题,她每晚都在十一点前睡觉。她比寻常孩子的优势就一点:她可能有更多的阅读,包括独立的很好的阅读习惯。以下是我们的阅读体会,与各位分享:

——知识的获取靠老师靠家长口授,最多不过是每天八小时的事情。而更多的课余阅读,你就会较同龄孩子有更多的知识储备;所以,你总能保持知识体量的领先。

——读书要有家庭氛围。已所不欲勿施于人,大人不能指望自己看电视、上社交网、搓麻将,却让孩子好好读书,做父母的至少应保证一年共同阅读一本30万字的图书并分享彼此的阅读体验。

——书可以一口气读完,那才表明自己有兴趣,入了书境,而不是被动填鸭式;童年的被动阅读会给孩子带来压力,所以,孩子阅读的书必须好看。

——孩子读书随着年龄增长要有梯度。有人说,我孩子五年级了,可爱看书了,漫画书什么的天天看。我说,这不行,漫画少文字,二三年级看看还可以,五年级要上层次上难度了,到了初中,文学性的公认经典可以列入孩子的阅读书目了。

——书读了不少,但更要有思考;读书笔记是思考的产物。这应成为一种好习惯。

到了大学,当有更高的要求:

——不再随文学兴趣而阅读,专业阅读应是自觉的行为。不因偏好才去阅读,强制阅读久了也会形成偏好。

——视野定当宽广,阅读要有明确分类,且要关注彼此的融合。

——国外作品当读部分原版,体会精髓,包括只可意会的他国语言。

——阅读争议性强的作品,将阅读体验对比当下的主流观念,检验自己的思辨能力。

——大量阅读过后,最终要在自己的知识体系内积累与专业相关的独立思想。

——不要孤立地读书,学会与人分享;书是自己的朋友,也让你交到现实中的许多朋友。

腹有诗书气自华。这个气始于阅读积累,是由内而外散发出的魅力,是人书合一,与其相处哪怕一分钟,即会让你肃然起敬。浸淫出版行业至今已二十年,目睹了当下出版行业正在商业利益与精神抚慰之间犹疑,正在与互联网的比拼中寻找突破方向,对出版人来说,这个时候,你不阅读,谁信你?

编辑人的幸福事

(一)职业快感

大学读的是财经,学校背景不错,毕业分配又恰好赶上小平同志南方谈话的好年代。同学中的大多数踊跃进了证券公司、保险公司、银行这样的金融机构。在外人看来,进了这些部门,就是穿了职业套装,出入高档写字楼,见面说哈罗的白领了。那年,财政部到我班里要人,没人去!为啥?上海遍地是黄金,跑到北京熬个处级干部又会被谁放在眼里?我呢,那时过分的自卑,自以为肚子里的这点知识还不足以应付张着血盆大口的商业社会,于是在半推半就中选择了留校,一边再读研,再接着就是唐伯虎点秋香,戴着一副厚厚的眼镜混进了出版人的队伍。

这一干,就是二十年。

与我当年的大学同学比,我有理由说出我的职业优势。

很不体面地告诉你,我当年那些同学都还健康健在。有一打人当年在证券公司挪用过客户保证金,在银行做信用贷款时收过贿,在会计师事务所替上市公司做过假账。总之,这帮家伙在江湖上都黑暗无比过,多的蹲了八年监狱。一哥们出来后,大谈往事如烟,大谈那年看到账户里一夜间多出的七位数存款,当夜那个兴奋,那个快乐,那个心跳加速,新婚的老婆在一旁先是目瞪口呆,再接着抱着年轻的老公相拥而泣。

那是他唯一的一次建立在职业基础上的快感。

当曾经的职业快感变成一种回忆而无法复制的时候,如果你还正当年,那么可以断定这个职业必定不是你合适的职业;如果你还在死扛,注定你的一生欠缺幸福。这与不幸福却又无法解除的婚约极其类似。

从此,我基本可以幸灾乐祸地瞅着那些行色匆匆、四季表情如一、眼大无神的白领。多年来,他们重复着同样的工作,处理着格式化的公文,吃着同样的工作餐,从东家银行跳到西家银行,不一样的工资条一样的上司死面孔。了无兴致,了无情调,下班直盼着早点回到老巢补觉,养家糊口成了职业精神支柱。见过了才知道,不是每一个职场人都是亲爱的杜拉拉,从一步步升迁中获得满足与快感。

而编辑可以做到。

我做的第一本书,起初的模样,现在看来是一本极其幼稚的书稿。

还算不错的文字功底再加上自己对图书设计的精妙思考,书出来后,作者相当满意。都说编辑是为他人做嫁衣,一件破烂的半成品在自己的手心里历经区区两个月的折腾,就具有女大十八变的俏样,这欣慰,没得说。隔日夜里,摩挲着书皮,竟以为这成书就是自己的孩子,宝贝得不得了,别人讨样书一本,居然舍不得派送。

快慰还在持续。

年底结算,图书销售数字出来了,3万册!君子耻利,那时候我一年工资才5万不到,这第一本图书就赢利了近10万元!(我一年能做10到15本)这真是一种奇妙的感觉。精神满足带来了快慰,稍后物质上的欣喜又强化了这种快慰。精神变物质,物质变精神,快乐在膨胀。世上还有哪个职业会给人带来如此的体验!

私下认为,这个世界上能够跟编辑媲美的职业,大概就是导演了——职业赋予你巨大的创作空间。你可以在你的一生中只做你喜欢的产品,或者一定能够给你带来快慰的挑战性作品;你可以用你的才智、用你的大胆构想裁减你的原料;你可以按你想要的方式包装,唯美的、简约的,甚至挑战视觉极限的一抹炭黑或者一片血红;你可以用笔墨去鼓动,用激动人心的推介让一个个消费者掏钱就范。每一本书就像每一部电影,每个编辑都可以是冯小刚,都可以是徐静蕾,在激情、兴奋和怦然心动中享受职业人生。我们无法预料冯小刚、无法预料徐静蕾的下一个目标,但他们一定像我们一样,在职业领域里不遗余力地寻找下一个兴奋点——不分昼夜,拒绝更年期。正如卡梅隆说,我沉淀岁月做《阿凡达》,只为证明70岁的我激情还在。

编辑人从不寂寞。你有那么多好的idea,你有那么好的文化人气质,下一个快乐就在前面。我坚信,每年总有那么一两件作品,让你欲罢不能,甘心为之付出。

(二) 职业体面

每年部门招聘新编辑的时候,我作为面试官之一,我一般不会主动向对方明示公司给予的起薪。从事编辑这个职业,你不会发财,但只要努力,你以及你的家庭会因此拥有一份比较体面的生活。也许我这个饼画得不太大,但温馨且不失诱惑。

编辑职业让你处处有人格尊严。当你选择了编辑出版,你会发现,你的一生就交给了属于智力创造价值的文化事业。谈笑有鸿儒,往来无白丁。在这里,有文化巨匠,有文学新锐;有商界巨子,有儒雅官员;有欧美海归,有本土凡夫。一切奔着文化而来。职业浸淫愈久,这个圈子日复一日扩大,你拥有的朋友也就越来越多。忽一日,他们在电视屏上的样子也许会让你冷笑,西装笔挺,谈吐不甚自然;当回到现实,与他们面对面畅聊作品的构思与营销跟进的时候,多数人会展现出普通人的天真与可爱,即使那些刚刚出道只知唯唯诺诺的小辈,我们也能用聆听感知他们独特的想法,感知他们未来的潜力。

在这样的工作氛围里,编辑时日的愈加旷日持久,也会倍添自我积累能力。鲁迅先生、叶圣陶先生、巴金先生,他们是伟大的文学家,然而,编辑出版居然曾经是他们青年时最热爱的职业。我们无法超越前人,但我们却有可能用自己的发现开垦出属于这个时代的伟大作品。责任编辑的名字也许只能显示在图书的封底,但我们终究可以同伟大的作品一起载入史册。暑假到上海书城,记忆最深,也最自豪的一幕是,一个小女生站在书架前认真试阅、比照,最终作出让你欣喜的决策:把你编辑的作品放进提篮,并满足地到账台前埋单。

编辑人收获的尊重不只在作者、在读者那里。在编辑出版业内,多数出版人保持着对文化的敬畏,当下社会的流行病包括腐败之类的丑闻,在出版人这里还很鲜见。我要说,这对于编辑个体,非常重要,这让你无论清贫与否,都会自觉恪守职场人士的文化品格。我们要做的只是端正自己的良心,拿出十八般武艺,用心做书,天下乱相丛生,只不乱我心。

还要说,编辑是个不寻常的职业。即便再迂腐再学究式的编辑,他的清心寡欲收获的不再是家徒四壁。在编辑这个岗位上,他会顽固地优先满足自己的偏好,却极易获得意外之惊喜。个性解放的时代,也就是个性化的需求得到满足的时代。商业价值的实现,在编辑人这里,起始于不自觉,但整个行业内的职场人士,却可以尽情享受衣食无虞的生活。如果你的兴致更高一些,除了为人做嫁衣,自己还可著书立说。单位里一青年,酷爱电影,用三年的时间钻研著出《陷落的电影江湖》,让人肃然起敬。文化人的小康生活经得起法律和道德的拷问,揣在口袋里的都是阳光下的利润。用这钱买酒与朋友小聚,心理距离更易靠近;用这钱给太太买首饰,更具光泽;用这钱送长辈周游大中国,更显孝心。编辑人所具有的外表和内心世界,在家庭这个小社会里,也是体面之极。单是一个小小的书房,就足以阻隔庸俗,建立起家庭主人的品味。

在新闻出版保守得有些过分的上海,编辑职业竟意外成为抢手货;那些一度奇货可居的白领帅哥美女,也乐于在亲朋好友的建议下,把他们的婚姻对象定格为编辑——我们单位里的青年编辑们确实炙手可热得很。

(三) 职业自由

如果你不再是愤青,或者你不再奢求用文字来拯救社会,比如让笔墨刻意行走在政治的边缘,编辑大抵上是自由的。

编辑的职业特点让我们克服了朝九晚五的时间约束。编辑的过程是对原作品水平的提升,既然是提升,编辑所花费的劳动就不会局限在自己的那一张办公桌上。我很乐意于在自己心境最佳的时点从事自己的工作。如果是一次长途旅程,候机室里、飞机上,都可以是很好的阅稿场所,那会儿绝不会有电话闲人干扰;我也乐意于在会务间隙,比如在一个风景胜地,窗户外可能是一片湖光山色,此时边阅读边眺望无言的远方,心情多半大悦,效率也高。有些作品,类似于手写的诗歌散文,放在闹腾的工作时间阅读,无异于衣模委身当了车模,缺少了T台猫步,怎么也读不出诗歌的韵律。把那些思念伊人的小文,放在台灯下,就着落在窗台上的月痕,此时编辑极易沉醉其中,选字斟词,往往别有感觉。如今的出版界,对编辑的日常考勤让位于更柔性的公司管理制度,编辑不再是趴在书桌上机械无力地做着低效的工作。网络社会里,编辑的工作时间完全可以做到虚拟化,编辑是生活,生活是编辑,绝无劳动法所定义的8小时概念,编辑职业的方方面面可以完美地融合到充满诗意的生活中——想睡个懒觉,就10点起床;女人腆着十个月身孕的大肚子,照样可以在产房里审读书稿。书稿审毕,带着一身文学细胞的孩子也就呱呱坠地了。

我曾经在一个夏天访问过一家大型汽车企业。老总是我的作者,因为这一点,我得以清晰地看到公司的生产线。再专业的技术工作都是生产线上的独立一环。比如,操纵机械手给成车上漆。他们身着统一的制服,按统一的操作流程完成每一步,每一节点完成的时间都精确到秒,甚至员工的饮水及如厕都有专门要求。对这样的工作环境,我大呼编辑人是无法适应的。尽管,职业特征赋予编辑的权利其实也相当有限,比如,未经作者许可,编辑无权擅改作品的思想及重置作品类型,但至少我们还能在作品中读出编辑的偏好。比如,三五年中,你会发现那些合你口味的作品具有了共同的特质,而这个特质无意中成就了你的编辑风格。

其间,你有精选作品的权利,给作品施加包装色彩的权利,也有对作品动起手术刀的权利;要是你不幸成了汽车装备工人,也许你只能给车子永远上黑色——尽管你和你的太太都喜欢一辆白颜色的汽车。

文化产品内容无边界,消费能力无边界,这给了编辑人纵横捭阖的机会。文艺的复兴、文化的启蒙、民智的开启,首先得有一批自由思想者。编辑可以在最顽固的社会弊俗中读出哪怕是最压抑作品中自由的气息,从而让藏隅作品变成罕世作品,让整个社会感知自由是多么可贵。每一件作品都是一种表达,都是对既往历史的反叛,都是对现有知识的挑战。编辑的努力于其中,可以是激动与兴奋,冷静与平和,甚至是放荡不羁。这是一种奇特的景象。有些编辑爱泡吧,在那里享受审稿之外若隐若现的烛光;多数编辑爱喝酒,什么酒都能喝,白的、红的、果酒、烈性的,编辑圈子里一般都流行过一批酒量过人的女编辑传说;编辑人有过清高时刻,自以为混迹的皆是名流社会,忽在一夜间,才发现三教九流中终究几个其实是无法成为你一生的朋友;编辑人特能侃,政经新闻、娱乐八卦,特别是那些只能说不能写在纸上的,更可以成为谈资。

是什么让我在毕业那年建立起了对编辑职业的向往?十几年前电视剧《编辑部的故事》有这样的情节:把自己的光脑袋埋藏在一大堆杂志中,随手拿一本书盖住自己的脸作沉睡状,并把不算锃亮的皮鞋搁在办公桌上,李冬宝(葛优饰)皮笑肉不笑地聆听着同事戈玲(吕丽萍饰)的问候:"冬宝,想谁呢?"——这是一种很自由很放纵的状态。

(四)永不停歇的步伐

工作对于我已不再是养家糊口、朝九晚五的例行公事,尽管很多时候还得做重复劳动,但总体不缺乏新鲜度。可以每天从新书汲取哪怕是一点营养,从一批又一批的写匠中记起他们的禀性,每隔一段时间,小结一下,这段日子里,我又有哪些收获,又认识了哪些朋友,又有什么更深的心灵感悟。

也学会了不要停止解剖自己,确认自己的判断力。比如,五年前你看好的作者,终究无法脱颖而出;你看好的作品,依然沉寂书海。那么,你就要思考,可能这个社会这个市场都没有错,错的只是自己的固执和狭隘:我们的思想还没有成熟到与这个世界上的大多数精英达成共识,或者自动蔑视那些身边的时尚、动感与新鲜。这种非来自外界压力内生的自我纠错正合适,它保住了知识分子的面子,也预留了一种天天向上和思想上的日日鲜。

于是,我更警惕,一种驾轻就熟的工作可能就是一把锉刀,把我们磨造出一种世故、一副市侩,过早地把理想把困难把挑战搁在一边,习惯于程式化地解决问题,习惯于用流水线的方式处置一件件作品。当编辑软件包括校对软件能解决一切文稿表面上的问题时,做书人也就不自觉地蜕化至卓别林那个摩登时代——何苦作这样的退化?

窗外的风景依旧是凝固的大楼,各式菜谱调动食欲的能力在减弱,满街的香奈儿也会让男人鼻子失灵……人,面对这些生硬的事实难免生出焦虑与悲观。生活的色彩其实是单调的:一个爱人,一个孩子,一间房子,一副床榻,一部车子,一份工作,还有许多的唯一,每天打自己的眼前经过。因为单一,所以需要珍惜;因为单一,人人又想建自己的欲望都城。于是,有人选择了万国旅游,有人选择二婚,有人选择去香港产子,有人选择抄底房产,有人开始兼职,有人开始弃车步行看沿街风景和每日更新的广告女郎。

这一切也许都比不上我的这份工作。她是灵动的,代谢功能异常强大,在我们的精神世界里进行极具风情的表演。我们的面容也因此清新,如同绵绵春雨后的太阳——人们总是忍不住夸她,是新的,是温暖的……人到中年了,还有件编辑工作让自己乐此不疲——我不累,我骄傲着。

(五) 中年的我还在提升生产力

1996年中,低工资和百无聊赖让我想去兼职——为一家知名证券类报纸写一周市场评述。

测试安排在一间电脑房,每个应聘者边上都是一样复印好的各类市场公开信息。要求是,在半个小时内完成一篇600字左右的文章。很荣幸,我从二百多人中脱颖而出。在兼职的一年多时间里,总共完成了差不多五十多期的周六版一周证券综述模块。报纸主编的评语是,反应敏捷,出手快,文章结构感好。

让我在竞争者中胜出并赢得口碑的,可能真的是我"出手快"。

测试那天,我还特地花了五分钟时间在那台电脑上下载了个极品五笔。最高峰时,我的五笔达到了每分钟100字!再加上对材料的整合能力,大脑转动,手则同步滑过键盘,眼前即是一行行跳跃的字。打字快,没人稀罕,但在无意当中帮我建立起一种意想不到的优势。

大学里,我迷恋过气功,玩了三个月,后来师傅被赶走,说那是伪气功。

洗心革面,我又去学了一段时间国画。

而今,家里只剩下破旧的《芥子园画谱》和一支秃笔——这笔,在山水画技法里专门用来"皴"山石和老树干的。

毕业进机关那会儿,没事玩起了时髦的五笔(我拼音不好,前后鼻音不分),结果,越打越快,有时竟觉得手比脑子还快。

公开聊天室那会儿,以一敌十,脑子快加上手快,嬗变成高度自满和快慰。

而今,我的输入速度还在加快。我甚至懒得将项目分析报告、工作报告及方案起草的事交给办公室的姑娘们办。别人两小时完成的输入我一小时就能完成并达至完美。

我们看重用心研学的技能,却总于无意当中忽略自身拥有的"生产力"。她不起眼,不被招聘单位看重,却很容易为你所拥有,就像一笔人寿保险,拥有愈早,人生收益愈高。我的职业注定我的一生要用50年时间面对电脑,以及巨量的文字处理工作;单是输入效率较普通人快一倍,就足以让我在上班后的半小时内,面对屏幕悠然自得地释放自己,比如煮煮文字。

求贤问酒,寻找最合适的出版人

两轮筛选结束后,进入最终面试的名单剩下一男七女。一男是上海交大安泰管理学院的硕士,前几轮表现最好的。结果,他没来——应该是找到更理想的工作了。

七女。其中四个是欧美硕士,三个本土应届要到明年三月才硕士毕业。你得承认,欧美硕士表现得格外老道。也许彼此先前有些知道对方的海外经历(等待室里可能有交流吧),一个德国毕业硕士于是就强调德国高校的严谨,不至于像英澳这样的国家向亚洲人特别是中国人滥发文凭。

作为面试官,大家都保留自己的问话权利。等应聘者自我介绍完毕后,L先生通常问对方硕士论文做的是什么方面的。等对方回答完毕后,会再问一个问题,比如"你认为这篇硕士论文对您此次求职岗位会有什么帮助"之类。

F同志的问题通常是:"你会喝酒吗?"本以为这个问题会给女孩子

带来不小的吃惊,事实上她们的回答很圆滑很冷静。

"能喝一点吧!一般不太多喝。"

"女孩子嘛,我会矜持些,不能喝太多,会受骗的。"

F同志会接着追问:"如果要搞定一笔订单,或者搞定一个作者,对方说把这杯酒喝了,就把书稿或者订单给你,你会怎么做?"

"那我就把它喝了!"七个女孩子没有犹豫。

当然,间或还问到对方的家庭状况。我不知道这个提问的价值所在,据说很多单位的招聘官都喜欢问这样的问题。那些家境好的孩子,一般不太会向单位要这要那,给单位添麻烦;那些亲戚中有位重权高的,可能会给单位带来意想不到的利益。在这方面,海归再次展现老练和自信的一面。"虽然是独生女子,父母都是事业单位的公务员,大学毕业就把我送到英国了。""如果我获得这份工作的话,我觉得我父母还是有些人脉资源的。"——印象中两位女生是这样回答的。

面对挑花眼的求职资料,面试官很难完全保持前后一贯的主张。女孩子推门的那一刻,漂亮的女孩子一下子让面试官产生起好感,那些老练的女孩子表现出的成熟也让面试官由衷佩服。我承认面对惊艳的女生情绪上会有变化,但我会马上镇定下来,告诫自己不要过度受这些外在因素的干扰。我们面对的是一个人,一个即将到我公司工作几年甚至奉献一生的人;每个人的起点不可能相同,但起码应该表示出内心潜存对本行业的兴趣和天生的热爱。同时,你要确定并理解在她们进入这个行业前,她们的职场阅历可以是一纸空白。而这未必是劣势。三十分钟能穷尽一个应聘者的所有潜能?不可能。朋友告诉我,美国大公司招聘单是面试过程有些就需要三天。面试官会带你进入公司的各个部门甚至车间、午餐室,真切地考察你对公司的细微看法和工作兴趣。三天的时间相伴,至少可以反映双方的诚意了。

再说一下我通常的提问吧。

"你最近一次看的是什么书?"——这是任何读书人都可回答的问题。

"是借阅的还是买的?"——任何人都可说得出。

"还记得书的内容吗?包括图书的其他衍生信息。"——书的内容应该都记得,说到书的信息,每个人谈的深度和广度大不同,对书的认识,高下自分。

喜欢它,你才会爱上它。出版行业,说到底是要与书打交道。

重塑编辑职业伦理

国际出版伦理委员会主席伊丽莎白·薇吉尔博士以中国期刊发展论坛嘉宾身份提到出版伦理概念。确实,用出版伦理而不是出版道德来要求当下的编辑人,具有语言描述上的精致性与普适性。在我看来,编辑的出版伦理不止于"我们经常发现有捏造或者造假、错误、剽窃等行为,即学术的不端"而"没有以出版伦理的标准予以识别与阻止",现实当中的编辑出版伦理还有更广阔的范畴。如果仅是没有识别出"学术不端",那应属于编辑专业技能问题,而不应归责为编辑不讲出版伦理;"发现而不阻止"是当然失范的伦理行为,但这只是编辑业务中很小的一个领域,其伦理水平也许只体现在"监察并尽职告之作者规避",最终承担"学术不端"的主要责任人仍然是作者。

窃以为,职业伦理在行业职业道德规范中大致可以找到对应的自律标准。编辑出版行业的文化产品属性以及其生产及制作、传播过程有其特殊性,因而编辑需要对以下涉及编辑出版伦理中的是非观作出准确回答。

(一) 面对作品

——是否准确地传达一种知识或观点,而不是掺假的、错误的,抑或剽窃的?

——是否能够在"权威"与"新手"作者之间,以作品质量作为出版第一要件?

——翻译作品是否能准确传达原作品意思,而不是译者主体化的阐述甚至信息截留?

——是否站在读者角度预知图书可能的负外部性?不考虑图书分级的因素,其中的色情、种族歧视、性别歧视等是否考虑到最没有预判力的儿童群体;具有阅读兴奋体验的暴力、凶杀情节是否过于详细从而形成具有社会危害性的行为示范?

(二) 面对作者

——是否应因商业化的要求,而刻意要求作者做出非情愿的商业内容包装?

——是否泄漏作者的来稿信息,并将其提供给竞争者?或者利用信息优势,提取原稿核心价值信息自用或用作其他商业目的,致使作者版权利益受损?

——是否有意满足作者的额外要求,在例如"著""主编""组编"等著作权著述方式上作有意夸大表达?

——是否说服或暗示作者将自己的编辑劳动成果变成图书著作权的一部分,从而捞取与本书相关的名利?

——是否与作者签订显失公平的出版合同,比如图书出版合同自动捆绑包括作品转载、翻译、电子出版的所有合同利益,以及苛刻的稿费结算办法,甚至是有意隐瞒印刷数量?

(三)面向读者

——是否以合理的图书定价提供给消费者?

——是否运用合适的包装材料在雅致与环保之间平衡?有否运用包括塑封形式将图书作严实的包裹,以故意掩盖作品内容的虚弱?

——是否运用华而不实的书名,是否作内容不符的夸大宣传?包括虚构外国作者、虚构名家荐书、虚构印刷及销售数据,等等。

——是否借势当下的热点图书或者热点事件以书名的相似性、关联性、对比性作牵强附会的包装及宣传?

——是否组织或收买网络水军,对图书作夸大的灌水宣传?

——是否以回购的形式创造虚假的点击量和销量?

——是否通过虚假买卖营造销量,获取图书排行榜前位排名?

图书出版从没有像今天这样成为多方搏击的名利场,编辑在常规的图书编辑出版流程中,其身份不再纯粹,社会有时将其定义为"项目主管",对商业利益有了更多的考量;出版业的多元化经营,互联网出版的兴起,传统编辑与现代媒体人的界限越来模糊。《出版管理条例》不足以调整图书出版中涉及编辑职业伦理方面的关系,回归图书的内在价值描述,回归编辑的职业身份界定是重塑编辑职业伦理的关键词。

出版业热点解与析

(一)稿费标准的强制规范是进步还是退步?

国家版权局不久前搞了一个关于提高作品最低稿费支付标准的意

见稿:千字稿费标准最低标准提高至100—500元/千字;实行版税的,最低版税标准提高至10%—15%;至于改编、摘编等也相应提高了最低支付标准。粗看,貌似太有理了,可以提高作品撰稿人的收益,确保对版权的尊重,保证创作人的积极性。笔者从业二十余年,自己出过书,也给别人编辑过不下二百本作品;自己写过论文,也给别人审过期刊稿件。总觉得版权局大动干戈搞出这么个东西不知究竟给谁看,更不觉得这个东西出来后有多少实际意义。

李克强政府的改革取向就是放权,特别是下放行政审批权,该由市场说了算的一律交由市场解决。而新闻出版业早在五六年前就已经进行了市场化改革,出版传媒集团相继成立,营利性出版社已改制成了公司。作品稿费标准多少完全遵循市场拍卖机制,出版方同作品创作人就各自的市场盈利判断、社会价值判断协商,从而达成一个合理的稿费标准。出版方以此进行会计核算,安排生产及销售活动,实现企业利润目标。此前的千字最低标准30—50元,版权5%—8%,在中国出版行业早已不是固定模板了。易中天的《品三国》拍卖版权时,上海某社公开叫价15%版税、开印50万册,其他出版人便不敢再应价了。市场竞争的最终结果是:作者易中天、出版方都是大赢家。

优质优价原理谁都懂。综观中外学术成果,各类作品创作包括科技论文,能拿得出手的、有分量的,从来都不是稿费刺激的结果;提高稿费标准与创作能力增强无任何相关性。按此次版权局制定的意见标准,差不多较原先标准高了80%。如果真要在图书行业执行,也将彻底打破现有的图书定价体系:10元定价图书,1元稿费,纸张、印制、管理费用等差不多2.5元,再加上仓储、销售等费用,差不多4元没了;出版方能拿到的毛利也就是1.5元左右,其余的4.5元都在下游销售商那里消化了。千字稿费标准的增加,只能增加成本,从而推升书价,这明显不利于知识的传播,政府所倡导的全民阅读又如何从价廉物美的图书中体现呢?

此前以版税与出版方约定合同的著作权人,很可能在利益的驱动下,要求解除未到期合同;或者干脆搞出一个新版本从而要求与出版方按新版税标准重新签订合同,这将带来极大的版权市场混乱,也可能重复制造出版垃圾。

尊重知识,尊重智力成果,保障著作权人收益,政府并不是无事可做,税权具有更高的普适性,现行单次800元以上稿费,作者就要缴纳14%的个调税。强烈建议稿酬所得个税起征点调至至少3000元以上——保证一个作家每月的3000元稿费至少可养活自己。这个主意的坏处就是:要从地方税收里挖出一块肉补贴作者,地方政府肯么?

当然,这个意见稿对那些以卖版面为生的期刊来说,可能是个打击;但我更怀疑这个稿费标准在期刊业被严格执行的可能性;即使认为原先的作品创作人稿费标准太低,但也从来没在期刊界被执行过,垃圾期刊生存靠的就是卖版面。不过,据说国际一流期刊也是不向著作权人支付稿费的,相反著作权人还要向期刊支付审稿费;就笔者来说,这些年也在核心期刊上发了十几篇文章,有的有稿费,有的没有,也不当回事;倒是给报社写的随笔小专栏,三天两头收到稿单,折合千字也有300元以上的标准,早早把眼下版权局搞的这个最低支付标准甩在后面喽!

(二) 会不会又是"被阅读"?

做书的,向来不揣最坏的恶意误伤那些手不释卷的人。一切的阅读行为都应该得到尊重与鼓励。上海自开埠以来,中西文化交融碰撞,海派文化声名鹊起。作为中国时尚之都,除绅士淑女优雅地推开玻璃旋转门之外,阅读也是一道风景。

《文汇读书周报》《中华读书报》揭示的上海人阅读信息,或许会让一个月读不了一本书的国民自惭形秽了。对于我这样一个以滥翻闲书、浅薄阅读调剂神经的做书人来说,这个数据多多少少让我也吃了一惊。

能不吃惊吗?

"一个月读两三本书,每周读书大于 5 小时,喜欢上网,用手机阅读,从实体书店购书仍然是书的来源之一。大多数在家里读书,饭后睡前读书成为习惯……这是目前上海人的阅读现状。"

"调查发现,46％的受访者每月平均阅读 2—3 本书,读 4—5 本的占 10％,5 本书以上的占 6％;41％的受访者每周会花大约 5 个小时的时间来阅读。"

以上是摘自公开报道中的文字。以我的从业经验来看,这是一个惊人的数据。对于地道的上海人来说,终于可以重述自己"文化市民"的高尚生活格调;即使在商业文明冲击、网络抓狂人生的年代,我们还是这么小资,染尽"海派文化"的口红。脸红的我怯生生地告诉你:我一年最多也就看 10 本书。

面对近半数上海人年阅读量达 20—30 本的华丽数据,我在震惊与惭愧之余,不得不再次认真审视这个调查统计的破绽。

"……11 月上旬上海人民出版社《中外书摘》杂志在上海书城进行为期 5 天的'关于阅读的十五个选择'的问卷调查得出的结果。"

把问卷对象选择在"上海书城"里——一个 3000 万人口城市里最大的书城——以此来说明整个上海人的阅读现状,这不是十足的弱智么?那些忙碌在写字楼白领亚历山大、那些在会所保肾养生的土豪、那些在主席台念讲稿的表叔房叔、那些正在努力拿到回乡过年前最后一月薪水的百万农民工,还有那些正在与地铁管理者玩猫捉老鼠游戏的鳏寡孤独残障者……毫无疑问,他们都高尚地"被阅读"了。

(三) 文化"送出去"有多难？

美国国务院 5 月 17 日发布公告,要求在该国持有 J-1 签证的孔子学院中国教师须于 6 月 30 日前离境。在号称言论自由的美国,孔子学院究竟是什么原因招致美国政府棒喝？

国人的认识相当部分停留在内容的表面,以下言论可代表之。

"美国要求孔子学院部分中国教师离境,这是绝对英明正确的决定。孔子学院是什么性质？它在传播什么东西？它传播的目的和动机是什么？美国的知识与政治精英一看就明白。孔子的那些糟粕和中国传统文化的老朽性,连中国自己都救不了,还在世界到处贩卖什么？其结果就是现在这个下场:吃力不讨好！活该！"

"很好奇,孔子学院在国外给别人教什么,仁义礼智信,还是三纲五常呢？"

"连自己都不信的理论,让外国人学,可笑"

……

中国人大可不必按自己对祖宗文化的喜好揣度美国人的心思,美国断不会担心"孔子的那些糟粕和中国传统文化的老朽性"对美国的侵蚀能力。美国的强大在于其具有用最小的成本进行社会纠错,美国国家形成的过程,是多重文化的包容过程。

问题或许出在我们自身。一个物质强大的中国匆匆地说出了"和平崛起"的口号后,才意识到"和平"的背后有种咄咄逼人的"崛起",稍后这个口号在媒体上一致性表述为"和平发展"。

于是,我们提到了软实力,想象一种文化输出能够不战而屈人之兵。孔子学院(Confucius Institute)就是典范。

(1) 孔子学院星星之火,已在 106 个国家的 350 多个教育机构燎原,中小学孔子课堂发展更快，现已达到 500 多个。自 2004 年底马里兰大学作为美国第一家高校与中国南开大学合作建立孔子学院以来，至今美国已有 81 所孔子学院和 300 多个中小学孔子课堂，其中 127 个为孔子学院下设的课堂。

（2）孔子学院是中国国家对外汉语教学领导小组办公室在世界各地设立的推广汉语和传播中国文化与国学的教育和文化交流机构，这是一个地地道道的官方机构。

再联想到这几年美国人频频曝光的所谓"中国间谍"，持有 J-1 签证、以孔子学院教员身份在美的中国人是无法说清自己的使命的。于是美国人恐惧，一个无处不在的中国影子已经在美国的各个角落生根，纽约时代广场也开始出现中国商人制作、有中国政府背景的中国形象广告。

文化传播自当润物细无声。在部分美国人看来，中国想做的并不单是输出老朽的东方封建文化，而是一种意图明显的红色制度、一种来自东方的现代政治。当美国在金融危机里找不到方向时，当占领华尔街浪潮蔓延时，中国日益膨胀的文化"软中硬输出"可能引起美国的不适。张维为的《大国震撼》因突出中国模式的优越而意外得到中国官方的青睐，并非偶然。不久前结束的伦敦书展上，本书又被译介至全球推销，让人感觉背后强大的中国政府运作力量。2011 年法兰克福书展，主宾国是中国，2012 年伦敦书展主宾国还是中国。对照中国对欧债危机的救助主张，中国的一切行为都会让人产生联想。

中国人真的无须刻意奉送给别人什么。美国人想要的文化，自会来东方取经，甚至逾墙窃之。当下中国人拿得出手、有生命力，同时不让外国人感到背后冷飕飕的，其实还真是我们老祖宗的那点东西，东方传统艺术诸如中国武术、中国书法、中华医学、中国京剧等等，我们没有理由责怪 2008 年奥运会开幕式总导演张艺谋贫乏的艺术表现力。——当代中国人留给世界的可重述可被接受的软物,一时还真无法在大脑中搜索出来。

(四)版权输出放量是否需要体检报告?

以图书市场坐而论道,文化产业大繁荣至少包括:作品包含充分的民意及多元表达,或温良,或狂热;社会弥漫着平和的阅读氛围;创作者与阅读者之间可以有笔墨交锋,文化批评不应成为学院派的专利;中西文化大融合,引进来、走出去并举,图书进出口贸易空前繁荣,图书版权高度活跃,等等。

"版权输出量等于中华文化软实力,文化软实力提升就是文化大繁荣",图书的意义忽而变成了国家功利而不能专心惠民。依靠行政力量让文化走出去,比苦心孤诣在老美那里培养几个卧底难度更大。文化迈步走出国门的样子,仍须循序渐进,神定气闲,不温不火,低调缓行,悦己而喜四方。

图书市场以"文化走出去"为目标的现状确实喜人。官媒报道:"2010年中国图书业版权贸易发展良好,版权输出和版权引进态势优于上年。2010年图书版权输出3880种,比上年增加25.04%。图书版权引进13724种,比上年增加6.27%。图书版权贸易逆差为1:3.54,比上年的1:4.16下降。"

单以数据而论,这是一个伟大的成绩。十年前,这个比例是1:10,即中国图书年进口版权数是出口版权数的10倍。

我几乎在所有的文献里检索输出的3880种版权,评估其实际意义,但结果仍是这几个干瘪的数据。我的疑问在于:

第一,版权输出是否仅以一纸中外版权合同来界定?对方是什么样的出版机构?要知道,欧美国家实行公司登记制,注册出版社很简单。

我国台湾地区就有七千多家。

第二,版权合同条款,诸如合同价值、出版周期、首版数、版税费是否清晰并有严格约定?

第三,合同条款是否得到有效执行,谁对履约进行监督?

第四,目测之下,能否在欧美甚至包括唐人街上看到出口版权的外文作品现身?

第五,版权贸易产品在以国外文本出版的市场里有没有客户调查,有没有影响力分析?

……

可见的报道中没有答案。

在同一份官方报道里,录得一份颇具"含金量"的信息:

"2010年全国共出口出版物965306种次,同比增长4.91%;出口数量为1047.51万册(份、盒、张),同比增长17.02%;出口金额为3758.16万美元,同比增长7.41%。"

"2010年全国出版物累计进口904981种次,2944.83万册(份、盒、张),37391.28万美元,比上年进口种次增长10.26%,进口数量增长4.75%,进口金额增长20.49%。"

这才是真实的进出口图书买卖,双方"真金白银"出价,结果却是"卖出的不如买进的多,卖出的势头不及买入的势头"——更何况,外面的文化还有许多属于国家限制进口贸易品。

现在,国内大小出版机构都热衷于拿着版权贸易合同去政府部门领赏,"优秀版权输出单位""优秀版权输出先进个人"荣誉称号已然泛滥。圈内人士说,当下出口版权的繁荣已不只是皇帝的新衣。更恶劣的,不良出版机构花钱找国外机构签订一个合同,简直太容易了!实在不行,甚至可以找一个外国佬注册一家出版机构。至于输出去的书怎么出版,甚至是否出版,都不重要。

(五)如何拧干文化大繁荣的水分?

在中国,或许就没有人来清晰地界定"文化产业"的范围。图书印刷?报刊业?戏剧演出?电影电视剧?网络动漫?手机阅读?历史遗产开发?是其中的一种,还是几种组合?

以自上而下进行的文化体制改革中的"文化"来定义,当下所指的文化产业似乎就是"报业集团""出版集团"。以 2010 年岁末作为出版业改制的最后时间表,央视新闻联播 2011 新年伊始已经迫不及待地总结改制一年后的成果:"利润增长 25%。"几个改制后在京出版业的老总开始在记者面前背诵发言稿:"……以前机制不活,很多事情不敢做不能做,现在好了,改制后就可以进行资本经营,还可以上市拿钱,这样就可以搞兼并经营了。"

文化产业的大繁荣在这里被定义为"搞资本经营,搞兼并收购",这唯一可以解释上面那个"一改就灵"的数据。在新闻出版业浸淫多年,与国内大型出版社的一把手偶尔有过信息沟通,大家一致的结论是,全媒体时代的图书业报刊业遇到了前所未有的挑战,排除个别出版社依靠一两本畅销书创造"意外惊喜"以外,出版业的整体状况最多只能跟随中国 GDP 增长的水平。中国每年新书品种超 30 万,好书寥寥,单本销量年年下降,国民图书阅读率也在下降,图书总产值的增长依靠图书定价的上升,出版行业的利润增长最大一块来源上级的经费资助,以及大量自费出版填充。

"一改就灵"是不是谎言,还体现在弄出的数据"太匆匆"。中国出版业改制走在前面的、公司治理相对完善的三家标杆上市公司,辽宁出版传媒、安徽时代出版、湖南中南传媒,其 2010 年公司经营报告至少要到

2011年2月才会发布。而这三家著名企业的2010年中期报告揭示的主要经营指标大致差不多,净资产收益率在8%—10%之间。"利润增长25%"业内人一看就知不太符合基本的市场规律,资本的逐利性会平均化资本收益率。超高的收益率要么来自于垄断,要么数据造假。

历史上任何一个文化繁荣的朝代,都未必依靠政府的推动,繁荣与否只能是后世追认。文化产业形态各异,但一定依托伟大的内容产业。内容的创造者是人,是孤独的人,是与尘嚣社会保持距离、追求人格自由与独立的个体。他要忍耐,要作心灵放逐,甚至与主流相向而行。在商业社会里,一个才华横溢的人哪怕表现出现一点对权威的妥协,对名利的贪恋,他的作品就很靠不住了。那些心甘情愿接受自上而下的名利诱惑而炮制的文化盛宴,从长远来看,只会渐次沦为文化垃圾。史铁生走了。文化界称他是中国当今为数不多的"用心灵用生命写作"的人。他应该感谢那把轮椅,是她让主人多了临窗思考和眺望夜空的机会。

文化的本质是特立独行、拒绝资本的。我们这个时代究竟有没有呈现过文化产业大繁荣,得等到五十年一百年以后我们的后人来总结与比较。我从不怀疑在我们生存的世界里,有人正用生命在耕耘作品,只是当下的社会还无法接纳。

文化走出去需要平常心

刚刚公布的2009年度诺贝尔文学奖花落德国女作家赫塔·米勒。中国文化人在表示惊讶的同时,也不得不承认,整个评选委员会都有很深的文化倾向,比如,在文学领域更希望给欧洲德语系国家留有一席之地。

实事求是地讲,今天的中国对自己人能否获得诺贝尔文学奖热情较前些年已冷淡许多。中国人更愿意在经济、军事实力全面提升的时候，高调在全球推广并展示他的软实力——文化。就在米勒的故乡，德国的法兰克福，一年一度的全球顶级书展本月14日即将开幕。2009年的主宾国正好是刚刚盛装庆祝六十周年国庆的中国。中国政府率高规格代表团造访会展，稍后又在欧洲进行了一连串以文化为主题的外交活动，展现2009秋季中华文化新攻势。

中国入世谈判时，对服务贸易规则下的文化及新闻出版、印刷、图书等领域的自由投资、文化产品自由进出口是有很大顾虑的。这取决于政治意识形态束缚下自身文化产业竞争力式微，更恐于西洋文化的无限渗透力。于是，我们把国内市场开放时间表设置为极限的2010年。那边的美国，已经急不可耐了，因为她发现在如今的中国市场上无法看到自己出版的图书，所以她正在向世界贸易组织提出上诉；前些年先期进入中国市场以期从下游开始整合中国图书市场资源的德国贝塔斯曼书友会，终于在无止境的等待中选择了黯然退出。

对文化进出的攻与守，今天的中国比以往任何时候都看得重。中国谓美国的文化输出为"文化霸权"；加拿大政府更是拿出庞大的政府资助扶植国内的文化事业，因为他担心这个领土辽阔、人口稀少且以移民为主的国家将如何树立国家意识；法国作为历史上一以贯之的以本土文化自豪的国度，更是强调法语文学在本国的位置，对德语、对英语文学输入间接采取了非政府形式的阻碍，税收与民间资助是运用最多的方式；日本，看到了日语全球普及推广之难，也采取了"以图替文，以图说话"的形式，在动漫、卡通领域以亚太文化圈为第一出击市场，以抢夺青少年眼球为第一责任；韩国除了与中国打了一场令人啼笑的民间官司——端午节起源之争外，近期又在做一件荒唐事——他正在研究目前世界上还有哪些民族没有自己的语言——韩国要向这些民族普及韩语呢。而我们，则很恰当地搬出孔子——目前,全球的孔子学院报载已经超过500所了。

以儒家思想为代表的孔子,具体说以《论语》为代表的人类思想集成、以"天人合一""和而不同"为核心的人类终极价值正好契合了胡总书记近期在多个场合——纽约国家领导人会议、建国六十周年上的讲话以及他不断向世界展示的"和谐社会,共同发展"理念。从这个角度来说,中国的文化出击是有步骤有计划,甚至是雄心勃勃的。

目睹中国文化外推之迫切已成高层之自觉意识,国人尤其是从事文化事业的职业人当为之欣喜。然仍有几点提请国人注意。

首先,文化发展重在交流、在融合。从产业保护角度,面对西方文化再次大规模进入,可依据共同遵守之法规有理有节商谈;从优秀文化为我所用角度,仍应持热烈欢迎态度。在这方面,中国人是有教训的。第一次鸦片战争失败后的1843年,魏源著《海国图志》五十卷,全方位第一次向我国国民系统展示世界地理、历史兼具西方政教国情。书中更是表达了对美国民主政治的向往,谓美国的宪章"可垂奕世而无弊","二十七部(州)公举一大酋(总统)总摄之,匪唯不世及,且不四载及受代(任期不超四年),一变古今官场之局,而人心翕然"。"议事,听政,选官,举贤,皆自下而上。众可,可之;众不可,否之。"遗憾的是,这本真正"育新民,开新知"的匡世之作竟无法影响当时的中国。她的传播、她的影响在日本却是非常的巨大,对于日本的明治维新是猛药,是推进剂。

其次,文化出击不以历史悲情为引力。中华文化源远流长,唯近代中国遭受全方位伤害,至于文化的伤害更以1860年10月6日英法联军火烧圆明园为甚。10月6日系列强抢夺日,大部分归于私,抢不走的,就打碎。英兵日志记载,当时的英国维多利亚女王、法国的拿破仑三世各有一份。去欧洲出差,果见系列宝物列于大英博物馆、温莎堡女王行宫,与凡·高、莫奈画作比肩。10月18日系放火焚烧日,直接原因是恼怒的英军首领以中国斩杀了20名英军俘虏而下令采取的报复行动。大火烧了三天,"执行命令的英军官,目睹如此宏伟瑰丽的建筑付之一炬,亦为之心碎。"历史的意义在于唤醒记忆,火烧圆明园是丑恶行径,但这把火让中国人心灵深处的文化纠结愈深。今天的文化出击,不是对外文化报复,第一要务仍在于珍视与保护自己的民族文化,认同与认识自己的文化。国学首先是中国之学、国人之学。在文化推及他国之前,全球华人间更要打通中华文化脉络,抛弃政治陈见,以祖宗文化结合现代传播方式营造与文明社会接轨的价值观。近闻北京故宫博物院37件稀世国宝赴台北故宫博物院展示,此后亦将有更多两岸文化互动行为,实是大幸!当年倭人侵吞中国野心已然毕露,蒋介石下令把故宫等之稀世珍宝,由文物之专业人士打包精装,自北京至湖南至重庆,解放战争后期再辗转至台湾,所有文物无一受损。此事堪称蒋中正对民族文化呵护一大贡献。

最后,文化出击系渐进过程,无须咄咄逼人,更赖润物细无声。急功近利式的行政主导很容易让文化走出去陷入好大喜功之局面。目前,中国政府为文化出击他国从政策上、从财力上给予了空前的资助。全球的中国文化年活动,中国图书音像制品的不计成本式以他国文字版本输出,等等,效果究竟如何,不得而知。就图书业而言,为改变前些年图书版权贸易输出/输入1∶8的不利局面,政府对出版社的版权输出给予充分的鼓励和奖励。据说现在的这一严重出超局面已大为改进,输出/输入比已经变成了2∶1。似乎进展很快,然实情业外莫知。国外出版社多为私营,数量之大非国人想象,国内某些出版社为构造输出数量之喜人场面,不向对方收取或象征性收取些许版权费,仅凭一纸输出合同而根本不考虑此书在国外有否真实出版。更有西方出版大集团断言,大量购买中国版权目的不是在他国宣扬中国文化,而是以契约为把手,限制这些图书被他社购得,掐死中国文化畅行通道。而在中国,谁输出多,谁就能得到政府奖励。此潜规则不可不警惕,不可让洋人让奸商钻空子。

文化是软实力,让他人认识自己,不及他人主动认识自己。更开放、更主动、更宽松的制度环境才能让别人自觉认知中国文化,才能让中国取得与她的经济、政治地位相统一的世界文化环境,进而让世界理解与认同中国人的思维、中国人的禀性、中国人选择的政治道路。

此景可待成追忆

书业的发展伴随着科技进步与社会进化。蔡伦纸张的发明为图书的刊印提供了先决条件,汉及两晋的养士制度迅速被隋唐的科举制度取代,平民百姓入仕的唯一路径就是读万卷书,书业兴起的第一个繁荣年代顺理成章来到,书店的诞生是一个标志。清代叶德辉著《书林清话》,其中引述《后汉书·王充传》:"常游洛阳市肆,阅所卖书,一见辄能诵忆"——所言书肆,可看作最初的书店形态,这个年代是后汉。至清,书店业更臻繁盛,仅以北京为例,李文藻之《琉璃厂书肆记》、缪荃孙之《琉璃厂书肆记》记录了书店林立的盛景。

书店的盛况注定在1500多年后的今天终结。全球书店倒闭呈现加速趋势,美国知名的巴诺书店也不能不向亚马逊臣服。中国民营书店的落寞一点不逊他国。上海的季风,复旦周边的鹿鸣、三人行曾经那么优雅,如今已是经营维艰,或被挤进了偏僻的角落;堪称首都北京文化风景之一的风入松书店干脆选择停业。印刷消灭了刀刻斧辟,光电又消灭了印刷,人类前进的步伐包含着阶段性残酷,曾经的文明需要抛弃。几个良心的文化人鼓噪方案:政府应从政策上大力扶持民营书业。我实在看不出政府真的可以担当一回救命稻草。四年前慕名探访台湾诚品书店,那是一家在全亚洲都属经营上佳的书店。书店处台北闹市区。与其说是一家书店，不如说是一家图书馆，读书、买书和浓浓的咖啡搅在一起，让人看到和谐与希望。然这两年的全球私营书店已是哀鸿遍野，关于诚品的正面负面消息越来越少。他还会是行业的标杆吗？

信息网络正在革传统报业的命，《华盛顿邮报》只有周末电子版了，全美的图书订阅都可以直通亚马逊，实体书店倒闭已呈多米诺骨牌效应。当当、卓越亚马逊、京东商城在中国图书网购的统治地位已经形成，低价、快送、体验阅读、比照后购买——还有比这更好的服务方式吗？苏宁家电更有让天下出版人颜面顿失之举，拿贱卖图书当营销家电之利器——0元起步，直送200。实体书店，你的刺刀能见红吗？

唇亡齿寒的道理，出版人应懂。报业、书店的急剧没落，下一个也许就是我们自己。我同意纸质书业不会消亡的言论，但传统定义的编辑职业存在必要性，真的到了需要检视的时候了。从业十七年来，我始终保持着职业自信，这个自信或者也只是"过去的文明"——"编辑具有对内容的发现和再提升能力"——这个几乎是真理的座右铭，我也开始怀疑。

不能说起点中文网的文学创作与出版照搬亚马逊模式。在资源配置来看，网络的海量在线阅读大大压缩了传统的"作者—编辑加工提升—出版—书店—读者"路线，"作者—网络发布—读者"正成为现实的出版形态。编辑人自我标榜的内容发现，其实不过是将自己的个人偏好强加给大众读者之上而已。你想要的选题，你想要的作品创作风格，你想要的文本结构"只是编辑想要的"，未必就是大众的。回顾历史，任何一本经典、任何一本划时代的作品其成就只以归属作品的主人，编辑出版人没有任何资格窃取与标榜。在封闭的信息条件下，编辑替代大众过滤信息的能力暗藏着"霸道与主观"的独断与非理性，编辑出版人按照政治意图、按其个人意志炮制产品，确实能够缓解精神贫困者暂时的饥渴，

《红旗渠》《高玉宝》居然都成为特定年代家喻户晓的赏读品。网络则不同,它动用信息技术自动创造了一种大众自我阐述观念的文明,同时这种文明具有大众挑剔、评判、裁决的优势,这个优势恰恰就是"传统编辑"的劣势。大众百姓的筛选既符合了民主决策程序,劣汰下的产品具有更高的市场推广价值和社会意义。明智的出版人切不可再沽名钓誉,好治不病以为功。

这是最好的年代,这是最坏的年代。传统报业正在加速度没落,书店已是风烛残年。即使如我秉承"纸质图书将永存"信念者,也需要在这个周末好好想想未来。

一抹风景当挽留

冗长而又醉意浓浓的午餐,烟雾缭绕的聚会,从堆砌的书丛中探出脑袋盯着寻访者,点画着书稿或称道或口中念念有词的不满……这样的编辑风景或许真的要成为过去了!

(一)我们赶上了一个正在抛弃编辑的时代

电视及网络媒体对汉字已经呈现出了低保存率特征。电视字幕的错误似乎也只有《咬文嚼字》还在小心翼翼地咬嚼,主张着汉语规范,并且声明不带任何偏见和恶意。但每天海量的网络文稿几乎已经不存在传统意义的上编辑程序了:文字的错误、句法及文法的错误、没有任何出处及引用规范等,比比皆是。网络文字的阅读呈现出图像阅读的特征,偏重于叙事及文意的传递,而无需无意于文字的精致表达。阅读意义的指向如果变成书籍,读者甚至是作者似乎也不再挑剔文本呈现的严格——大众对书稿中的非规范甚至错误从来没像今天这样宽容。这种宽容诱使传统意义上的编辑踊跃加入图书市场的竞争,比如更多的关注营销,以此体现自身价值。但,这还叫编辑吗?

不能不说,出版行业主管部门对正式文本严格规范的要求,实践中也正日渐式微。单举一例,新闻出版署年初新规,禁止在正规汉字出版物中夹带外文,但似乎除了央视体育频道将此前的"NBA"变成了汉字"美国职业篮球联赛"外,在许多的领域,比如报刊及网络媒体并没有"理直气壮"的执行。网络语、火星文培养了一大批汉字恣意亵玩者,他们是汉语另类表达的中坚需求者,因而毫无例外地成为书刊市场争夺的对象。即使在像我这样的老派编辑人心中,也经历着从敌视到理解的妥协。最初的古籍善本统一是汉字的整齐排列,标点符号不过是百年前的尝试。印度人发明的阿拉伯数字进入中国正规出版物的时间,没有人考证,但在数字的表达上,阿拉伯数字更具有清晰的视觉概念:人们,尤其是孩子更喜欢看到"13亿中国同胞"而不是"十三万万中国同胞"。不能不说,从更久远的未来看,"识得火星文"粉丝团第二代第三代蓬勃壮大的时候,今天编辑人对细节的任何坚守,要么是迂腐,要么是固执。

(二)我们正成为向时代妥协的编辑

我的本硕学的都是经济学,但十几年前我进入编辑这个行业之初,我就希望自己将来从事的每一件事情,都能拿来和编辑的典范——珀金斯的成就比较,这是一个梦想。珀金斯在1914—1940年间,在查尔斯·斯克里布纳之子出版社担任编辑,在他的手下催生了名家海明威、菲茨杰拉德以及沃尔夫等人不朽的著作。他和蔼可亲、循循善诱、博学多闻、做事精确,要求严格。他的编辑底线是:讨厌刚出炉的新书中出现可怕的文法错误、语句错误、排版错误,以及资料引用上的错误。那时的编辑完全浸淫在艺术、哲学和语言的经典世界里,他们以自己的工作为骄傲,这种自豪甚至超越了作者。他们重视图书的文学价值甚于商业利益,即使在与作者讨论稿费的时候,也像呵护孩子一样小心周到。

显然,今天这一切都不必非得存在不可了。服务贸易的拓展,购买版权变得容易,因而编辑也不会极具耐心地培养作者;电脑程序里自动排版创造了一种被编辑轻易接受和拿到即用的格式;工具书稿中烦琐的检索及排序因软件的应用确实减轻了编辑的负担。编辑的"编辑含量"日趋萎缩,大量的精力花在图书内容之外,比如极尽煽动性的文字,设想在极短的周期里完成图书销售循环。中国出版界兴起的"策划编辑"概念亦不知发轫于何时何地。现在回过头来看,他的诞生是个败笔,追求畅销书、追求利润最大化,让编辑在进化过程中意外地走上了一条异化的道路。在一个出版企业内部,已经形成了"策划编辑"与"文字编辑"的岗位等级区分——"策划编辑"是更有能力赚大钱的代名词——尽管有些出版社认为策划一本有品质的非畅销书,也是称职的好编辑。如今,给编辑下个定义已经变得异常困难,即使是从传统编辑一步步艰辛走过来的"老法师",也在修正着自己的"编辑看法":编辑包含着一系列极端复杂的功能,不是每一个人都能对编辑工作应付自如。善于网罗作者、善于与书商打交道的编辑可能在合同的关键环节出差错,因而是个差劲的谈判者;而精明的合同谈判高手可能根本没有耐心、没有专业技能字斟句酌地编辑文本;那些文字加工能手、大量劳动附着于文稿的编辑在和作者打交道时,可能弄得场面鸡犬不宁。

当编辑正在褪变为职业经纪人的时候,当读者已不关注或者懒得为频繁的图书差错向出版社问责的时候,剩下的只是一两个作者仍然对传统编辑抱有向往。美国作者莱维特在小说中有对理想编辑的刻画:"靠直觉来把所有的事情理出头绪。他(编辑)拥有一种罕见的能力,能够在一个房间里待一整天,就好像寺庙中的僧侣一样,以一种无悔的活力阅读书稿。"美国作家米勒今年三月新作《今天》(短篇小说)出版发行。他是个幸运儿,我几乎要赞扬他善解人意。他回顾道,他本认为图书会在尽可能短的时间内走完流程,但独立大西洋图书公司的编辑米尔查达尼给他回复了一封长达20页的编辑信。信中充满了绝佳的建议,包括从年代错误、前后不一致到不恰当语言的运用。结果,编辑80%的建议都得到采纳。他把清样返回给这位编辑,再完成此后四次校对,从而这本书更臻完美。他说"我完全被出版过程给鼓舞了!"问题是,编辑是满足于应对快速的市场而赢得商业利益,还是宁愿"像个僧侣以无悔的活力阅读书稿"从作者褒奖中获得安慰?这是个痛苦抉择。

(三) 信不信由你:"编辑"是一个加速变异的名词

好多编辑与作者间的美好关系成为坊间传说了!编辑阅稿的深入不过是将作者文稿弊病的一次呈现,编辑对文稿的雕琢终究无法做出美轮美奂的产品,甚至无法让图书产品有个漂亮的销售数据。这是一个悖论,固执的作者与偷懒的编辑都会分享"文责自负"的好处。我的看法是,编辑人的劳动过程被册封为"为他人做嫁衣裳",一开始就是个美丽的错误,编辑初始地位在民间是一直被矮化的。"蓬门未识绮罗香,拟托良媒益自伤。谁爱风流高格调,共怜时事俭梳妆。敢将十指夸针巧,不把双眉斗画长。苦恨年年压金线,为他人作嫁衣裳。"——唐朝诗人秦韬玉的《贫女》中"为他人做嫁衣裳"的,其实就是贫女、剩女,苦寒而位卑。

毫无疑问,编辑概念在全媒体的潮流中渐趋模糊:读者不再对你编辑的作品吹毛求疵;编辑软件能够替你完成许多基础的工作;公司管理层把你赶出办公室加入到一线零售终端;完成书稿的时间少而又少但却愿意为一句营销广告语而煞费苦心;间或有一些敝帚自珍的作者,也忍不住感叹"现在的编辑已经成了最机械而胆小的人!"(Jeanettte Winterson,小说家)——这几乎将编辑能力退化上升到人格批评。现在的编辑人,或许都不屑再被称之为编辑了。

当下书业活法的几个表述

(一)书业之非常味道

出版企业层面传来利空,某大型出版机构单月流失主力编辑五十来号人。人才流动颇为正常,但一线编辑的集中逃离的杀伤力着实让人措手不及,刚刚改制完成的新生企业如何埋锅造饭?高层确实头大。

去向有二:一是拿着藏宝图(几个貌似有分量的选题)向新东家献礼,新东家掌舵人要政绩,自然拿出应急欢迎方案,美其名曰:虚位以待。二是对出版行业彻底死心,以期在年轻力壮时逃离这个行当,重新做人。

浸淫出版行当,个中原委大抵是能够辨析的。

事业转制成企业,编辑主力身份大变。事业单位求功名,企业单位求发财。那些以酷爱文学、敬仰读书的文学男文学女满怀憧憬跌跌撞撞地进入出版机构后,他们也会片刻感知书的温暖。但终于有一天,他们将要背叛信仰,这个企业既不能让他们谋个体面的位子,也不能从物质上让他们过上体面的生活。文学文字文化是个骗局,那个另辟蹊径手捧《少年维特之烦恼》第一次见面让我生出好感的男生,其实就是附庸风雅的草包一个。

文化大发展大繁荣的浮华告诉你,为了保持一种风韵,每天都需要描描自己的眼线,抹着睫毛膏,揉拉眼袋,它从来不教会文学青年怎么擦亮自己的眼睛。文学的品位和出版人的品质的教化何尝不是一个陷阱呢?听着文学超女于丹一遍遍地被台下高呼"滚下去"的声浪,谁还会相信"己所不欲勿施于人"？文化一走上时尚前台就不会纯粹,读书人一走进出版单位,就不能再妄想成为一个研究专家、一个纯粹的人。

书业的混沌从文化生产蔓延到出版制作再到营销推广,市场可以颠覆商业伦理,政策又在进行着一系列的错误主张。苏宁易购紧随当当、京东商城把图书当赠品、当物品甩卖的时候,这个繁荣的图书市场渐渐具有了东莞的气质。政府呢？那些所谓最美的图书评比又开张了——一群展示奇技淫巧、以工艺复杂著称的、让读者无法亲近的图书问世了。书,正在用一种精致、一种浓妆艳抹来掩盖内容的平庸,来拒绝大众验明正身。

再看看出版人自己又是如何给这些平庸之辈添加佐料作践自己的。坊间传闻一位新生代青年出言情小说一部,出版单位发邮件请莫言写推荐语。莫言看罢摇头未回。此书出版封面广告语:"这是一本让莫言哑口无言的书！"后出版单位再发一邮件给莫言请求为另一本书美言几句。莫言邮件回复:又臭又长。此书荣幸出版热卖,封面用语又变成:"这是一本让诺贝尔奖得主莫言特别觉得有味道的书！"

出版单位的一线编辑,一样的是匆匆赶路人,以养家、怡情为使命。出版单位,也就是个让你温饱无虞偶尔把酒言欢,企业文化好一点的能够给你带来些笑容带来些自由的组织。我们不是莫言,我们也发现不了莫言,能够第一时间读到老贾《废都》中"此处略去三十三字",就是一件很提神的事了。文化走不出去,是因为我们薄弱的精神体质;出版人出走,是无法忍受出版文化、企业文化的虚伪性。而我们自己的装腔作势,还要继续。

（二）极寒夺命,烧什么书取暖？

《后天》系美国灾难片之一。讲的是强冷自北极向南扫过脆弱的地球,几个年轻人并没有加入纽约全民逃难行列,而是镇定地固守在纽约图书馆里。逃难者大片中途倒毙,他们幸运地活下来了,因为图书馆里有大量的书供他们烧,供他们取暖。

在选择先烧什么书的时候,躲避在图书里冻得快晕过去的青年人不约而同地选择美国《税法》。杰弗逊说过一句名言:"人生必历两个过程:死亡和纳税。"国家都快完蛋了,还要这个剥削组织干吗?

到了保命取暖的时候,当然还要继续烧下去。嗜书如命?一边去。

各种各样的讲话单行本,优先级别烧烤。一种理论迫不及待地取代另一种理论。理论比书寿命短,本着政治优先的原则,烧字当头。

公务员考试、CPA 考试、司法考试、研究生考试大纲等均可列入第一梯队。

出国考试,雅思、托福用的是上好纸张,大开本,适合添旺,传递热量自是最佳。

各版本的大学教科书如抄袭严重的《宏观经济学》《微观经济学》,过时的《经济法》,让人昏花的《大学体育》《大学军事》,毫无创新意义的各类博士论文、课题报告成书的,剪刀加糨糊痕迹明显。纸张也燥些,增热靠量大,说服老婆孩子一起烧。

青春文学?后现代主义?韩寒的书,郭敬明的书,于丹的书,易中天的书,戏说历史的书,我相信能说服孩子,愈是流行的,愈不值得珍藏。只是外包装太过精致豪华,烧起来没准产生甲醛次生灾害。

自己是做书的,仔细一打量,这年头,社会上还有值得舍命珍藏的书么?

(三)畅销背后的病相

以成都书市传来的畅销图书消息,辅助审视当下的阅读流行排行榜,再推而广之,如果你把所有视觉朝向纸质的行为都称作阅读的话,阅读的异相表现得如此充分而凌厉:主动阅读让位于被动阅读,情感体验让位于功利主义,乐观向往让位于无奈与绝望。

什么书在畅销?

应试教育,考分至上,教材教辅于是变得畅销;赚钱暴富的示范效应,造就了商界名流的自传热买;升官发财的捷径选择,于是厚黑学大行其道。这就是畅销的第一个理由。

功利主义的阅读,必然是浅阅读,阅读对象不过是一架陈旧的面目可憎的机器,自己的任何把玩、抚摸、贴胸、珍藏都隐藏着邪恶和不忠,失掉的不只是情调,还有生命的张力与情感的渴望。

遗憾,我们还是从功利性阅读楼梯上摔下来。

这个社会上定义的"成功"还有多少与阅读真正关联?这是一个对功利阅读彻底绝望的诘问,近而变成阅读者对社会的普遍性反感和对生活的深深厌恶。但他无法忍受并作被动接受,或者在他的生命周期行将进入中段的时候,他唯一能做的,或许就是再拿起一本书,找到一丝慰藉。这又制造了第二个畅销理由:周易八卦杂交着孔孟混入国学作当头炮,政府叫好;左有和尚右有尼姑趁热打铁,压箱私货统统翻出就是要让你大彻大悟,并自此绝了凡心;中外魔怪灵异虚幻更是制造了一个个让人自慰的阅读图像,其高明之处就是不分年龄不分种族,再失意的人生都可以享受到手执短剑狂魔乱舞的快感。

功利、绝望——阅读的两种类型,创造畅销的两种类型。这个社会正流行着一种病——一种烦躁焦虑、没有过程享受和体验的病。

(四)颓势生存,自救,他救?

陆续有五六个编辑在这个夏天辞职了。他们的去向不是跳槽,而是换行。意义明了,出版这个行业已不再具有吸引力了。行业转向,极易给公司高管带来很大的麻痹:公司的经营与管理、公司的企业文化可能还在正确的轨道上行驶;他们的辞职不是背叛这个企业,而是对这个行业失去信心。

是的,这个行业当下的潜在优势在于她的蛊惑性,新闻出版业具有顺手牵羊进行本行业鼓吹的本能与便利:改制是多么成功,在国民经济中的地位愈加重要,和谐社会、中华文明软实力提升的推手……真相如何,围城内的人最清楚。

在过去的2010年里,沪深几千家上市公司中,分属出版业的五家上市公司不幸成为市场表现最差的行业公司之一:时代出版(600551)、出版传媒(601999)、中南传媒(601098)、中文传媒(600373)以及民营出版公司天舟文化(300148)距离上市最高价均有50%以上的跌幅。上涨的股票都是类似的,不幸的股票各有各的不幸,但对出版行业来说,不幸的股票是类似的:在可预见的未来,这些公司无法提供吸引力的财务报表。所谓的企业变革,譬如对高调宣称的数字化出版转型,实践下来还是一个大泡泡。

身为投资者,我当然不会看好这样的公司,也有就理由怀疑自己的企业未来持续赢利能力。2011年出版类上市公司中报显示各自的企业净资产收益率如下:

时代出版,5.52%;出版传媒,2.89%;中南传媒,5.13%;中文传媒,5.76%;天舟文化,4.30%。

这个水平意味着,公司如果有足够账面现金流的话,靠放贷(年利率超过6%)比企业从事所谓的主业经营——编辑、出版、光盘等更划算。事实上,上述五家公司确实拥有这方面的优势,或首发IPO或增发保有了大量可以改变募集资金用途的浮游资金。时代出版(600551)2011年

8月30日公告:公司用6000万元委托交通银行安徽分行放贷,年利率达到了24.5％!时代出版转瞬被诟病成了半个实实在在的放高利贷者,一个食利公司。

种种迹象显示,当下的书业已明显处于外围投资者不看好、内部苦闷的困境之中。所谓的现代企业公司治理形同虚设,旧有体制下的权力运行模式仍然根深蒂固。电视剧《浪漫向左,婚姻向右》刚刚播完,编辑出版人其实一点也快乐不起来:本剧主角——大男人范编辑的浪漫,也就是临睡前在妻子(徐帆饰一位女主任医生)的眼皮底下暗示性地放置一个打开的避孕套,或者很恶心地睡前在自己的腋下点两滴香水;主导他婚姻幸福的,仍然是由范编辑升格为范局长(副社长级别,丈母娘最先改口称范局的),由上班步行变成了公车消费报销,由小房子变成了公司分的大房子……权力运行的一片盛世图景,打扮出畸形的行业活力。

(五) 传媒类上市公司谁的利益应该最大化

算上刚刚 IPO 完成、即将登陆沪市的湖南中南传媒(601098),目前具有完整编辑与出版业务的传媒类上市公司有四家:安徽时代出版(600551),中南传媒(601098),辽宁出版传媒(601999)以及已经更名的"中文天地"(600373,由江西出版集团要约收购 ST 鑫新的大股东资产。)

众所周知,传统的中国出版单位从设立到审批,从出版选题申报到内容俱纳入意识形态控制领域。出版单位的审批制与西方出版公司的登记制存在本质差异。出版内容控制采取列举形式,明确了几大类,比如,涉及国家领导人的、文革事件的、民族外交的、国家机密的等须有专门出版机构出版,且进行选题专项报批。出版单位的主要任务定位于:满足人民群众日益增长的物质文化生活需要,或者说传播先进文化。

"满足人民群众日益增长的物质文化生活需要",体现的是作品的精神价值。在当代中国,出版物较之西方具有更多的公共产品(或准公共产品)性质,政府为了满足执政的需要,以基金资助、政府购买或者政府补贴、税收优惠等形式,委托出版单位出版有利于形成民间与上层建筑意志一致的图书产品。据说,《毛泽东选集》一至五卷,才是一个人类图书编辑发行史上后无来者的奇迹。奇迹的诞生源于特殊条件下政府的宣传鼓动和各级政府公款购买。

即使中国以省为单位的出版集团中优质的一块资产正陆续上市,但从制度上看,出版单位还是无法脱离"传播先进文化"这一无法会计计量的社会目标。一个事实是,中国的出版传媒类公司包括上述四家上市公司,如果胆敢"冒犯"列举的出版禁区并在最终产品中形成既定不良事实,轻则停业整顿,重则吊销营业执照。一把手就地免职。此时公司无法持续经营,但却与财务意义上的"破产"无关。

上市公司的财务目标当然是实现股东价值最大化。在这里,股东可以是读者,此时两者利益能够协调。但在纯粹股东、在投资者那里,其投资于公司唯一目的就是获取所有者权益。每股税后利润是投资者追求的唯一目标。作为上市公司来说,最大限度地为投资者创造利润是包括公司董事会在内的管理层第一要务。

目前的传媒出版类上市公司,面临的最大经营困境在于,在多个利益主体面前,公司究竟实现谁的利益最大化?

其一,类似于像《辞海》之类的大型图书,是上海辞书出版社元老级人物几十年磨一剑的成果。在现代公司制下,投资者要求的投资回报通常不能超过五年。传媒出版类的上市公司股东如果赋予真实的投票权的话,这个方案可能会被废掉。

其二,传媒出版公司与一般工业企业产品形成最大的差异在于,出版公司中每一个产品都是一个独立的形态,比如一本书可以带来超额利润(超级畅销书,类似于《哈利·波特》等),而工业企业比如海尔,其产品多以规格化的形态批量出现,其爆发式增长经营不依赖于一件产品,而是整个系列产品。这就是说,现行的传媒出版类上市公司的董事会无法也不可能代替传统出版单位的选题委员会从事产品经营决策。在这里,董事会推举的经理人就应有更高的能力要求。传统出版单位里,"一个杰出出版人可以做大一个出版公司,一个杰出的出版人可以形成风格化的品牌",但在上市公司中,现代公司治理结构下,经理人很容易走向两面,或绕过董事会,按个人文化兴趣或者价值偏好从事公司经营;或者,掣肘于董事会的权力制约,摒弃文化的价值创造,而将传媒出版企业的经营等同于综合类上市公司。这都是对上市公司股东的不负责任。

其三,公司上市获得的好处大致有:获得额外的融资、改善公司治理机构、提升企业市场形象与价值等等。然而一个罕见的现象是,上述传媒出版类公司在上市前都不太缺乏资金。安徽时代出版是借壳上市的,直到2011年7月才在"不拿白不拿"的情况下,搞了一次增发,拿了5个亿;"中文天地"之所以借壳上市,也是江西出版集团下属的几家出版机构暂时不差钱,估计增发也只是明后年的事。仅从募集资金投向上来看,业内业外都在高呼数字化时代来临,上述公司在这些方面投资会有大手笔,但实际情况并非如此。辽宁出版传媒上年报披露,计划募集资金投向的数字化领域,迟迟没有进展;时代出版在账面拥有五六亿现金的情况下,仍然维持增发且超过1亿资金计划用于数字出版领域,但这笔钱也无法花出去:公司的数字化进展举措无非是将现有出版内容授权相关公司以网络载体形式付费阅读,或者以签约作家的形式取得现在产品未来改编电视剧的权利等。

系列问题的出现,源于当前出版业的困境。一方面是纸质图书的国民阅读率在不断下降,另一方面是看似前景广阔、具有挑战性的数字化出版并没有明确的市场方向,赢利模式也只是处于探索之中。如此情况之下,现在的出版类上市公司从满足股东眼前利益考虑,兼顾长期投资存在的风险,保守经营,实属无奈之举。上周,时代出版发布公告,公司拟以每股2.5元的价格受让安徽华贸拥有的华安证券2000万股权。公司投资于与出版业上下游行业无关的证券业,当然会得到投资者的一致同意(这个价格明显有利于公司股东);但在"传统加正统"的出版人那里,公司的这一行为却被斥责为"不务正业"。

现阶段不差钱的传媒出版类上市公司,被动地拿了许多钱,当这笔钱又无法合理地花出去的时候,"人民群众的利益"和"投资者的利益"都无法实现最大化。因而,传媒出版类上市公司利用现金进行纵向或者横向收购成为外延扩张的唯一方式。辽宁出版传媒、安徽时代出版以及借壳的"中文天地"和即将上市的"中南传媒"最大的投资活动一定是未来一两年中频繁的收购与兼并。而这正满足了中央相关部委的需要:"力争未来两三年内形成几个资产在百亿元的大型出版传媒企业。"目前,时代出版总资产不过才30多个亿,出版传媒不过22亿,即将登陆沪市的中南传媒估计资产总额在50亿—60亿左右(按披露的中期利润结合行业平均净资产收益率计算得出)。

谁的利益应该最大化?目前来看,谁的利益都不重要,完成上级所要求的规模指标是当下最重要的任务。

编辑征途

一所大学的组稿三人行

日行八百公里,往西,直扑一个曾经"八一起义"的城市。

擒贼先擒王。以极高效率将事儿处理完毕,兴奋不已。复东归,GPS定位,高速公路优先。于是路线变成了九江—太湖—望江—安庆—池州—宣城,晚上安歇的地点是安吉。九江大桥实在不怎么的,四根石柱桥墩,灰白缀黄,难看之极。过了九江,进入三不管地带,何言风景?到了安庆长江大桥,面貌焕然一新。九江是同行的米斯罗家乡,安庆是我的家乡。居然过门而不入。佩服自己一下。

一路欢笑着,憧憬着接待我们的那位警备区上校,可能用桶拿酒,带着一个卫队拉我们喝酒。六点的冬天不再是黄昏,肚子饿得很。

"你说部队现在还有女兵么?"

"没有女兵的,只有团级才配有女兵。"牛人说。

"总归有女护士吧。"眼前浮现《凯旋在子夜》的情形。

高速上灯光似流萤。这灯光让我们迷路了。电话联系对方,说我们就在他们眼前,G50林城下直行2公里就到。

什么叫迷路?迷路就是找不着北。

要不请对方打三颗信号弹?

要不再请对方加发一颗照明弹?

扯淡!大家哈哈大笑。

干急没用。于是再谈扯淡事。

牛奶场一公牛短信给母牛:今晚我们一起出走?

为啥?

"上级有批专家来指导工作,考察奶牛文化大发展大繁荣呢。个个能吹牛皮。妹子,赶紧吧。"

"那你可以留下来陪专家呀!"

"不行啊,专家能吹牛皮,自然更会扯淡啦!"

最后一句"扯淡"让开车的米斯罗笑翻,差一点一个趔趄,把方向盘踢歪。

其实,如果这趟不出来,今晚正是应约在阳澄湖吃大闸蟹。

幻想那只吃不着的大闸蟹被主人放养着,并像小孩飞车一样在它丑陋的眼睛上方装了遥控装置;或者在它的背部装个GPS定位。三只大闸蟹,三个难兄难弟,顺着上海出版人的方向,爬呀爬。

……

八点到安吉吃的晚饭,有酒。没有螃蟹,也没有女兵。

吃河豚与坐飞机:职业途中的两个风险故事

骂一个人难看,可以用一句刻薄的语言来形容:"……简直没有进化完全!"河豚就属于长相超度怪异系列:口小头圆,背部黑褐,白腹,体型极差,放在岸上像个鸟类动物活体。据说,河豚眼睛平时是蓝绿色,还可以随着光线的变化自动变色。一翻《辞海》,里面果然称河豚为进化不完整之鱼类。

它饱满后鳍的以上部位蕴含着极度的不寻常和可怕:剧毒,但肉质鲜嫩无比。人们常把河豚鱼片与日本绘画相提并论,称之"柔和细腻,回味无穷"。河豚给敢于挑战它的人一个很简单的死法:你可以吃她的肝脏、血液、卵巢、生殖腺、鱼子中的任何一部分,接着你的舌、唇、手、足就会失去知觉,全身麻木,血压下降,再接着,很快便会窒息死亡。这比一般的自杀要利索得多,现场也整洁得多。

上海有"拼死吃河豚"之说,意对有胆量男人的褒奖。就像复旦中文系某教授多次阐述酒文化一样,"一个敢于醉酒的男人才具备被提拔的空间""因为这个男人有敢于酒后吐直言的勇气"。这个五一节里,我对此倒是有所见证。江苏RD县组织部领导请我们一行七人去吃海鲜,河豚是他和夫人亲自给我们点的。一人一条,服务生帮忙捞在每个人的碟子里。女儿很恐惧,不敢吃,嘴里唠叨的是她长相的丑陋。部长的两个随从秘书倒是聪明无比,争着示范:"小妹妹,没事,你瞧着,我吃给你看……皮上有细刺,但可以把鱼皮翻卷过来,整体性吞食,特养胃呢。"

回上海后自然又想起第一次吃河豚的情形,那是在上海的崇明岛。前公司大老板老家是岛上人,经营着一家规模不大的印刷厂。早就扬言要请我们吃正宗的河豚。那天晚上,厨师偷偷地弄来一条据说是野生的(3000多元)替我们做好了一道"河豚咸菜汤"。这河豚很大,足有二斤多,放在硕大的电磁炉里随着中火,苍白的肚子不断地朝上挺,突突跳,很吓人。厨师倒说了真话:"放心吧,我宰杀时很小心,做熟后,弄了一勺子汤给馋猫舔了一口,十分钟过去了,这猫还没事呢!"大家面面相觑,故意推让不作先用,有个毛头小伙子明显经验不足,他很客气地把转盘推到领导面前,说要让领导先尝。

大老板无言,叹息年轻人无用,关键时候硬不起,一边抓筷子先吃,边上人随后跟进,气氛变得有点沉闷。我夹取第一片碎肉,心里一边盘算着,千万不要让整个单位中高层这次被一锅端!

人的魄力究竟来自哪里?人的自我慰藉又出自哪里?吃河豚与每次坐飞机的结果很类似:要么平安,要么死,唯不同的是吃河豚之死一般不会见报。在一次去桂林参加书市的飞机上突遇强对流,飞机突然掉落八百多米,几乎想有掏笔写留言的想法,但见别座的同事笃定自如。他说,你怕什么!这机上钱比你多的人多的是,职位比你高的估计多的是,那几位漂亮的空姐都还没来得及谈恋爱!

这明明是一个愚蠢和非人道的逻辑:美丽的空姐没谈恋爱,你我的死亡遗憾难道可以用同归于尽来弥补?

忆台北的一位女生

结束沪台图书交流会开幕式,并与台湾业界朋友作了热烈交流后,参观台北图书馆亦是此行上海代表团的一大愿望。

台北图书馆(他们称作"国家图书馆")的环保低碳设计理念,放在今天的世界图书馆名录中仍然堪称一流。登上通往正门的台阶桥廊,走进大厅,脚下,有吸音地毯;头顶,明亮的采光天窗;窗明几净,肃穆安详,这里就是一间硕大的可以沉浸其中的开架式大书房。

四层是善本书室、视听室,按类别分割成面积约四五十平方左右的隔间。每个隔间的三面是各类古籍藏架,临靠着天窗的则是整洁的阅览桌。一行人一一历数着在大陆难以看到的善本并小声交流的时候,坐在阅览位子里的一位学生模样的人轻轻地侧过脸,看了我们一眼,立刻又把目光回归到了她的书本——她正在啃一本似是中国西北方志的砖块般的本子。

只不过是上午十点,图书馆开门是正九点,所以这里只停留她一个读者。她看书的样子深深地吸引了我们:很长的头发,纯黑,飘越过长长的颈项一直延伸到黑色的外套风衣上,因为有和煦的阳光普照,翘起的几缕发丝闪烁着饱满的光泽。她戴着淡蓝色的口罩,在她回眸的那一刻,我们看到的只是一双大眼睛。后来才知,戴口罩,是这里的不成文的规定,阅读者面对古籍善本呼出的口气都有可能破坏善本的品质。她只是自觉遵守者之一。

她是学生吗?应该是。她的打扮属时尚之列,除了头发没有染成黄色以外。一行人私下低语给予了啧啧称赞:在当下信息爆炸和时尚新潮并行的社会里,居然还有女生把周日的大好时光消磨在艰涩的古文献里!

当我们一行走到室外时,她轻轻地跟在我们后面,再赶上,走到我们面前一一鞠躬。这次,她取掉了口罩,怀揣着一厚厚的笔记本,多了一份纯朴之美。她很高,大概有170cm以上。当她得知我们是从上海来的时候,她兴奋地说她一直想在复旦大学历史地理所再学习。恰好此行的一位男士,多年从事古文献研究且小有成果,面对这位漂亮女生,自然不会放过展现自己博学的机会,一路跟随神侃了五十米走廊距离,嗓门渐高,恋恋不舍。那女生倒没有什么,一脸诚恳地洗耳恭听。

行程匆匆。第三天晚上我们来到了南部高雄,夜晚的爱河两岸景色宜人。大家品尝着美食,畅饮着60度的金门高粱,你一言我一语畅谈着爱河名字的由来。接待我们的陈秘书长是位慈爱的老人,他接通了一个电话后,对我们说,再过半小时,你们将会见到一位神秘的客人。

客人来了,居然是那位我们在台北图书室邂逅的姑娘!她开了私家车,下午从台北出发,一路行程四五个小时来到这里(大陆来团信息很容易公开检索)。她还特意给我们每人买了两只产自宜兰的顶级大芒果,装满了整个后备箱。一行人欢呼雀跃,纷纷拉她入座喝酒,她说她不会,晚上还要回台北,不过可以陪我们唱歌。陈秘书借着酒兴告诉我们一个秘密:她可是在台北有相当的名气哟,大学二年级的时候,就参加了台北小姐评选,还进入了前十呢!我们在电视里都看见过她。她浅浅一笑,摆摆手,示意那都是过去的事了。她唱了两首歌,邓丽君的《在水一方》《小城故事》,感情真挚,声音温婉。那个在台北图书馆给她"讲过课"的同行男士更是激动万分,拿起另外一只麦克风吊着破嗓子乱吼,给此行的我们带来乐趣。

她没有名片,只知道她姓钟,住台北罗斯福大街。她给我留了一个她的邮址,希望我把复旦历史所的几位专家特别是著作信息发给她。

回来后,我差不多忘记了这件事,毕竟这个专业我是外行。一个多月后我尝试着往她的地址发了她可能感兴趣的图书资料。但没有回信。再打听报考复旦硕士的港澳台学生名录,也没有她的信息。

一切都渐渐地淡忘。如今的社会,风潮的转变是很快的。我们应该接受一个女生为了实现自己最易实现的愿望,而在人生中迭作 N 次选择。她的大陆求学梦,只是她所有选择中的一个,也许她已把自己的头发染成金黄,重新走上她的艺术人生舞台。这又有什么不可以呢?

心灵独白在剑桥

一个人可以终生无大成就,但不妨碍他有一个让人愉悦的姓名;对一个国家、对一所学校,对万物亦如此。这个世界上,结合冥冥中的第六感官,"剑桥"二字则是我心目中最优最美最神圣的学校。剑,是一种侠士气质,诗人普希金决战用的是它;桥,则是一种浪漫,西湖上的断桥,叙述的是人蛇唯美凄婉的爱情。

说剑桥的优美,对"剑桥"二字的偏爱,又可追溯徐志摩的那首《再别康桥》,是它把我的心绪自登机一路拴起。诗有无法言传的美,浪漫爱情故事更是婉约动人。诗的主人、爱情故事的主角均已离我远去,唯今天的剑桥,依旧保持她庄重典雅的面容。

准确地说,剑桥大学其实就是一座城市。小心翼翼地穿过几条芳草没地的简单路面,顺着一条两边长满青藤的长廊往前走,再把眼界越过广阔的草坪,你果真就会看见剑桥真有一条河、一座桥!小河并不宽广,但水质清而深,几只野鸭自由地游荡,一群肤色各异的男女学生坐在木船上悠闲地划桨。野鸭随涟漪而嬉,跟在木船后面,算是给划桨的姑娘小伙鼓劲——这是一种无人欣赏的美——剑桥也从来就不需要喧闹的掌声!庄重让你几乎不认为你进入了是一所学校,而是一座贵族庄园。步履走过小桥时,木船恰从桥下穿过,"中国,你好!"船上学生一起冲我们用汉语打招呼。心头一热,居然在这里能听到中国话了。端起相机咔嚓几声,再回看刚拍的影像,想在那幅图里寻找我们熟悉的前辈:徐志摩,还有那个陆小曼,你们还好吗?再瞧瞧剑河边上的垂柳,难得在欧洲见到的垂柳,轻轻拂拭着水面,这里俨然已经是江南春天的景致了。

国王学院应该算是剑桥这块圣地中的圣地。1441年,年轻的国王亨利六世为"剑桥圣母和圣尼古拉斯国王学院"奠基。亨利竭尽全力要使他的学院,使这里的学院教堂在气势上举世无双。更让人敬重的是,这个学校每年最多录取70个家境贫寒的学生。然而,学院教堂最终完成却是一百年以后的事情,其后的历任国王,尤其令人感慨的是,莎士比亚剧中那个臭名昭著的理查德三世和亨利八世,是他,最终完成了这项工程。

1441年,我们的帝王在干什么呢?明英宗朱祁镇主朝。他为什么没有想到要办一所高贵的举世无双的学校?中国只是从近代开始落后,中国的落后皆因那些"野蛮"的英国人,皆因他们可恶的鸦片……我开始怀疑这个结论。育新民,开新知,国家文明的种子,英国早已经先我们五百年播种下了。

教堂神圣、静穆得让人害怕。记得2001年第一次走进巴黎圣母院时,阴森的感觉仍存心底,更害怕看到电影里最常见的一幕:神父半夜在一个窗口里接受信徒的不断忏悔。这里的教堂与巴黎并无二致,一律哥特式建筑。不能理解的是,神授的威严下怎么会教育出杰出的、具有现代精神的、且还将不朽的一堆人物呢?

学校,神圣的殿堂。在这里,更能理解这句话的含义了。庄严凝重的建筑表情可能有些让人压抑,但对学子来说,凝重和寂寞会让人想得更远,想得更透,再顽劣的孩童似乎都可以在这里洗涤驿动的心灵,把思想投射到无限的边界和无限的未来。

时间的起点在哪里?宇宙有多大,空间的边界在哪里?我们的先人一定想过,也一定问过,但都用无声的叹息来"问天"。

CHAPEL教堂无疑是国王学院所有教堂的骄傲,单是26扇彩色玻璃窗从制作到安装到位就花了30年时间。就在这座庄严雄伟的教堂里,在富丽堂皇的雕饰和管风琴屏风下,一群学生却用长考来回答我们同样的命题。

达尔文在思考。世界从何而来,世界存续有多长?这可能是个永远没有答案的命题。但达尔文已经找到部分答案,或者说找到了部分研究方法。至少,他从物种起源角度合乎逻辑地解决了人类存在的哲学问题,理清了人类走向文明的路线图。

牛顿也在思考。从苹果落地到万有引力理论,是智商水平从20到200的跳跃。这个跃越把人类文明的进程又大大向前推动了一大步。至少,他已经从局部空间领域证明人类存在的星球只是广阔宇宙的一部分。

庄严催生智慧,宁静方可致远。绿莹莹的草坪上一片安详。边上也有一块告示牌让我驻足:只有学院的资深人士和他们的客人才可以在草坪上散步。

停下步伐,就在这绿色的草坪前。把敬意送给那些致力于公共教育的精英们,还有创办国王学院并在1471年于伦敦塔遇害的亨利六世——他让我,一个中国人能够在500年后的4月18日看到属于全人类的大学——CAMBRIDGE。

法兰克福书展:欧罗巴的三重记忆

(一)出版家,吉姆教授

2001年的9·11事件后,恐怖二字成为世界媒体主题字。但我们还是在此后的10月份赶上了去德国的汉莎公司飞机,参加一年一度的法兰克福国际书展。柏林是我们的第一站,柏林墙——一堵分隔出两种社会制度的混凝土墙体,是如何演绎东西德国悲伤的故事,又是如何一夜间轰然崩塌?

原以为柏林墙是很高很长的围墙。到了、亲眼看了,才发现,物理形态的围墙完全被政治夸大了。在撤除柏林墙的那些日子里,人们试图整体砸毁,以免心中再行痛苦的记忆。但还是有政治人士——并不完全是旅游开发的考虑,德国人还是保留了一段,也是我们现在看到的柏林墙。

不需要门票,只有稀疏的几个中国人在那里留影,从我们身边走过的人(认不出是否是德国人),几乎已经对这堵墙视而不见,也没有、当然也不愿意留意我们的拍照。

墙上面都是些涂鸦作品,放在今天的上海,绝对是违反"七不"并被整改的对象!这些都是整个柏林墙在撤除期间的作品,反映了德国人对冷战的愤怒、对政治的嘲讽。作品本身的意义更独立单纯。所有的用料都是油彩,欧罗巴艺术家喜欢的那种;亦有画面意义不甚明确,比如用大弯曲粗线条展示,疑受欧印象派的熏陶。

　　导游提示我们留意墙头上的小坑。仔细看了,才知道那是当年东德青年试图逃往西德被边防战士射杀后的子弹印迹。据说,从修建柏林墙到撤除前的整个四十多年里,大约有上百名东德青年死在柏林墙下。围墙隔不断自由的空气,自由需要付出代价。

　　我们沿着东柏林城区,也就是现已经撤除但仍有遗迹的小路行走。2001年应该是两德统一后的第十二个年头。两边的人迅速地在情感上实现了融合,民族亲情战胜了曾经的隔阂。但一个城市在城墙两边却有着两种风格差异的建筑:原西德城区自然幽静,东德城区多是标准笔直的大通道,大通道的末尾连接着漂亮庄严的大广场!似乎极权力量都喜好大广场,封建王朝留下的天安门长安街、平壤的千里马大街、哈瓦拉的卡斯特罗大道、苏联时期的莫斯科红场。

　　政治中心建筑物的形态,在极权国家中,是一种很难读懂的政治表情。

　　不守时是不礼貌的。到了德国,更是见证了德国人的严谨。斯普林格出版公司是距离海德堡不远的一家大型出版公司。此行的任务,参加法兰克福书展就是他们公司邀请的。

　　车子提前到了。接待提示我们稍等,九点还差五分钟。

　　欣赏风景的时候,时针指向了上午九点整。走进了公司大门,公司大小主管一字排开,男女西装笔挺,一律黑色装束,从容而严谨,与我们握手,表达简约的欢迎。

　　来到会议室。对方的接待——一中年女子给我们每人一张纸一支笔,另外一位帅小伙给我们每人沏上一杯咖啡。面前展现的一幅制作精美的公司战略流程及未来规划PPT演示。坐椅数量简直就是精确统计过,一个不多一个不少。

公司正副手每人一个主题,每人讲五分钟(因为还要有中文翻译)。四十分钟后,会议休息,大家随意吃点点心,自己添加咖啡,再到阳台上眺望海德堡美丽的风景。

总觉得站在主席台上的总裁吉姆先生有点似曾相识。慢慢回忆起,那是1998年的事。新闻出版总署邀请一批海外专家在南京举办了一个中国出版人培训班,我有幸成了其中的一员,其中一期由德国出版家吉姆先生主讲,会后,他还送我一本他在中国出版的著作《给未来的出版家》,扉页有他的签名。

他几乎同时认出了我。当我请翻译表达了在南京那一段经历时,吉姆先生动情地说:他在中国度过了一段美好时光,他不会忘记他在中国的同行,永远不会忘记他在中国的那些学员,他觉得那批学员的潜质超出了他的想象。在他看来,中国新闻出版人在既有意识形态框架下完整地理解西方新闻的市场运作,有着巨大的困难。在那次培训的最后一课中,他出题目,请我们模拟一下一件出版产品如何更有效地打入市场并取得佳绩。结果是,每个人都用自己的独立思考交出了让他喊出GREAT,EXCELLENT! 的赞叹。

吉姆先生帮助中国学员,包括这次盛情邀请我们来德国,只能理解他对出版事业的热爱。这份热爱已经超出了一个出版家从事市场竞争的物质需求。十一点准时结束会面时,他用热情洋溢的话语表达了对中国同行的祝福,亲爱的朋友们,中国有十三亿人口,如果每本书有万分之一的人购买,那是多么诱人的数字!

多年未曾联系吉姆先生了,只有书架上他的签名书,仍在提示着我不断向前,不断努力。回望这几年的中国图书市场国际化线路依旧步履维艰,吉姆先生在中国的图书市场开拓不算成功,包括德国贝塔斯曼书友会在中国的发展也受到制约。但我相信并期待,吉姆先生会回来的。

(二) 特里尔,马克思的故乡

德国有世界上最发达的高速公路,公路两边则是赏不尽的风景。临近周末,往南方的车辆一下子多了起来,去的方向多是莱茵河区域,也有准备翻越阿尔卑斯山到意大利去的,那里都是德国人周末休闲的好去处。偶遇堵车,总见车子里的孩子们向我们招手,一家三口四口,笑容写满了脸上;如果时间堵得长,车子里的小孩也愿意让随车的宠物狗探出可爱的脑袋,凝望来自东方的中国人。

到德国不去朝圣马克思,对不起多年来在国内接受的正统教育。所以我们还是按计划去特里尔看看 190 年前马克思出生的地方。

特里尔真是小!小到在随身携带的德国地图上找不出它的名字!大巴穿过两片广阔的绿荫地后停靠了下来。绿荫地实际上是个开放式的公园,景致优美,各色乔木赶着秋色换上最成熟的衣服。我们留恋这样娴静的风景,竟然忘记此行的最终的目的。公园当中的草场上有一尊醒目的雕像,黑色礁石塑造的浓密大胡子,锐利的眼光正视前方。这勾起了我对自己政治启蒙的回忆。幼年老家公社的大堂里常年累月陈列着五位伟人的画像:马恩列斯毛。读着简短的碑文,耳边回响着这位伟人向世界发出的铿锵声音……在马克思像前照相、合影,花一分钟闭目,把敬仰印在心间。相比中国高校,比如复旦、同济大学校园里的毛泽东雕像,马克思的塑像无论在气势上还是真实体积上都无法比拟。毕竟,全球马克思的信徒众多但已无百年前的狂热,呈现出分散式的学院探究,马克思的经济理论倒成就了东西方国家共同推崇的温良政府改革计划。而毛泽东同志高大形象塑立的年代,正是八亿中国人集体高唱颂歌的年代。时境不同,政治气象亦不可同日而语。

绿荫公园是敞开式的,偶尔有几个散步的人;一位好客的老年德国朋友问我们,你们一定是从中国来的吧?我们用 YES 作了回答。他很开心地对我们说,他刚去中国,到了北京、黄山与桂林,那是一个美丽的国家,他喜欢中国。他指着前面的小镇对我说,你们要找的马克思故居,在那里。

当地人以故乡拥有这样一位伟人而感到自豪与骄傲。无论国际还是德国国内政治风云变幻,也无论马克思主义及其信徒在全世界受到多少磨难,马克思作为曾经生活在这个小镇上的市民,还将在这里得到了当地政府及人民的热爱与尊敬。每年大约有三四万人来特里尔,只为瞻望这位伟人曾经生活过的地方;这其中有三分之一是来自中国人——每个来这里的中国人都能感受到特里尔人的友好与善良。

到了小镇,导游指着我们说,那就是马克思的故居。顺着手指的方向望去,门面朴实无华,却有一种特别的庄重,只容两个人进出的门还是紧闭着的。显然,这里不需要叫卖声,也不需要旅游纪念品,特里尔人知道马克思的伟大是拥有智慧和透视历史的能力。马克思不反对商业社会,但这里的人似乎最能读懂马克思:门头上简约的马克思图像显示这位思想家,一生都在渴望把他的伟大思想,把他对平等社会的渴望传遍全世界!

写到此时,全球性金融危机一下子把这个表面浮华的世界带进了惶恐之中。在政治家眼里,在经济学家眼里,在那些倡导全球化、世界大同的社会学家眼里,似乎自 1929—1933 年世界经济大萧条以来的世界又一下了病倒了,也找不到病根及治疗的方向了。

还好,在我们的政治家还在为眼下的金融危机寻求全球合作并作全力挣扎的时候,报载,法国总理萨科奇近日时常翻阅有就是马克思的《资本论》。这部杰出的著作在21世纪的今天每日的销量依旧达到了1000多册!据说以《资本论》命名的剧本亦正在创作之中同,不久将有同名电影问世。是的,现代人不得不再一次潜下心来仔细审视一百多年前那位老人对社会形态的剖析、对资本主义社会的批判,对弱势群体及无产阶级的深深同情。

金融危机负面影响也在中国蔓延。马克思主义理论在一百多年后的今天再一次走进我们的生活!那些蒙受资本市场打击的人,那些破产的小企业主,那些正有可能失去土地的农民,似乎正从马克思主义那里找到当代社会的罪恶根源。

马克思的故乡是宁静的,特里尔永远有一种典雅从容之美。打开当年去德国的地图,我很庆幸我一下子找出了特里尔的位置——那是我当天——2001年的10月7日上午(德国时间)特地标上去的。

特里尔将不再陌生。

(三)阿姆斯特丹的直白

大巴经卢森堡往北穿越比利时,肥硕的乳牛点缀着两边油画般的绿地,没有国界,没有哨所,甚至也不能肯定这些花斑乳牛的归属,司机告诉我们,这已经是荷兰的土地了。

对阿姆斯特丹的记忆是奇特的。大学时候看过《阿姆斯特丹水怪》,那是一部惊悚片,描述的是城市中心河岸边不断有人被水中怪物吞食。因为记忆太深,以至于在很长的一段时间里,不敢夜晚一个人在河边散步。当然,对于阿姆斯特丹的向往最多的是,来欧洲前,已经有朋友开玩笑地告诉我们,荷兰的红灯区可是世界一流的。如果你想征服洋妞,那里允许你冲动一回。

有了朋友的告诫,一到阿姆斯特丹大街,尽管还是日头当午,一行人还是用搜索的眼光打量着街道两边哪些可能是光怪陆离的地方。阿姆斯特丹城市确实水道很多,且水面差不多与街面相平。称它为水道,因为它与普通的河流有区别,水几乎是静止的,上面三三两两地点缀着各式小木船。

　　阿姆斯特丹在欧洲的所有城市中,其城区环境算是比较邋遢的,地上的垃圾似乎也有多日未清扫。城市广场中央对面就是教堂,总以为那是一个严谨而神圣的地方,但在游客拍照的瞬间,果真有好几个不同肤色的小青年在打闹,扔果皮,甚至冲撞了你,但你不要指望听到道歉声。

　　阿姆斯特丹的白天似乎比欧洲其他城市热闹些,市中心的周围商店林立。很可能在你欣赏建筑美景的时候,从某人酒吧里突然传来一阵喧闹声,顺着尖叫声,你会看到不同肤色不同年龄的人往前拥,男人居多,嘴里叼着烟的,手端酒杯的,都有。好奇心诱使你伸长脖子往里瞧,你多半会发现,那里一定是性感女郎在大跳钢管舞。

　　广场四周有许多性用品商店,放大的色情杂志照片挂在门面最醒目的位置。一个没有思想准备的传统中国人刚来这里一定会很不适应。为什么？因为在这个城市的大街上,除了不断闪现的性、人肉之外,似乎你很少看到德国街头的一面：白领男女,一袭黑色的风衣,手夹文件包,神色匆匆地往公司赶；你当然也不能理解,这个区区不足千万人口的小国,性产业何曾有如此巨大的市场？

　　天暗将下来,最迷离的星夜色彩,同样属于阿姆斯特丹的红灯区。几条平行的看似不起眼的街道,只能容一辆小车单向通行。街道两边,均是一层的楼面,门是透明的,各色美女身穿比基尼,摆着各种造型,微笑着向客人致意,从里面射出的同一格调的粉红的灯光,把街道映衬得若即若离。天黑下来,算是这里的营业正式开始。也有几间房门已经关上，只从门四周的缝隙中发出暗红的光，那是告诉你，这里正在践行一桩谈妥的交易。

荷兰的红灯区也许真的只有在中国人眼里才是神秘。想到这里，看着自己一行人偶尔驻足偶尔指点，视察这里的风景，顿生歉意，才觉得是我们异样的眼光打扰了这里的风情，才觉得我们方队式行进的队伍与此风景是多么的格格不入！导游一改自己在其他旅游景点的懒散，兴高采烈地向我们介绍着红灯区的故事。说现在这里的女孩多半来自东欧国家，也有来自亚洲菲律宾及越南的；每个人的身价不一样，年龄越小优势越大。说到红灯区的由来，导游说，荷兰是个临海国家，过去的岁月里，男人需要出海，一去就是几十天……回来了，做爱是最合意的解决无聊和苦闷的方式。荷兰的红灯区是合法的，也是得到法律保护的。然而，我们唯一不能肯定的是这里的消费者究竟是属于荷兰，还是属于全世界？

色情产业究竟市场可以做到多大，没有人知道。其实，在中国的许多城市，尤其是城乡结合部，发廊与浴足店遍地开花，唯一提示我们小心的是，它们与阿姆斯特丹夜晚有着类似的玫瑰灯光。玫瑰红是迷人的，玫瑰红下，女人最美丽；玫瑰红下，男人最易失魂。郁金香是荷兰的国花，橙色是荷兰的颜色，红灯区的迷离注定优先考虑这个国家。

红灯区是压抑男人寻找片刻温存的地方，也是酒后作乐者的天堂。当我们完整穿过一条附近的弄堂正准备上车的时候，一个赤身全裸的高大男人正在大街上憨笑着追逐三个同伙。推测是，三个同伙设计了一场恶作剧，趁这个男人交易的时候，破门而入，抢走了他的所有衣什……

其实，对荷兰也有许多美好的记忆。在我们从北京飞往法兰克福的航班上，我的座位旁边坐着的就是一位纯种的荷兰籍先生。他在北京的中国公司上班，老婆是中国人，有了两个孩子。即使在飞机上的十几个小时,他也没有忘记工作,在手提电脑里写着公司报告。不得不佩服他的中国太太,把一颗心真诚地交给那个拥有玫瑰灯光国度的青年;不得不嘲笑中国人的猎奇心,哪怕是政府官员,也乐于不吝口舌,在考察回国叙述连真正的荷兰人自己都不甚清楚的红灯区。

写在纽约大学的数字化出版学习间隙

(一) 纽约目睹中国人之怪现象

曼哈顿岛第42街,左端尽头、哈得逊河东岸是中国驻纽约领事馆,往东沿着第42街直行经过当年纽约最出名如今已经改邪归正的传说中的一段红灯区,右端尽头就是联合国总部。进联合国总部除了严格的安检以外(男人得解下皮带提着裤子进安全门),所有的参观一概免费。

参观结束前,一行人想着购买各式的联合国明信片,贴上联合国邮票寄给遥远中国的亲人和朋友。当随行的W先生大呼钱包不见时,众人方才领悟到团长先前的谆谆教导绝非虚言。按照他已经成为美国公民的经验,黑人最得提防,华人其次。但这里除了门口那个高大威猛的黑人值勤警察外,余下的就是黄皮肤的我等人了。一群人面面相觑,帮忙寻找未果,忙向门口那黑人警察求助。稍几,一高大颇具姿色的美国白种女人信步走到警察前将一钱包匆匆扔给他后,大步流星地走了。起初以为是她是美国活雷锋,把小偷扔下的钱包交给警察。大家再一寻思,这又是万万不可能。一则失主自言这个女人一直尾随其后,她贪婪呼吸的浓烈香水味道还在他的后背纠缠;二则钱包里除了损失一百多一点的美金外,成片的百元老人头图案竟让她熟视无睹;三则在她上交这钱包前,现场已经清理一遍了,且除她之外,再也没有第三个外人了(暂将内奸的存疑搁置)。

无疑,这女人有着小偷的最大嫌疑。警察耸耸肩,这个动作等价于无可奈何。

回来的路上,一行男女还在插科打诨,W先生品尝着失而复得的快乐。那领队拿美国绿卡的团长却是死活不肯承认美国白人会偷东西,死活不肯承认会在联合国总部发生这样的事情,更不会承认一个有姿色的美国白种女人会干这种事。

仔细分析前后,大家最后的结论是:她的的确确是个小偷,还是一个高素质的白种女性小偷。说她高素质,是她想失主之所想,急失主之所急,把那些于她无用的东西包括人民币(不是看不上就是看走眼,人民币的升值潜力你不也估计?)不是扔在垃圾桶里,而是顺利地实现回归到失主手里。

连续三天美国同行专家讲座,内容之丰富让人目不暇接,前后几位同声翻译者都是年轻的中国纽约大学留学生。

昨天上午的主讲是位美国数字出版技术专家,译者则换了一位年龄看上去只有二十岁左右的文弱女生。

与前几位比较,她的翻译比较缓慢,也许是记忆不太好,也许是想让那些很专业的词汇表述在美国专家那里得到更进一步的求证,她的翻译不算流畅,偶尔还作停顿,用英文寻求美国专家对某些词汇的再解释。主讲的美国专家也是女性,她以极大的耐心应付着年轻的中国译者,但她还是从这群听众不太满意的面部表情中看出了端倪。这神情对她是个诱导,她也几乎认为这个译者没有准确地传达她想要说的内容。根据我的经验,所有的主讲者对译者的要求是很高的,她可以把自己一次不太成功的演讲归结为翻译的不专业。

说实话,我并不认为她的翻译有多差。毕竟当事人那天的主讲内容中有许多专业性新名词。一行听众中终于有一位女士站了起来,当场打断了翻译,大意是说某某词汇你翻译得不准确。那文弱译者当场表达了歉意。接下来的提问过程中,几个听众女人的表现堪称残酷,她们用英语直接与主讲人进行对话提问,这意味着这个年轻的译者姑娘无所事事了。她站在一边,脸上有些尴尬。

茶歇时,我问她在哪里读书,老家在哪里。她说是南京人,学的是数学专业,现在纽约大学读硕士,一个人来美国四五年了,一年回去不了一回。她坦言,她的英文比中文好,今天是第一次做同步口译,早上才拿到大纲。我故意大声说,没关系,基本还是不错的,胆子再大一些就好了。同行的几个男人终于听到了,随声附和,连说没关系没关系。

但在接下来的半场里,那个美国通团长亲自上阵了。那位我特别关照的小女生可怜地坐在一边咬着铅笔,神情很是沮丧。

中午吃饭的时候,也没见她人影。

既然她是第一次做同声翻译,那一定是机会难得。如果自己的同胞都不愿意给自己人机会,那谁还会给中国人机会呢?

我们能够容忍并接受一个白种女人偷中国人钱包的事实,却不愿意接受一个中国文弱女生同步翻译中的一点瑕疵;我们甚至对那个给我们带来一百多美元实实在在损失的胆大白种女人毫无理由地给予迁就,却对一位精心付出劳动的中国同胞给予行动与语言上的百般苛刻。

希望那位孤身在外、远离父母的中国女孩,不为这些细小的人生曲折而气馁,也希望她在美国有美好的未来。

（二）一个城市的温暖瞬间

拉什维尔

拉什维尔是猫王的故乡。埃尔维斯·普雷斯利——"猫王"（THE HILLBILLY CAT），这是狂热的美国南方歌迷为他取的昵称。20世纪50年代，猫王的音乐开始风靡世界。他的音乐超越了种族以及文化的疆界，将乡村音乐、布鲁斯音乐以及山地摇滚乐融会贯通，形成了独特曲风，震撼了当时的流行乐坛，并让摇滚乐如同旋风一般横扫世界乐坛。猫王从未录制过外语歌曲，并且除了在三个加拿大的五场演出外，他从未在美国以外举办过演唱会，但其销量40%都是在国外创造的。英俊不凡的容貌、天赋的音乐灵性、无羁而富有感召力的舞台表现力成为猫王的标签，也使他成为世人狂热崇拜的明星。

今天去拉什维尔，并不是去朝圣这个音乐天才，对出版人来说，那里正在发生着一项颠覆传统出版的故事，故事的主角——英格拉姆集团公司的LIGHTNING SOURCE——按需印刷的技术成功运用并已形成产业化规模。传统的胶版印刷以保本点以上的批量获得经济利益，且随单批印刷数量边际效益递增。而今，现代科技技术和信息管理的运用理论上可让全球的每一位客户随时购买到他所需要的图书——不管是过去的，还是现在的。其对应的经济批量就是单件，即按作者需要印刷一本或几本。

现场观摩了单本图书从电子文本进入到图书流出的程序，堪称激动人心。任何一位客户将其所需要的图书信息比如从亚马逊网站上获得后，直接订阅，不管这本书有否库存，英格拉姆均可在八九个小时之内制作完毕并通过迅捷的物流系统快递到客户手中。英格拉姆与亚马逊网上书店，与著作权人分享经济利益。此时，图书存货成本归零，那些沉睡多年的短版图书也终于可以在今天找到新的主人。

这个世界上还会有第二家公司与它竞争吗？不会了。如今,英格拉姆已与全球8000多家出版商签订了100万本的版权,庞大的资源占有与良好的信誉是其高速发展的基础;更重要的,拥有充分现金流的家族企业背景让其随时能够应用最先进的出版技术。一个显而易见的事实是,没有第二个企业能够像它一样可以忍受徒有技术而无订单的空壳车间。每月150万册以上(平均每本印量1.8本)就是一个让同行望尘莫及的数据。

拉什维尔是一个优雅的城市,乡村酒吧饱和着猫王的乡村音乐,创造着一种浪漫怀旧的风情。全世界的那些喜欢并懂得消费音乐的人都会在这里歇息,要杯酒,随着音律轻舞自己,享受人生极致。在我们出版人眼里,这里正发生的一切都将是颠覆性的:音乐,浪漫,美酒虽好,但有时也会成为麻痹我们的鸦片,在全球化的年代消解、钝化我们的进取意识。中国的出版人,应该提早准备了。

出版当自强

议价能力与核心竞争力

过去的十几年,出版人大体过着比较舒服的日子。对作者的一堆来稿,编辑挑三拣四;对那些自命不凡且感觉良好的作者,比如提出的过高的版税要求,出版社的底气是很足的:想出就出,不出拉倒。

时空翻转。编辑也好,营销出好,整个出版社也好,谈判议价的能力已经日渐势弱了。

对上游核心资源,比如优质书稿的争夺,你开出的条件到底有没有竞争力?当年国内几家出版社争夺易中天的《品三国》时,上海某社开给作者的条件是版税15%,这个很容易做到,但出版社开印数50万一下子让其他竞争者知难而退。硬气的背后是精细管理、卓越营销能力和有创意的营销方案,当然还有既往的出版商品牌以及数量众多且关系良好的二级代理商。

核心资源的供给,上游资源的控制,属于出价最高者。这不只是财力问题,也是品牌与声誉的综合影响力体现。在内部管理上,更需要最优的成本管理,为出高价竞买腾出利润空间。

即使对出版商此前极易控制的下游企业(对他们而言,出版商有过朝南坐的日子)——出版商强势主导的议价能力不见了——出版社话语权的丧失背后是商业文化的误读、低效的管理、居高不下的成本以及内控制度缺失下滋生的商业腐败。

——因为没有更有力的财务保证,于是我们更关注下游客户的信用等级,应收账款减少的同时客户数量也锐减了,市场份额做大变得更困难。

——因为不拥有网络公司股权,没有庞大的让网络公司觊觎的货色和有吸引力的供货折扣,网络书店可以把我们的图书展示从首页上轻易剔除。

——因为没有最合适的经济批量(小件大批),下游图书印刷商可以在我们业务最繁忙的季节压单,而把机器的满负荷运行优先给那些订单更大的客户。

——因为没有庞大的吞吐能力,面临国内国际纸张期货价格不断上涨的趋势,造纸商也不愿意与我们签订长期供应合同,更不愿意锁定价格;当然,如果你有资金实力囤积和巨大的仓储备库能力除外。

如果人才也算是核心资源的话,真正的人才,出版社也应该舍得本钱去挖掘、竞价求得。相当运气的是,当前的社会就业压力无形中为出版社选用人用人预添了不少底气,出版社开出的底薪月工资5000元居然也让博士们趋之若鹜。我熟悉的上海一家出版社领导一口气辞退(不是员工辞职)了两位博士,起因是工作一年后他们要求加薪。头儿说:"加薪?没门,辞职?请便,门外想进来的博士在排队。"这是没文化的文化企业领导者,是激素催生的肥胖,是绝望的硬气。

"二八"法则与长尾理论

即使在一个经营多元化的企业里,公司战略仍然专注于主营产品的生产与销售。随着产品产量与销量的不断增加,单位产品成本不断降低,在价格不变的情况下,产品边际利润上升。厂商一般会将产量维持在边际利润为正的基础上,此时总利润最大化。在这里,"20/80 规则"(二八法则)发挥着重要作用,即 20％的主力产品创造了企业 80％的利润。

二八法则普遍存于日常生活中:

20％的交通违章者造成了 80％的交通事故。

20％的朋友挤占了 80％朋友的约会时间。

中英文中 20％的常用词组成了 80％的文句。

20％的企业占据了 80％的市场份额。

20％的客户带来了 80％的商业价值。

20％的产品瑕疵带来了 80％的质量问题。

……

在我所在的公司,依然存在 20％的畅销与常销图书占据了公司 80％的利润份额。

一个显而易见的事实是,在互联网时代,我们越来越发现我们的经营处境变得艰难,越来越多的产品寿命周期不断缩短;即使那些支撑起 80％利润的产品,其销量也在不断下降,从而造成总体利润的下滑。

克里斯·安德森的著作《长尾理论》(THE LONG TAIL)很好地诠释了这样一个理念:互联网时代,单一大规模的生产模式正发生着变革,个性化的产品需求永无止境,"零库存"与"客户产品定制"正变得可能。对于图书生产商来说,已经不存在最合适的经济批量概念,只要保有产品品种,其价值就会客观存在并极易实现。如果用一个坐标轴(横坐标为时间,纵坐标为销量)来表示,就会发现,那些从畅销变成滞销的产品随着时间的推移,会永远存在一个较小且稳定的销量(一条长长的几乎与横坐标平行的直线,像个狐狸尾巴)。这就是我们研究长尾理论的价值。

当然,长尾理论在下列企业类型中应用效果更为突出:产品类型多件、订单小批,不易模仿;制作迅捷,无需仓储;信息、物流及支付方便。

图书杂志业很好地满足了这些条件。我们有可能把我们公司几十年来沉睡的产品一件件地复活。在复活之前,还要做几件事:一是保证著作权归属(不易模仿),二是保证充分的信息畅通(孤品也可以在网上陈列),三是保证按需供应(高速打印机,适时印刷系统)已经能够满足。

那些已经倒闭的唱片公司,可以开设一个网上音乐门店,满足个性化客户的购买需求。那些冷僻无比的音乐一定可以找到知音。

任何人都将是个性化的服装设计师,只要在网页上虚拟一些体型各异(任何人都可以找到模版)的模特标本,然后再将风格各异的设计套在标本身上。曾经的落伍款式,都可以找到她时尚的新主人。

信息技术的进步、个体价值的充分重视,让客户服务必须变得更精细,长尾理论也就有了更广阔的应用空间。即使是一款极其平常的奶粉,也会因为客户对象不同而被细分为"0—3个月""3—6个月""6—12个月"……直至"60岁以上"人群。目的就是实现一网打尽,市场上的每一分钱都要赚取。

我的数字出版观

很荣幸,有机会随代表团在美国的十几天里,聆听到十几位专家的数字出版知识讲授;同时也亲身体验了数字出版的应用之一——按需印刷带来的震撼。当然,培训之外的所见所闻,比如美国文化中的特质与数字出版的发展之间隐约存在的某种关联,也足以引发另类的断想。

（一）数字出版，多方参与博弈的市场

互联网的出现，率先将传统报业逼进死胡同。中国的出版人对数字化出版可能带来的挑战所呈现的焦虑与紧迫一点也不比美国弱。十几位美国出版专家的演讲的信息拼凑在一起，渐渐展现一个确实不太美妙的前景。把数字出版放在更广阔的市场背景下来考虑，美国传媒业因其充分的市场化而在数字出版领域呈现出不同市场主体：以亚马逊为首的庞大的信息集成平台；以互联网为载体的各类信息传播通道比如谷歌；专门进行技术研发的公司，比如 KINDLE 电子阅读器以及兼具强大存储与阅读功能的 IPHONE；专门提供图书数字化服务，比如进行格式转换的专业数字化代理服务商；按需印刷做出规模效应的英格拉姆公司中的 LIGHTING SOURCE；作为内容提供商的传统出版公司，等等。可见，数字出版催生了新的行业，传统出版的产业链因此被拉长，不同的主体在泛数字化出版的背景下，进行着激烈的竞争，各自分享着所在链条上的利润同时，又在觊觎着他方阵地。而传统出版仅作为其中的一个内容提供商，其赢利方式、赢利空间面临的制约是空前的。

传统出版在多方参与的数字出版年代，劣势尽现。中国是这样，美国也是这样。

课堂上，我曾怀着迫切的心情问专家："全美几千家出版社，类似像纽约大学出版社这样的非营利机构，包括众多的处于中下位的传统出版社，有没有在数字化出版方面取得突破性进展——比如，取得赢利，或者取得行业领先？"回答的结果是令人失望的。

（二）数字出版龙头正在集聚优势，传统出版应甘于喝汤啃骨

给我们演讲的各路专家，有做 IT 的，做专业杂志的，做技术开发的，

做数字服务代理的,做传统出版的,做数字化营销的,做按需要印刷的……言必称GOOGLE,言必称AMAZON。就像当下的中国出版人言必称当当网、九久网上书城、起点中文网。显而易见,经过多年的苦心经营和市场历练,尤其是经过风险投资商的耐心资本运作,它们终于建立起基于互联网为基础的巨大信息平台。这个信息平台可以兼容呈几何级数上升的注册用户而最终找到赢利模式。风险投资的结果一定是,90%是失败的,成功的只有10%。所以,那些雄心勃勃试图建立起自己的独立信息平台或者进行独立的数字化产开发的传统出版业,在无法引入风险投资的情况下,得捂紧口袋,小心为妙了。

同样用怯生生的口气问英格拉姆公司副总裁一个问题:"按我的理解,你们应该是全美独一无二的了。"回答者微笑:"我们也是全世界独一无二的。"

家族企业,拥有充分的现金流,拥有全世界最新的且硬件及操作技术要求极高的生产线就花费一笔庞大的投资,这就是英格拉姆。24条生产线上,每本书的印量平均1.8本,谁玩谁亏。但英格拉姆成功了。它已与全世界的8000家出版公司签订了协议,长期拥有了超过100万种的图书数据库,每月的总印数已经达到了150万册!更重要的,真正的按需印刷在这里形成,任何一个美国读者,只要在亚马逊网站上看到了一本他想要的图书(也许是一本根本没有库存甚至印出的图书),从网上下单到图书印出再到物流配送到手中,不超过9小时。

国内的当当网已经赢利了,盛大也赢利了;九久书城2009年上半年也赢利了,公司管理层声称不久她将在香港创业板上市,这就有了做大做强的可能。不错,他们正在啃一块很大的肉。

传统出版业的优势,只在于它曾经拥有的资源、现在拥有的资源,以及将来更需要用心开发的资源:作品内容,核心作者。借用数字化平台

与数字化技术,让作品在服务中增值才是最现实的路径。传统出版吃不到大肉,那就啃骨喝汤吧。眼下的也许是比较可行的方案:

1. 对既往的出版产品进行版权梳理,将沉睡的作品数字化后变成活的资源,实现实体图书零存货条件下的数字化,比如电子书。

2. 创造与纸质图书同步的多种利润实现模式。通过层层授权,寻求纸质出版、电子图书、手机阅读、视频传播、内容分拣合成、影视互动等可能的方式实现价值最大化。

3. 通过购买服务,或者自设的数字化服务部门最大程度地实现数字化产品的快速传输,信息为固定的客户快速知晓。比如,通过支付费用的方式委托专业的数字服务公司创造出数字化产品更广泛更快捷的链接通道,通过支付费用购买更优先更靠前的搜索关键字,通过支付费用获得更多的重要网站首页广告发布,通过支付费用的方式应用于更著名的博客和播客链接,等等。在传统出版单位预算受制约的情况下,出版社可以汇集所有的力量,比如自己的网站、行业政府网站、各类开放式图书频道上的发帖跟帖、编辑及作者的博客、播客等,最大限度地制造网络上的纸质图书与数字化产品的信息占有量,最大限度地吸引读者的眼球。

4. 教育类出版机构更可利用高校搭建的数字化教学平台,进行纸质教材与E-LEARNING的同步营销与产品服务。美国专家给出了一家教育出版机构在这方面的成功案例。尽管在这个案例中,会遇到中国出版社推广E-LEARNING同样的问题:比如,"如何让常春藤大学的相关专业学生适用与中下游大学学生一样的课程;如果不一样的话,多维开发成本如何降低?""如何考量E-LEARNING给学生提供良好教育的同时,它却实实在在地剥夺了某些教师岗位?"

(三) 传统出版战略思考:流程再造,瘦身而行

美国几千家传统出版商没有恐慌,广袤中国十三亿人口、区区五六百家出版机构当然更没有恐慌的理由。专业就是优势,老牌服装厂在赚钱,门口的小裁缝店也活得滋润。笔者强调传统出版千万别掉入数字化陷阱,更要关注传统出版进行流程再造,把更多的精力放在内容的提供及数字化的可开发形式上——把整个出版社资源的投放向上游内容开发集中,向终端网络客户服务集中,向数字化专业队伍培养集中;同时,对非内容创造与非信息服务部门进行瘦身和外包:比如传统营销,传统出版印刷,传统书店门面等等。在一个信息高度集成的具有高度垄断的网上书店里,公众原则上是可以亲身体验每本书的所有信息并在众多信息类比中,选取最适合自己的一款。在图书信息传递网络畅通的条件下,出版社原则上可以实现同消费者的点点对接。一个身边的事实上,本单位的新书主发至新华书店的数量已由三年前的三五千册降低到今年的不足一千册。而我们的图书2009年的网上销量已经超过千万产值。没有外库,也不需要跑步营销,网络接单就可以了。

(四) 另类感悟:从国民纸质阅读到数字出版研究方法

上海和纽约的地铁比硬件,美国人会自惭形秽,但却是一样的拥挤,唯纽约地铁进入车厢的人不会抢座位。往往是站者一大片,空位历历,多是替阅读图书者所留——而那里读书的人真多!漫长的飞机旅途上,高鼻子蓝眼睛的人看书更是风景。经历并度过这个小时代的社会浮躁期后,中国的国民阅读环境应该值得期待。

佩服美国专家的职业素质,每一份讲义都是那么精致。中国人尚定性,西人崇定量。直至每一件数字化产品的开发,美国专家都有市场预

测与分析、都有客户分层、都有经验数据、都有曲线模拟。这承袭了美国主流经济学家的一贯研究问题方法：对任何一个不确定的未来，你相信的只能是数据。接受这一点，也许能稍稍把当下狂热的数字出版喧嚣引入理性思考的轨道。

阅书·识人

◎ 开卷说人

娶妻当如卞夫人

西门庆,立体的男人

《兰亭集序》——一代文人的真性情

王侯的诗书

从鲁迅笔下的男女说开

黄有光教授:快乐老头的快乐生活方式

上海真男人徐根宝

◎ 品茶评书

茶茗自有别

从《瓦尔登湖》到《送别歌》

幸福的人际比较研究是条死胡同

和孩子讲政治、讲民主

你幸福了吗?始辩于动物的苦乐

基业常青,文化视角的考察

"中国模式"已经胜出?

《1Q84》的爱情寻觅

奥巴马治税,华人不可掉以轻心

金融危机下的政府干预:自由主义还有市场吗?

又何必刻意人生——《姚明之路》后的艰难人世

◎ 别样书味

不一样的空气

信自己

唯文人多难养

难言之隐,一退了之

编书识人:作者感情指数排行榜

开卷说人

娶妻当如卞夫人

2009年岁末河南安阳曹操墓考古确认轰动全国,曹操头骨边上的两具女性头骨更是让人无限遐想。普通人都期望那具年龄稍长一些的(骨测死亡年龄在50岁的)是卞夫人,但专家据史书记载陆续否定了这一可能:卞氏生于公元160年,卒于公元230年,活了整整70岁。也就是说,这位生前力护曹操,被曹操赞称"怒不变容,喜不失节"的好老婆,死后又被小儿子曹植颂扬为"玄览万机,兼才备艺……阴处阳浅,外明内察"的好母亲,并没有取得与曹魏王合葬的资格。

这也让我多多少少有些遗憾。

即使放在卞夫人死后1800年的中国历史段落里考察,卞夫人也算是位杰出的女性——自不说她由曹操之妾升格为夫人,大儿子曹丕即位后再升为皇太后,大孙子曹睿就位时又被尊为太皇太后,单是从正史野史中,在那个动荡年代发生的系列事件里也能找出值得褒扬她的痕迹。

这女人通音律。

卞氏的老家在今天山东的临沂。她自小的职业是"倡"。倡是什么?倡是音乐,就是说,这个卞氏从小受过良好的音乐训练。她20岁时,就嫁给了曹操,地位不过是妾。对于志在千里的曹操来说,娶这个女人再一路颠沛到洛阳且终身不弃,看来这个女人的音乐素质是给了曹操终生的好印象。这是有史据的,复旦大学戴燕教授曾撰文说,曹操这个人的兴趣非常广泛,除诗词外,围棋、书法也很精通,对音乐的爱好更是出了名。战乱年代汉室的许多乐官、倡优流落民间,都得到曹操的关注或被收留。同时作为一个历经曹氏三代身处庙堂的长寿女人来说,卞氏的音乐才能得以充分发挥:曹魏的几代帝王几乎都有不错的音乐细胞,懂音乐,尊重艺人。

国内某知名报纸2008年12月28日摘录过中国原考古研究所所长刘某就曹墓中女性头骨发表的见解,居然说卞氏身份原是"娼妓"!"倡""娼"都不分,还考什么古?三曹活到今天,定要找他打官司的。

这女人坚强,大智。

曹操在娶卞氏为妾时,自己先后已有两任夫人:刘夫人,丁夫人。刘夫人死后留下了一男一女——曹昂和清河公主,由丁夫人抚养。丁夫人亦是善良之人,只可惜心理脆弱。曹昂早死,丁夫人日夜哭泣,曹操很是不耐烦,渐心生立卞氏为夫人之意。坚毅刚强的卞氏个性,正是曹操未来称霸帝业历程中渴望的搭档。

《三国演义》中讲到董卓进京,势焰甚旺。董卓一心想笼络曹操,曹心中不从,化装出城刻意回避。有人传言说曹操死了,当时在洛阳的曹操随从吓得都要解散要回家。这时卞氏出来说话了:曹君一去,是福是祸尚不知,现在你们走了,如果明天曹操活着回来,你们怎么有脸见他呢?有难才能共生死嘛。曹操后来听到这句话,很是感动。不久便把丁氏给废了,卞氏成为继室。

这女人节俭,会持家。

考古专家并不期待在曹操墓室里发现什么陪葬品。一来曹操害怕自己死后被盗墓,即使是这样他还搞了七十二疑冢。二来曹操生前立有薄葬遗训。其实,曹操在世的时候,就厉行节约,反对浪费,衣服缝缝补补都能穿上个十年八年。卞氏深知曹操俭朴,力行效仿,夫唱妇随。有一次,曹操拿出一些名贵的首饰,让她选一件。结果呢,她只选了一副中等的。这女人也不穿好的布料,衣服上也不用什么花边装饰,但待人却是落落大方。这气质,这作风正是曹操树立清廉形象的不可缺少的部分。

这女人懂政治。

中学课文里有《三国演义》节选之《杨修之死》。大致说杨修恃才放旷,曹操忌杀之。不过,史学家更相信是杨修与曹植走得太近,更重要的是参与了曹丕与曹植的政治斗争。曹操本爱曹植之才,但中国帝王非不得已皆立长子继位。《三国演义》"曹孟德忌杀杨修"一回中说到这样一回事:操与左右商议,想立子建(就是曹植)为太子。大儿子曹丕很紧张,想找朝歌长吴质(他的好幕僚)进府商议,但又害怕被人看见,便想用盛绢大簏藏着吴质入府。杨修把这事告诉了曹操,曹操非常生气,要现场抓活的。这事又被人告诉了曹丕,曹丕吓坏了忙问吴质怎么办。这次吴质来了个将计就计,说没有什么好紧张的,就用大绢装簏里,我单独以后再进来,这样就可以迷惑住他们。第二天,曹操派人现场抓捕,结果扑了个空,里面果然是绢,并无吴质。这可把杨修和曹植给彻底地整惨了,曹操至此相信杨修与曹植合谋要害曹丕。

曹操不久把杨修给斩了,事后还给杨修父亲杨彪写了一封信,大致内容是感谢他向自己贡献了一位有才华的好儿子,"以贤子见辅",杀他的原因是"足下贤子恃豪父之势,每不与吾同怀",而且屡教不改。最后还送了些礼品"今赠足下锦裘二领……所奉虽薄,以表吾意。足下当慨然承纳,不致往返"。

基于礼仪上的考虑,卞夫人也同时书信一封与杨彪夫人,类似于现代大国交往中的首脑对首脑,夫人对夫人。这封信收录在《古文苑》里,真假不知,但很有意思。信中一方面表达了对夫君曹操去信的附和,同时也表达了女人的心疼:"卞顿首……每感笃念,情在凝至。""闻之心肝涂地,惊愕断绝,悼痛酷楚。"最后也送了不少东西,从信中来看,比曹操送杨彪的还多:衣服一笼,文绢百匹,官锦百斤,香车一乘,牛一头。

看得出,卞夫人除了打理日常事务以外,在政治上、在处理国家大事上,已与曹操形成良好默契与互动,一个不想干政的女人却有着关乎政治的意识和才能,而这正是曹操需要的。

这女人爱子。

做母亲的通常都会更爱小儿子。曹植就是一个,更何况这个小儿子有旷世文采。杨修死了,曹植没了指望,郁郁不得志。《三国演义》"曹子建七步成章"中说到,曹丕让弟弟迁回自己的藩国今山东的临沂后,曹植的部下居然武力冒犯曹丕的使臣,曹丕爱将许褚冲进府中,才发现此时的"曹植与丁仪尽皆醉倒"。许褚只好把他们一一绑上送到曹丕前。当然,多数人只道是子建作了万古传扬的《七步诗》救了自己的性命,其实这也是卞太后求情的结果。那一刻,卞氏在大儿子面前哭泣道:"汝弟平生嗜酒放肆,醉后疏狂,盖因胸中之才故也。汝可念同胞共乳之情,怜一命,吾至九泉,亦瞑目也。"此时的曹丕也做了承诺:"愚儿深爱其才,安敢造次废之?此欲逆其性也,母亲勿忧。"这事三国志里记得清清楚楚。

女人爱自己的孩子,天经地义;放在中外王室争斗的现实里,这就很难说了。一方面,政治女人都有为政治而心肠冷酷的一面,同时,即使身为皇太后,权力究竟能发挥多少作用呢?卞太后去世后,曹植在诔文中大力表彰她的母亲,看来是发生内心的。

《三国演义》中颂刘贬曹,说曹操阴险,狡诈,但均未涉及现代好事者关注的曹操是否好色。《三国演义》中有美女貂蝉,有大小二乔,有吴夫人等等,长相也都很好。野史中均未记录卞夫人资色若何,估计是一般般吧!看来曹操要的就是这种有才有德相貌中上的女人。从这一点来说,曹操是蛮幸运的,即使是他死后的十年里,卞氏还极力维护着死去老公的尊严。《世说新语·贤媛》中说到曹丕重病期间,卞太后去看他,发现侍奉他的左右居然都是曹操时代的宫女,很是愤怒,痛声骂道:"狗鼠不食汝余,死得活该!"从此,再也不去看大儿子了。

西门庆,立体的男人

一个男人,从《水浒传》中不光彩的千言片断,直升至《金瓶梅》中主角地位并将男人的无耻发挥到极致,西门庆做到了。

西门庆本是个"破落财主,生药铺老板,后来发迹,成为地方一霸"。西门庆式的发家故事在许多时候依然具有相当的可模仿性。西门庆的商业头脑,比如心甘情愿地娶富遗孀孟玉楼,就是一次成功的劫财掠色。因为投靠的主子杨戬倒台,西门庆不得不求助于更大的保护伞,重贿朝中重臣蔡京,显示出西门庆的战略眼光。权、钱、色彼此交叉,互为因果。色,首当其冲,这符合物质男人的普遍规律。

女权主义者的男女先锋们主导了对西门庆的仇恨,毕竟有那么多的良家妇女被勾引。但从阅读体验及人情世故上来说,男人的心理龌龊导致西门庆的所作所为在现实世界里非必受到排斥。西门—金莲配不属于才子配佳人,"玉树临风,风流倜傥"的气场在西门庆身上都没有,而这种残缺又能符合大多数社会人的身份认同,这种不完美提升了男人的阅读情趣,并具有在实践中获得权钱色共生共鸣的价值。

重描西门庆的兰陵笑笑生,并没有完全将自己的意象融入西门庆这个坏男人身上。他笔下的西门庆是个从不读书的浪子,第四十八回中写到抄来的一份邸报,只能陆续由陈经济、书童念给他听。西门庆的文盲人身份和在玩弄女人方面所展现的高超,可以看作是兰陵笑笑生的刻意布局。真实的兰陵笑笑生经考证原身份为"嘉庆间大名士",给西门庆以"目不识丁"的层次定位,是兰陵笑笑生的文化矜持,他就要在身份上区别于西门庆。同时,作者又要借助西门庆的"诱奸者"和潘金莲的"占有性色情狂"达到知识分子是何等谙习男女情事,并要在性驾驭能力方面表现得颇为自信。所以,进入情境中的写作,特别是露骨的性描写,透露出的既是西门庆的自信,也是作者的兴奋。他也很容易兴高采烈地以一种亢奋的写作状态,无所不用其极地进行情色场面渲染。"西门庆自知贪淫乐色,更不知油枯灯尽,髓竭人亡"。知识分子在这里表达一种劝诫,一种快感终结的失落,饥渴中混合着焦虑。西门庆的结局是整本书的结束,也是兰陵笑笑生对文人纵情声色的感慨。《金瓶梅》完卷后,作者表现出一丝羞耻与苦笑,他要隐藏知识分子真实的自我,"兰陵笑笑生"不就是一个与现代社会完全接轨的大众网名?类比一下,《废都》中"此处省略三十三字"的描述则并不高明,该着色的不着色,封皮上的贾平凹却是一点不假,真实的西北老汉。

西门庆淫过的女人在《金瓶梅》中共有十九位:李娇儿,卓丢儿,孟玉楼,潘金莲,李瓶儿,孙雪娥,春梅,迎春,绣春,兰香,宋惠莲,来爵媳妇惠元,王六儿,贲四嫂,如意儿,林太太,李桂姐,吴银儿,郑月儿。所有这些女人有与西门庆作财色交易的,有满足虚荣心的,有纯粹被西门庆的生理所吸引的。潘金莲则是集上述之大成。尽管如此,海外知名学者夏志清在《中国古典小说史论》(江西人民出版社,2001,187页)中表达了他看完《金瓶梅》后对西门庆的总体印象。

"他脾气好,慷慨大方,能懂真正的情感,是个讨人喜欢的人物。他诚然从事无耻的交易,但同时也给我们慷慨好施的印象;他诚然是个臭名昭著的诱奸者,但作者也使我们明确感到,受他诱骗的妇女都是自愿上钩的。"

怎么看,都觉得这几乎是天下阔怀女人对西门庆的评价。

《兰亭集序》——一代文人的真性情

《兰亭集序》在成文一千七百年后的今天挤进部分中学的教科书,幸甚至哉!

《兰亭集序》文字灿烂,字字玑珠,它打破成规,自辟蹊径,不落窠臼,隽妙雅逸,绘景抒情,评史述志,都令人耳目一新。《兰亭集序》的更大成就是它的书法艺术。现存的摹本呈现出淡雅和空灵的气息,潇洒自然;用笔遒媚飘逸;手法平和中见奇崛,大小参差,既有精心安排的艺术匠心,又没有做作雕琢的痕迹,堪称绝世之作。

西晋、东晋,存续不过一百五十七年,却是中国文化人开始展露才思与自我解放的年代。江山易改,不再有陈胜、吴广的大规模社会暴力,也不再有魏蜀吴的官渡、赤壁鏖战;混迹于士族之列的文化人,自然遇到了如何定位人生的命题。"群贤毕至,少长咸集……一觞一咏,亦足以畅叙幽情"——一种享乐主义的生活方式;"或因寄所托,放浪形骸之外"——一种文化人暂时远离政治后的"忘形而不得意"的生活状态。

这个不得意,在于生命的有限无法支撑起永恒的快乐。东汉帝王,遍寻天下长生不老之药,神仙道士大炼金丹,然终归尘土。后世文化人纵情山水,目睹时事变迁,当然能更清醒地看到这一点:"向之所欣,俯仰之间,已为陈迹,犹不能不以之兴怀。况修短随化,终期于尽。"对生命匆匆的慨叹,既而生出恐惧、消极与绝望,历史的长河里文化人的悲怆一直流淌至今。近代王国维,当代的海子、顾城等等都愿意自我终结生命,这个选择是文化与世俗的对立,是文人对生命无法抗拒的妥协。

然而,王羲之《兰亭集序》所呈现的思想已经超越了那个大谈老庄、崇尚玄理、逍遥无度的文化人年代。王羲之对当世士大夫"一死生为虚诞,齐彭殇为妄作"进行了婉转否定,表现了作者抗拒人生虚幻的努力,随之又发出"后之视今,亦由今视昔,悲乎"的慨叹,彰显作者对人生敏锐、深刻的感受之外有一份对人生特别的热爱和执著。

收集了一些流传至今的晋朝文人的成语或典故,大致反映出那个年代的文人生态,仪相风流,或放浪,或才思,或纵酒,或童趣,或重友,"性情"二字坚实地烙在了那一百五十七年的男人身上。

倚马之才

袁宏随桓温军北征时,军中需要起草文书,桓温叫来袁宏。袁宏依靠在马前,手不停笔,一口气写了七章纸,还写得文采斐然。

玉山自倒

嵇康身材伟岸,风姿秀逸,人人称羡。他的好朋友山涛认为他平日像孤松,傲然屹立,醉酒后像巍峨的玉山即将崩塌。

鹤立鸡群

嵇康的儿子嵇绍初到京师时,就有人告诉王戎说,嵇绍这小子在众人中里显得很突出,就像野鹤立于鸡群中。王戎回答说,你有没有见过他父亲啊,他父亲那才叫更加突出呢。

掷果潘安

潘岳,曾任河阳令。他仪态美好,风流倜傥。年少的时候出门玩耍,许多女子手拉手把他围在当中,并掷果子给他。结果回家的时候,果子居然装满了一车子。

另：潘岳后来为官不得志，索性辞官在家，逍遥自在。他作了一篇《闲居赋》，描写了其悠闲自在的生活，抒发自己自由自在的情感。"赋闲"二字得流传至今。

韩寿偷香

司空贾充经常在家里设宴宾客，他女儿瞅见父亲的属下韩寿风流潇洒，心生爱慕。后经婢女暗通音问，两人渐有了私情。当时的西域人每年都要进贡奇香给晋武帝，武帝也常常分赠一些给贾充。他的女儿又把这些异香拿出一部分给韩寿使用。两人的秘密因此被人知晓。贾充只能把女儿许配给韩寿了。

坦腹东床

王羲之年轻时风度翩翩。太傅郗鉴派人给丞相王导送信，要从他家的子侄中挑选一个女婿。王导对来人说，你可去东厢随便挑选一个。来人察看了王家青年人后，回去告诉郗鉴说，王家子弟都很不错，听说我们来选女婿，有些拘谨。只有一个青年人，在东面床上坦腹而卧，一副若无其事的样子。郗鉴说，这样最好，就选他了。于是把女儿嫁给了坦腹东床的王羲之。

山阳旧曲

向秀与嵇康、吕安志趣相投，一起隐居在今天的河南山阳。后来，嵇康、吕安都被司马昭杀害了。向秀作《思旧赋》以怀念故人。序言中说道，我路经山阳旧居，就远远听见邻人吹笛子，这让我更怀念和朋友一起游宴的美好时光。

洛阳纸贵

左思作《三都赋》，他研思覃思，一觅得好句子就记下来，十年下来终于写成了这一千古名篇。皇甫谧为文作序，认为其文可与班固、张衡的文章相媲美。稍后，洛阳的文人豪贵竞相传抄，以至洛阳的纸价也上涨了不少。

阮公失路

阮籍曾任步兵校尉,因为对当时的社会现状不太满意,他的言行在当时的人们眼中很怪异。他经常一个人驾着马车外出,却不走大道,任车子随意行驶,到行不通的地方,就痛哭一场,然后再返回。

渐入佳境

画家顾恺之喜欢吃甘蔗,而且总是从末梢开始,顺次往根部啃。别人问他为什么要这样吃?他说,根部最甜,我这样就会渐入佳境了。

除棘还瓜

桑虞家里有一片瓜果园,瓜果成熟的时候,老是有人翻过篱笆来偷盗。桑虞觉得篱笆上有荆棘,担心偷盗的人惊慌爬出时损伤身体,于是就叫家奴开出一条路。一天,偷盗者背着瓜果出来,发现道路通畅无比,知道是桑虞叫人专门做的,很是惭愧,于是将瓜果送到桑虞那儿,叩头认罪。

白衣送酒

陶渊明不愿为五斗米折腰,辞官归隐田园后,日子过得窘迫,唯嗜酒不改。有一年的重阳节,他无酒可饮,只能坐在宅子边的菊花丛中,摘下满把的菊花把玩。忽见远方走来一位白衣使者,乃刺史王弘派人送酒来了。陶潜迫不及待打开酒坛,对菊而饮,直到酩酊大醉。

王侯的诗书

中国历朝皇帝圣明与否,当观其文治武功与德行修养。彪炳华夏史册的,如汉武帝、唐太宗、乾隆等,政治光辉太过耀眼,以至于人们忽略了他们的文治。"大风起兮云飞扬,威加海内兮归故乡,安得猛士兮守四方?"楚汉天下未分,高祖刘邦的雄才伟略,却已早早地显露了。唐太宗的诗做得非常好,又不嫉才,生活在他那个时代的诗人,应该很快乐。他们个性可以张扬,偶尔受了些委屈,也可以在诗歌里直露。唐太宗也酷爱书法,临帖很多,也很有建树。在他及以后的年代,书法人才辈出,颜真卿、柳公权是其中的代表。世传晋王羲之《兰亭集序》真迹去向,最大的可能是至今仍保存在唐太宗的大墓里。乾隆下江南,一路作诗,留存的数量据说有几万首,比唐杨万里还多,后人评价却并不高。因为乾隆是个随性的人,喜欢口占一绝什么的,边上立有太学士记录下来,少了些推敲,故也不必苛求。他在全国各地留下的墨宝,倒成今日旅游推广的"必杀技"。北京香山公园里,"双清"、"朝阳洞"等均出自乾隆御笔,有心人统计,香山公园乾隆累计题字共有55处。

王侯的才情盖过治国时,通常命运多舛,坐对山河破碎却无力扭转颓势,时境不顺者有之,政治抱负狭窄者有之。才情没能转化为盛世太平的闲情逸致,笔端流淌的尽是些排遣苦闷、化解积郁、偶有奋起瞬间零落的无可奈何。李煜通音律,按现在的标准,至少是词曲两栖大家,绝世文人。"小楼昨夜又风雨,故国不堪回首往事中",几个小脚倡优在风雨飘摇的日子里,和着音乐起舞,演绎的不过是南唐最后的挽歌。宋徽宗赵佶擅画,工笔成就最高。其开创的瘦金体,秀丽婉约,形美峻挺。笔者书架上列有宋徽宗瘦金体式千字文字帖,但少的是恢弘气势,这很符合宋徽宗的人生经历。北方金兵时时掳扰,国家积弱,一个帝王居然被冰冷的北夷扣押了好几年,靖康之耻终未雪,猜想他客死五国城的那些无聊日子,或许就是在书房里写写画画了。

有没有讨厌读书,或者书读得不好,却成就帝业的?有,朱元璋就是。但太祖最大的优点是,他没有读多少书,但不讨厌文人,不与文人争锋尖比高下。刘伯温就是太祖身边一位博学且知后五百年兴衰更替的辅臣。没读多少书的人,如果做个老实人,倒是完全可以弥补许多人性缺憾。现存的太祖诏文,或经朱批的谕示,樊树志先生在《明朝大人物》中有许多考证,粗鄙,并夹杂口语,朴实无华,有北方元曲的痕迹,现在的中学生都能一望而懂。朱元璋留下的诗文并不多,但对中国对联有开拓性成就——"双手辟开生死路,一刀割掉是非根!"——明太祖微服私访看见一老农年关前操刀阉猪崽,随口奉送的一副对联,颇玩味。

在陕西黄帝陵,有蒋介石撰写的碑文,以楷书写就,法度严谨,功力不凡,走的是一条正统的中国儒家治书之路。相反,毛泽东自创"毛体",或奇峰兀立,或激情飞扬,风格另类,不似古人怀素,走的是一条与世下背逆的道路,《七律·长征》或为代表。日本人投降后,蒋介石以正统之名要整归划一,毛泽东掐灭烟头扔掉报纸,幽幽说道,我就是要出两个太阳给他看看!——文人气势上,毛主席从来就没有输给过蒋介石。在中国结束内战变革复兴的转折关头,毛泽东的书和文具有神话意义——毛泽东的农民队伍绝不是李自成的队伍,毛泽东天生为改朝换代而生!果不其然,《沁园春·雪》潜流至国统区时,那些还在找出路犹豫未决的民主党派大佬们捧着抄本,两手颤颤,连说中国有主了。建国后,毛泽东开始展现他的治国才能并继续他毕生的革命性,也写了些水平大不如前的诗词(据我的朋友周泽雄撰文统计分析,毛泽东后期诗词流于口号式的豪情,比如使用汉字"千""万"的频率达到几百处),后来又狠整过一批文化人。那些字写得好的,比如郭沫若、启功、舒同等"文革"期间倒是没有吃什么苦,据说他们同毛主席之间有切磋书法的交情。有意思的是,毛泽东同时期的朱德、周恩来,即使是被江青咒为土匪的贺龙,毛笔字都过得去,若真想去类比,可观他们当年分别为雷锋同志的题词。

时过境迁,当今世界治国者身份越来越倾向于技术专业背景的人才,海地的新总统还是位流行歌星。中国前两任总书记先后就学于理工背景的上海交大和清华大学。既然技术立国已成潮流被国人渐渐接受，国家元首其实亦可不必再舞文弄墨，附庸风雅，或题匾，或赠书示人；面对老外开的新闻发布会，也无须子曰诗云，过度引用。同样是清华毕业的朱镕基，笔者所见墨迹不过是"清正廉明"（港版《朱镕基传》内封）和在上海国家会计学院的题字"不做假账"，一共八个字，凝重且具风骨，疑为政者能书的绝唱。

从鲁迅笔下的男女说开

入选中学课文的鲁迅作品中，男女类型很多，但并不似当下文学中言必用"HANDSOME"或"BEAUTY"。那个贫穷积弱的年代，精神的衰弱尤胜于体貌的衰弱，鲁迅先生正是看到了这一点，他无心于用笔墨重描现实中的男女表情，甚者，更无屑于中外作品中对女人貌美用笔的不厌其烦。少年闰土、阿Q、友人滕野先生、孔乙己，甚至那个念念不忘孔书匠欠酒钱的"掌柜先生"等等，人们可从读后的感慨中轻易勾勒出他们的肖像，而且这个形象刻画根植于心灵，且终生难忘。对东方女性的描述，鲁迅先生似乎吝啬刻薄得多。"吴妈的脚太大，赵司晨的妹子真丑！"甚至尼姑也被人任意蹂躏："和尚摸得，我摸不得？"那个祥林嫂除了反复念叨"怎么春天还有狼呢，怎么春天还有狼呢"的无助表情外，鼻子眼睛眉毛长成啥样，读者只可去意度。

1926年"三·一八"惨案中牺牲的刘和珍时年仅22岁。检索过她当年在北京女子师范大学的照片，容貌还算是出众。但在鲁迅先生《纪念刘和珍君》的笔下，这个相貌还算出众（应当在许先生之上）的才女也不过是以下寥寥数语："我平素想，能够不为势利所屈，反抗一广有羽翼的校长的学生，无论如何，总该是有些桀骜锋利的，但她却常常微笑着，态度很温和。"

话题就此扯开。文中的刘和珍与彼时的许广平、鲁迅、杨荫榆究竟有怎样的情感与政治瓜葛呢？

刘和珍祖籍安徽合肥，长在江西，"秉性烂漫，天资颖聪，待人接物，从容和蔼，父母爱之，如掌上球，'和珍'字之，良有以也。"刘君1923年考入北京国立女子师范大学，现北师大前身。五四运动中学生激情广获中外各界的支持，并以胜利而告终，此后，中国高校呈现出"学生日益强势"的校园政治图景。许广平、刘和珍就是女师大学生自治会六位成员之一、政治骨干，刘任自治会主席。

此时的鲁迅先生与女师大并无干系，他当时供职于章士钊任教育总长的教育部，同时兼职授课于北大和女师大，与许广平先生的师生恋情发展，许的好朋友刘和珍当然非常清楚。鲁迅插手始于1924年的女师大风潮，并在1926年"三一八"惨案结束后撰文表彰刘和珍，其中融入了鲁迅先生的五味情感：爱情，友情，乡情，同学情，民族情。

北京国立女子师范大学前身是1908年的京师女子师范学堂。1922—1924年，校长为许寿裳。许与鲁迅同为浙江绍兴人，同为留日出身，因而无论从哪个方面讲，同乡、同学的身份定义了他们间的挚友情感。许寿裳在位期间，倡导教育中的民主意识，为人温和，很为师生接受。

1924年杨荫榆接获女师大校长位置。杨拿的是美国哥伦比亚大学教育学硕士学位。她留美出身、喜欢"在以女生为主的女子师范大学师生面前"表现铁腕风格的女人个性，终究无法得到师生的支持。她先是与部分老师关系搞僵，15个教员联名要她辞职。后来又与学生自治会搞僵——她要开除三个学生，原因是她们因江军阀混战而无法近期返校。开除不成，杨又要她们自动退学，于是有了第一次学生集会。杨不请自到,想当主持,不想被学生轰下台。杨觉得自己面子丢得很大,于是要开除包括刘和珍、许广平在内的学生自治会干部。岂料,杨大大的失算,那个年代,杨不但无法开除学生,反而是几天后学生封锁了她的校长办公室,派人守门,禁止其入内,杨到了过街人人喊打的地步!

双方正闹得不可开交,陈西滢(留学英美派情结)以文字来助阵了,他支持杨校长骂学生,鲁迅自不能坐看自己的女友、学生的敌人被人外帮,也无法从权力上再倚靠自己的同窗挚友且已离职的许寿裳(以许氏兄弟(周作人)为首的日派情结)。两人的口水战、笔墨战不断升级,到最后对骂发展为彼此攻讦,超出了学潮事件本身。女师大风波蔓延到北京教育界甚至北京大学。当然,支持杨的还有主管教育的最高长官章士钊,他决定停办女师大并改名国立女子大学。20多名女生"钉子户"不干了,死活不走。于是章主导的教育部一面派警察一面派老妈婆"拖拉推拽"硬把这批女生带走。事情至此闹大,动用警力向学生施暴,全国舆论一边倒支持学生。杨黯然下台,章也走人了。

《许广平文集》中有一段记载了"三一八"惨案那天的情形。"那天早晨,我把手头抄完的《小说旧闻钞》送到鲁迅先生寓所处去。我知道鲁迅先生的脾气,是要用最短的时间做到预定的工作的,在大队集合前还有些许时间,所以就赶着给他送去。放下了抄稿,转身要走。鲁迅问我'为什么这样匆匆?'我说:'要去请愿!'鲁迅听了以后就说:'请愿,请愿,天天请愿,我还有东西等着要抄呢。'……写着写着,到十点多的时候,就有人来报讲讯,说铁狮子胡同段执政命令军警关起两扇铁门拿机关枪向群众扫射,死伤多少还不知道。我立刻放下笔,跑向学校。"

这一扫射,两位优秀青年刘和珍死了,杨德群也死了。鲁迅却于无意当中挽救了许广平的性命。"……那明明是先生挽留的话,学生不好执拗,于是我只得在故居的南屋里抄写起来。"

于是,在《纪念刘和珍君》最后段落中,鲁迅再次呼应了对刘和珍的初始印象:"况且始终微笑着的和蔼的刘和珍君,更何至于无端在府门前喋血呢?"——对女性的容貌描写淡漠依然如此。

黄有光教授:快乐老头的快乐生活方式

黄有光教授因研究福利经济学而蜚声国际,近些年黄有光转向快乐经济学的研究。看他的照片方觉得,行!一个时常嘴上挂着微笑的人,才配得上研究快乐经济学。一年一度的上海书展期间,找几个朋友陪他吃了中国的湘菜,饭桌上这可爱的老头总共大笑不下十回!

亲自隔洋谈合同、亲自操刀、钦定设计风格,这两本内容迥异的著作,却让我在设计时有激情,有冲动,但说不上特别快乐。列位看官定会问:为啥?

与这个快乐的老头打交道,很容易让我失去立场。

摘录斯坦福大学教授、美国著名经济学家1972年诺贝尔经济学奖得主肯尼斯·约瑟夫·阿罗(J·Arrow)对黄有光教授的溢美之词:"我们完全有理由相信,黄有光是当代极少数对西方经济学主流理论作出贡献、并被西方主流经济学界承认的华裔经济学家之一⋯⋯黄有光是最接近诺贝尔经济学奖的华人经济学家。"

Yew-Kwang Ng has been one of the most original minds studying the foundations of economic policy analysis. His work has now been brought together in one place, where the interrelations of his ideas can be most fruitfully seen. His analyses bring together the philosophical foundations and the elements of positive economic analysis to clarify the rules by which good public decisions about the economy can be made. It will have ideas new to every reader. — Kenneth J. Arrow, Professor of Economics, Stanford University。

(中译是:黄有光是研究经济政策的基础最有原创性的思想家之一。结合哲学基础与实证经济分析,澄清可以决定良好的公共经济政策的法则。本书有对任何读者都是新鲜的观念。)

括号部分是黄教授纠正我摘录的关于阿罗对他的评价原文。

先生有着这样的光环,我只有顺从地完成《从诺奖得主到凡夫俗子的经济学谬误》这部批判性的作品。而他同样是位蜚声中外的杂家,比如这老头还写了一部武侠小说《千古奇情录》。但我横竖看不太明白他的作品《宇宙是怎样来的》的,哲学?科普?这让我纠结了很多时候。

在优酷网里看过黄教授的视频,北大、清华、交大、澳门大学、复旦等无数院校都留下他宇宙起源讲学的印迹。"宇宙是被创造的,创世者是进化而来的"——掷地有声。

"宇宙里只包容两类东西:一是本来就有的,二是进化创造的。"他吃着毛家红烧肉说。

他进一步给我解释:走在荒郊野外,你看见一块石头,一只手表。你会自然地认为,石头是本来就有的,手表是被制造的。宇宙起源可以从中窥见,牛顿不就是被苹果砸着脑袋发现万有引力?如果说上帝创造了宇宙,那么人们自然会问,上帝又是谁创造的?……不要再问上帝了,你可以说,小宇宙是创世者创造的,创世者是从大宇宙进化而来的。那大宇宙呢?它是本来就有的。

黄教授给出了五个公理证明他的进化创世论。第一个就是"不能无中生有";不出意外的,黄有光用男女关系来解释无中生有(宇宙因偶然大爆炸而起,这就是无中生有!大爆炸前难道就没有任何东西吗?)是多么荒谬,甚至比迷信更荒谬:

——如果有个健康的男子对你说,他只要一小时的时间,与一个有生育能力的女子上床,就能让她在九个月内出生一个婴儿——大家都不会不信。

——如果他说,不需要肌肤接触,只要那女儿晚上梦见他,就能让她九个月后出生一个婴儿——大家多数不会相信。

——如果他说,连那女子都不需要,只要在一张纸上画一个婴儿与符咒,然后把纸烧了,在燃烧的烟雾中就能诞生一个活生生的婴儿——大家都会取笑这人脑子有问题。

——如果他说,连那张纸与画的婴儿都不需要,不会任何外物,在完全空无一物的真空中,就会忽然冒出一个活生生和婴儿——这家伙除了能说话,无中生有,简直不是人!

……

书已经出版了,饭桌上,我还是不太明白老头为什么挑战宇宙起源这个"没有意义"的难题。他告诉我,他已经解决了,而且调和了宗教与科学的冲突,对创立和谐社会竟然有不意想不到的贡献,胡主席应该给他发奖!嘿嘿,在中南海给他颁奖……(理所当然的,又是一阵放声大笑)

我还是在最后一刻,谨慎地降低了《宇宙是怎样来的?》一书的起印量,创见与实用之间本有遥远距离。宇宙从哪里来和宇宙往何处去,对中国99%的人来说,都没有下个月提高个人所得税起征点有意义。吃饱,喝足,顺便看些明星八卦,甚至聊聊郭美美,都觉得很快乐。

上海真男人徐根宝

我对上海人认识是不够的,尤其对上海男人。当然,我得检讨自己,也许真的是在上海读书、工作二十多年的我,还未能真正地把自己的情感融入上海。其实呢，上海这几年还是出现了几个一扫传统上海男人谨慎低调、小家子气的世界顶级现代男人形象，典型代表就是姚明呀，刘翔呀，一个展现的是上海人的高度，一个展现的是上海的速度。不过，今天我得要说说我所认识的徐根宝，前国奥队主教练，他以自己如一的个性悄悄改变了我对上海男人最初的印象。

1995—1996 中国足球甲级联赛，徐根宝以他著名的"抢逼围"战术，把上海那群"软脚蟹"——上海籍球员为主的申花队活生生地带上了联赛冠军宝座。搞传媒的，自然不能放过徐根宝——这个上海男人形象，之于改革开放前沿的上海来说，他的成功意义太重要了。复旦社同行找到徐根宝，策划了《根宝如是说》。根宝很是配合，不是为了钱。根宝说要把这本书的版税收入捐出去，这与现在的名人动辄漫天向出版社要价，顺便把自己炒一下有很大的差异。1996 年，这本书配合了联赛冠军出版，很是成功，以至于十二年后的这个国庆节，在徐根宝的崇明青少年足球基础的资料陈列室里，这本书依旧放在显耀的位置。

崇明岛的地理位置决定了那里少有好事记者的骚扰，根宝也在很长时间里远离了城市的喧嚣，似乎从我们眼里消失了。如今，崇明岛的各项基础设施正在加速建设，与市区相连的地下通道即将打通。美丽岛屿独特的自然环境也吸引了一批又一批的旅行者。今年十月国庆，一批清华、北大教授，也是我的作者，想带家属来上海玩玩，不是要玩都市，而是想看看那个原始生态保持良好的上海后方乐园——崇明岛。想来想去，想到了徐根宝，想到了他的足球基础招待所。一个电话过去后，根宝不在，别人又无法定夺。这又是根宝的脾气，只好耐心等。等根宝回电了，一行上了崇明岛，走进了根宝开辟的世外桃源。

车子行走在茂密的森林间，七拐八拐进入了根宝的青少年足球训练基地。基地面积不大，四周皆被浓密的杉木包围。一个标准的足球场，边上就是一座不算奢华的宾馆。宾馆平时供小队员们使用,有时也供周末探望孩子的家长使用。宾馆的装饰当然不能少了足球的色彩,打开宾馆的电视频道,尽是根宝当年夺取联赛冠军的场面,以及根宝的相关电视访谈。

新建的球场、球场上玩命奔跑的小队员和根宝的大声呵斥无不暗示,根宝有一颗不死的足球心,终究有一天,这家伙会东山再起。球场周边空旷的地带生长着根宝及他的老乡种植着的南瓜、冬瓜、黄豆等各种农家菜,边上散养着一批高昂着脖子的公鸡——根宝是在休闲,也是在养性,每天早上的公鸡啼鸣声似乎都在警示他的队员,也包括他自己,该是闻鸡起舞的时候了!

晚饭均以根宝基地的土菜为主。根宝盛着崇明米酒与我们一一举杯。我们叫他徐指导,他似乎不想谈论自己的过去,只言只等这批小孩子出来后,这里的事业才算干出点名堂。晚餐后坐在露天的操场仰望天空,星星离我们是如此的近。根宝却不在此列,他又以总经理的身份张罗他的宾馆生意去了。

根宝很聪明,具备上海男人不常拥有的优点。在自己事业最不如意的时候,他选择了崇明这块远离市区的绿岛,伐木整地,开垦出了几十亩地并花钱把它买下来了。根宝在那里招募年轻学员,以培养中国自己的曼联队为目标。几年过去了,那批在血性男人徐根宝调教下的小孩子,如今已经在中甲厮杀,似乎又有了当年根宝申花队的影子。孩子有出息了,赞助商也有了,根宝的日子应该好过了。当今中国足球被媒体奚落,遭人唾骂,根宝作为当年中国足坛曾经的风云人物,看在眼里,痛在心里,唯一可做的,就是在这里静静地从事着他的事业。中国搞足球的,还有这样的精明人,只有一个根宝了。

根宝坦言,当初进军这里,除了自己掏的钱外,很多钱都是借的。当时伐木垦地，还被媒体曝光，说根宝在崇明毁绿。如今，崇明大开发，地价上涨，根宝这块地升值不少，同时宾馆的生意也一天比一天好起来。这不能说只是根宝歪打正着，能够在经营中国足球未来的同时，又把自己的事业自己的家产一并经营，并做得有声有色。经济学家都在说，上海经济很发达，但缺少本地企业家，所以，建议做生意的上海男人好好学学徐根宝。

上海男人说，根宝脾气不好，但他却有一大批粉丝，尤其是女粉丝。当年跟在他手下的人——范志毅、成耀东、申思、祁宏等都被根宝骂过，这是事实。但根宝又不是一个睚眦必报的人。当年他的大弟子范志毅与他分道扬镳，而根宝带领的另一支甲A队伍（应该是当时的中远吧）即将与范志毅过招时，在比赛前放出风声：徐动员手下的队员不要怕范志毅，说范是个空心大萝卜。小范听了当然很不舒服，在球场上玩命踢，硬是把老师的队伍给教训了。这事被媒体曝光算是在公开了两人间的矛盾。但根宝却有着一般上海男人没有的大量，当年火爆脾气的范志毅如今又安心在徐指导下做着他的助理教练工作。看来根宝不缺管人的哲学思想啊！

根宝的脾气、根宝的男人气质，部分地反映了根宝对上海男人身上某些劣根的不满。第三天一早我们退房时，根宝又在宾馆大堂里把领班骂得狗血喷头。原来，半夜了，根宝还瞅见咖啡厅里有一男一女在里面搂搂抱抱！骂完了，根宝还说，足球场上是踢球的，咖啡厅是喝咖啡厅的，到这里来调情，你们这些领班任务就是要把他们赶走！

中国足球很烂，根宝的日子却一天天好起来。又是岁尾，自己的队伍中甲保级成功，新一任足协主席还未上任，国家体育局领导上周已专门造访根宝基地了，求教治理中国足球的良方。根宝说，足球要克服短期功利，从小孩子抓起。根宝从来不缺少长远眼光啊！

根宝也确实厉害。我们临走的时候,每个人决定买一个根宝当场签名的足球,算是给中国足球的支持,给根宝的支持。一个签名足球一百元(一共买了十五个),根宝倒是毫不客气地让财务笑纳了,还一个劲地给我们打招呼:记得回去后把你们的朋友都介绍到这里来!

品茶评书

茶茗自有别

　　翻阅《遵生八笺》,才知茶与茗其实是有区分的。茶是上品,茗则是次品之茶。准确些,以时间分割,谷雨前采摘为茶,谷雨后采摘为茗。沏茶用水,亦有讲究,山水为上,江水居中,井水最次。现世人所恭的十大名茶,除西湖龙井之外,均不在书中名列!再往细处看,更怀疑作者是否就是西湖人氏?首推西湖龙井,又推西湖石泉。再说盛器,又言余杭盛产纯白陶杯,为上品。总之,都是杭州的好。唐陆羽著《茶经》,好歹陆羽的家乡我也去过,浙江湖州人,对江南茶亦多有中肯描述。但在《遵生八笺》里,往杭州以南的中国就不会盛产什么好茶了。什么云南普洱,什么福建安溪铁观音,文中没有一点记述,只了了一句:南方潮湿雾障,茶为次。

　　雾障?茶与雾的浓结不是最好的茶么?什么黄山云雾、信阳雾顶,品茶时总给我好印象的:八十度的沸水兑入透明的玻璃杯,绿芽作精妙的聚拢、开合,凝结一团雾状的景象,好像山中晨色,云蒸霞蔚。再接着旭日渐升,黄芽渐似一群等高着绿军装的娃娃兵,齐刷刷渐次落入杯底,像深海的水藻,左右游摆,偏不挪脚,只待澄清带黄的茶汤呈现在她的主人面前。

男人爱好的东西,总是要沾点庸俗,比如跟女人扯上边。茶也是。茶叶的外包装噱头总是要的,比如皇家贡品之类,再往细之,就是康熙乾隆御用专享。以下个案可以对应于几个茶叶宣传的模板:择良辰吉日,云山雾绕之中于旭日似升未升之际,须得由乡绅昨日挑选之二八妙龄贞女凝肤玉手采摘……龙心大悦,誉赞天下第一云云。

　　朋友从日本回来时,送我一听茶叶。从内容到形式,体现出日本人的精致。把玩着外壳精美的饰文,心思早已漂洋过海,在北海道的某一巷道,某一茶馆,享受温婉的日本仕女举过头顶的敬献。朋友真的笑纳过,那一刻,他说自己像个日本武士。

　　西洋文明亦可从咖啡看出端倪,男人在女人面前喝咖啡、女人在男人面前喝咖啡,都没有居高临下和刻意挑逗的本钱。西洋雪茄的命运倒是与中国的茶叶类似,由男人主宰。《罗马假日》里,男主人格里高利·派克手执雪茄的样子很帅,后来就有许多中国男人在酒吧里作蹩脚的效仿,以资守株待兔。终于还是在一篇文章里读到了一个细节——世界上真正的极品雪茄产在哪里?答案:古巴首都哈瓦拉。那里有一座手工雪茄制作加工厂,每年的产量据说不超过500公斤。制作方法又与女性挂上了钩:精选十八岁良家纯情少女,天生丽质,每个少女在黝黑光洁饱满的大腿上来回搓卷出来。

　　400年前英国人统治下的东印度公司成立,贸易品中茶叶是重要的一项,近代欧洲人的茶文化一点也不比中国人落后,但欧美人偏爱的是红茶。欧洲的早餐里,浓浓的可乐色红茶,温热,再加蜂蜜,新鲜牛奶,口感真不错。中国人先赋予茶叶故事,再赋予茶叶额外功效,偏好绿茶的色纯;西方人执著于把红茶等同咖啡(饭店里都是按需自取),用混搭掩盖茶的本色,他们关注的是热量而不是营养,是一种被人看得起的体面和不为时尚所动的坚持。在英国,像八十岁女王伊丽莎白二世一样高贵的妇人是随处可见的：推着小车从超市货架上取下袋泡红茶，白发下的红唇鲜艳夺目，白裙下的红色高跟鞋一样的鲜艳夺目。

　　茶不过就是用来喝的，但总要一点品位吧，红楼梦里的"饮驴子"那种呼噜噜的声音放在今天的大小姐面前，也还是被诟笑。"日高人渴漫思茶"，估计也是写给农民兄弟的：累了渴了才想到。现代化是一件很伤情调的东西，什么茶多酚、茶多脂、维生素A一个个被解剖出来后，大口喝茶的歪风在城市里又出现了。茶多酚具抗癌效用、增强免疫力，"非典"时期流行过。茶多脂，抗辐射，绿茶中含量更高，你知道"广岛现象"么？1945年美国扔下的那颗原子弹，伤了十几万人，还有因辐射得白血病的、癌症的，但喝绿茶的人几乎没大问题。

　　茶，本是饮品，想喝当喝，无高下之分。那年去香港，当地一作者电话说要请我们一行三人喝午茶。去了，才发现，午餐与茶根本无关，一顿以海鲜为主的大餐整整花去了朋友七八千港币，而作者在我这里应该拿的稿费亦不过万元左右！

从《瓦尔登湖》到《送别歌》

　　纯美意境的艺术再造只属于少数天才。面对尘嚣，面对名利，面对空灵，天才们思考的目光无疑更深邃，身在尘世，心却已上万仞之巅，最终以一种优雅的辉煌绝尘而去，留给文学，留给后世的是忧伤的美。

　　梭罗在瓦尔登湖的那段远离喧嚣的日子被称之为诗意的栖居。他是哲学家，美国超实验主义代表人物，美国主流社会思潮的弃儿。1845年，他决意用两年远离现实的社会，在老家马塞诸塞附近瓦尔登最原始的森林里找来斧头，制作自己的木屋。他将自己的一切包括写作融入孤寂的江湖，而寄生偏僻的孤寂并没有给他的生活带来多少的不如意。听潺潺溪奔,看百鸟朝凤,其代表作散文集《瓦尔登湖》传达了一种心灵澄澈与自然美,二者可以天衣无缝的嫁接融合,成就人生原来想象不到的胜景。梭罗唯自然,反对宗教信仰,他只活了44岁。

  梭罗终生未婚,但并不代表他没有过爱情。艾伦的到来给他的生活带来了甜蜜。他后来在日记里写道:"爱情是没有法子治疗的……除了更深地去爱!"写上这句话时梭罗可能还不知道他的哥哥——与他在同一所学校教书的约翰,也喜欢上了可爱的艾伦。不过兄弟俩平静的性格不会允许他们发生任何争吵,不久后都共同接受了这一事实。而同时被两个男孩喜欢的艾伦也充满了快乐。她接受了兄弟俩去游览大自然的邀请。很长一段时间,三个人肆意漫步在风景秀丽的康镇山水之间,登山,划船,探险,在老树刻下各自的姓名……身为梭罗兄长的约翰首先向艾伦表示了他的爱慕之心,但他很快伤心不已,因为艾伦断然地拒绝了他。之后,梭罗以自己的方式去争取属于他的权利,他写了一封热情洋溢的求爱信,但艾伦的回信笔调冷漠。不久,艾伦嫁给了一个牧师。

  与梭罗不同,李叔同是有宗教信仰的,这深受其母亲影响。其母亲王凤玲,本是丫鬟出身,貌美文静。晚清三大才子之一李筱楼,在68岁那年纳王凤玲为三姨太,随即生下李叔同。李筱楼死后,李叔同在母亲严格管教下刻苦读书,并依母亲教诲,拜皈依佛门的天津名儒王孝廉为师,每日诵读经书,与佛结缘。

  与梭罗一生未婚不同,李叔同一生有三个女人,并有一个婚约上的妻子。一是当时天津福仙楼的当家红角杨翠喜。杨仪态优美,风情万种,酷爱吟风弄月的李一下子就喜欢上了。可惜其母严拒儿子与戏子杨交往,只道杨是风月场中人,自此棒打鸳鸯,李初尝爱情苦涩。李叔同第二个女人是其母作主娶天津茶商之女蓉儿为妻,洞房后才发觉得蓉儿貌若天仙,很快与其就有了孩子。但蓉儿毕竟是旧式女子,彼此可以谈论的东西很少。此后,李叔同东渡日本与当地女子福基产生感情。福基是他人生中的第三个女人。李叔同三十岁时携福基回中国。福基住上海,李叔同在天津任教,却是每周来沪探望。

在近百年的中国文化艺术发展史中,李叔同被公认为奇才与通才,他最早将西方油画、钢琴、话剧引入中国,并成为中国新文化运动的先驱。时间到了1918年,李叔同决意结束与后两个女人的关系,在杭州灵隐皈依佛门。两个女人当时据说十分伤心,都托人与李见了最后一面。李叔同出家念头坚决,头也不回。入灵隐后,李叔同随后改名弘一,潜心研究华严,终成一代高僧。

走入森林深处非必是规避江湖凶险,遁入空门亦非情恨难消,更可能是修心的法力,超越平凡达致。他们的文字遗产可以是最接近缥缈的虚空,又临近底层万物的生命喘息。李叔同填词的《送别歌》传唱至今,魅力永恒——传了达一种直入心脾的古典优雅和真挚的忧伤。时光流逝,当下的人无法复制这样的分别图像,但可以憧憬这种情境,并聆听自然与心灵贯通之后的一丝淡淡落寞。

附:送别歌(李叔同词)

长亭外,古道边,芳草碧连天

晚风拂柳,笛声残,夕阳山外山

天之涯,地之角,知交半零落

一瓢浊酒尽余欢,今宵别梦寒

今千里,酒一杯,声声喋喋催

问君此去几时还,来时莫徘徊

天之涯,地之角,知交半零落

一壶浊酒尽余欢,今宵别梦寒

幸福的人际比较研究是条死胡同

学术、言论,这些东西表达太自由、太随散,对文稿编辑来说,不啻是一种把控挑战。有那么多观念,拾人牙慧的,耸人听闻的,从没有像今天这样批量涌入城门,作喧嚣状。编辑本可以轻易关起这道门,让那些让我看起来并不那么赏心悦目的混入极品中的垃圾胎生腹中。然,我不能。思想的解放并不是不够,而是已经相当过度了。编辑的痛苦就是在思想的阵地上屈从于"砖家""学霸""叫兽",在匡世理论面前失去话语,且还要努力用精练的文字为那些只讲观念不讲文法作些旁白,且用似懂非懂的眼光注视大嘴中偶尔蹦出几个声称具有伦敦市郊口音的英语。我能做的,就只能在文中删除这些土著英格兰居民的英语词汇,以免我中华纯洁的汉文受到某种程度的污染。

纵容写在书面标榜的"独家观点",或许算不上犯罪,但至少我会自责。

《快乐之道》文稿邮收到通阅后,我随即回复邮件坦言,快乐是人生终极与社会终极目标的观念我大体苟同;人追求快乐的本能是生物进化的观点也是让我感兴趣的(生存和繁殖的生物本能:因为生存的需要,我们要吃东西,吃东西是件快乐的事;因为要繁殖,所以人类也要有交配且从性爱中获得快乐)。我也认同福利经济学关于快乐的研究具有很高的政治意义,比如,唯一增加财富不能增加快乐。但还有很多,我是不赞同的,甚至是极力反对的。比如,作者极力赞同给予一个痛苦等待死亡的人以安乐死,他认为这样就会减少这个人的痛苦,同时也减少他的家人与亲戚朋友的痛苦。

我承认,我在编辑本段文字中陷入了"痛苦"并在放任"表达自由"中放弃自己的独立主张(不会删除也不会与作者抬杠),认输过后我仍给自

己以强烈地辩护权利:

"包含生、老、病、死的完整阶段都是人生之幸福。人以哭泣出生,如此之第一痛苦表象,宣告的是家人的快乐,所以仅以痛苦的诸多表象描述并定义不快乐是有误区的。就安乐死而言,确实有生不如死选择自杀的,但安乐死给予死者是解脱,但给予生者,比如那几个一致签字同意施加安乐死药物的亲属一生也许会承受道义、人伦的自责或者别人的白眼,这会让那些生者一生忍受煎熬。所以,安乐死并不能降低社会的痛苦指数。"

同时,我也完全不赞同作者提出的"快乐人际可比性",这大半是因为关于这点烦琐无序的论述早早把我整得眼花。故我在此附和张五常的观点,对快乐进行人际比较是不可能的。是一条死胡同(我的观点)。

我在此引用曾经在《新民晚报》读到过的一篇文章。作者大意说大学毕业二十年后一个乡下的同学住到他在城市的家里的故事。起初,他一直有很强烈的优越感:

1. 在房子涨价之前,买了个大房子。现在又买了车子。
2. 三十多岁拿到了高级职称。
3. 娶了一位温柔漂亮的太太。
4. 儿子在名牌高中上学。
5. 做到了副局级。

这些,恰恰是他的乡下同学,且今天晚上就要与他睡在一起的同学完全不具备的。

如果定义这位作者为甲,他的乡下同学为乙。有理由相信,甲依然会认为自己很快乐,乙也会认甲比自己快乐。换作任何人包括你我来回答,通常会认同甲比乙快乐。

甲平日能做的工作比较清闲,晚上的任务就是上网聊扣扣什么的,但晚上睡眠一直不好。那天晚上,他依然睡不好,而他的同学除了对自己的乡下家庭生活一百个满意之外,不到十点就倒下睡着了,而且鼾声如雷。甲于是感叹,这才是我此生想要的快乐啊,睡得这么香的人他的生活该是多么幸福啊。

我想,大家还是这么一致认为,乙睡得再香哪怕就是一天睡上二十五小时,我们还要甲的生活。

这似乎符合《快乐之道》观念,快乐就是快乐,是可以进行人际比较的,无论从哪个方面讲,甲的快乐高于乙的快乐。

然,改变上述之中的一个条件(甚至是可以随意改变的,哪有百分百完美的人生?),比如条件3,甲第二天发现他娶的这位温柔漂亮太太此前一直与上司(或者直接与睡在他房的这位同学)有一腿而他始终蒙在鼓里十多年!

如果把这个选项交给大家,交给甲、乙,答案又是什么呢?

无法比较。人类极品中一小部分偷腥的男人想必认为或上司或乙比甲快乐,也有一部分想入非非的女人认为甲的老婆才是最快乐的。

其实,这本《快乐之道》文稿中还有其他我无法接受的关于获取快乐方法的论述:比如刺激大脑享乐中心让那些无性婚姻者每天可以获得持久的快感。我忍不住在旁边批道:在一锅开水里洒些鸡精,你确实也能喝出老母鸡的味道。屌丝的快乐谁吃得准?!

和孩子讲政治、讲民主

中国入学儿童接受的爱国主义教育足以让老外惊叹。后来,他们渐渐懂得,中国人,或者说东亚人,很强调儿童意志力的锤炼。当他们认为政治确实是中国传统文化的一部分的时候,他们渐渐能够包容这些东西。他们的孩子,跟随父母在复旦大学执教来到了中国的学生中间,一样接受每天早晨的出操列队。唱不唱中国国歌、向不向中国国旗敬礼,并不重要,重要是这种集体仪式,对他们来说很有意思。

女儿初一的时候,班级里孙某某就不用天天戴红领巾——每天早晨,教导处都安排老师及大队委员严格检查学生红领巾佩戴是否完整。受处罚的同学很仰慕孙某某。女儿说,孙某某随父母从加拿大,一家皈依基督教。

这是一个极其原始的政治问题。红领巾与信基督代表着不同的信仰,两者在目前的中国不可并容。佩戴红领巾的,接受的是远大的共产主义理想;信基督的,相信上帝才能给予人类更大的公平。但信仰与爱国与否没有必然联系。我想女儿在形式上已经接受这一点,孙某某可以不信主义,但可以爱国,每天早上,他要列队,他要大声唱国歌。

彭英之16岁在复旦附中高一的时候被父母送到英国七橡树(Sevenoaks)中学读书,18岁考入美国普林斯顿大学,去年刚毕业到华尔街工作。母亲在孩子异乡漫长的六年求学中,终始以极其传统的书信与孩子交往。复旦社新近出版的《新留学时代的私人文档》,若现新时代的《傅雷家书》的影子。

16岁的彭英之双脚一踏进伦敦海德公园,民主与政治的遗风就会扑面而来。英国的文化及所见所闻点燃了孩子心中的疑惑。母亲给孩子的回信开头就提示了出远门中国少年的热血、冲动与烦躁。

"……昨天晚上睡得太晚,反而睡不沉,反反复复中总想到你在电话里讲到的关于民主问题。"

母亲"睡不沉",透露出三层意思:一是孩子已经事实上面临着政治的启蒙,但在异乡并没有人去疏导;二是自己从复旦大学世界经济系毕业又考入伦敦经济学院硕士的经历,深知在当下讨论民主是个"沉重"的话题;三是掂量自己的"沉重"如何以轻松不撒谎的方式传递给他乡的儿子,同时又要冷却孩子过早的政治热情。

从这个角度上看,这位母亲——陆波——对刚刚建立起政治觉悟的儿子,她的说教,或者说信中她的分寸把握可谓恰到好处,几近于中国母亲的真实思考和理性劝慰。

母亲在信的第二段一开始就说:"要读懂中国的民主进程,真是一件很'心苦'的事情"。笔者注意到了母亲这个"心苦",其实就是中国当代知识分子的无奈。她在信中又细化了这种无奈:"中因漫长的五千年历史中,一直信奉君君臣臣、父父子子的封建专制……从来没有因为一引起表面的革命而被扫荡,哪怕是精英们血和生命的代价。我,心里是很悲凉的。"

悲观还在继续:"我的内心是很悲观的,因为作为一个中国人,一个读过一点书,看过一点外面世界的人,我真是很希望中国是一个真正意义上的民主国家。一个让世人崇尚的国家,才会是一个让你引以为豪的国家。"

"……走在伦敦古老的海德公园,你可以随便发表你的意见,这是一种对自己制度的信任。"

我佩服母亲的这个见解。母亲在英国一流大学长期学习的经历,让她零距离感受到,英式民主可能是最好的,也是"最合理的,超越了美国",这样的观点在百年前的中国就有很大的市场。1875年大清派出的第一位驻英大使郭嵩焘一方面极力主张中华利益,为日益衰落的大清争取好的外部环境,同时,他又拖着长辫子进出英国议会厅旁听政治辩论,进而对英国的新闻自由、舆论制约政府、议会对政府进行干预等政治民主十分赞赏。他还特意研究了英国议会民主的历史,做了很详细的笔记。郭嵩焘还坚信,西方的议会民主制度比中国的君主专制要优越。他写的这些引起了当朝贵族及朝臣的恐慌,诅咒朝廷派出了一个叛逆分子。

百年后的大英帝国不再雄霸世界,但独特的民主政治仍指引着这个国家稳步向前。相反,中国的民主政治有进展,但距离中国当代知识分子的期望值仍有相当的距离。然而,在这里不"心福"的心境下,母亲显然出十分的"成熟和稳重"——中国已经在进步,至少她有物质基础、有开放环境把孩子送到国外顶级的中学。她在信中是这样安慰与作出妥协的,我认为下面的这句话非常有效,母子二人在民主概念上是可以达成默契的:

"我知道作为一个优秀的中国人,你生来就不会太快乐,你爱你的祖国,但你的力量是渺小的,无法改变;如果你用你的知识,竭尽全力,做了一些你可以做到的事,也算是对得起你的祖国了。"

或许,我们不应厌倦孩子与我们讨论政治、讨论民主这样宏大的主题,我们在吃饱喝足、衣食无虞后还有很多有趣的谈资。对于那些正行走在叛逆道路上的孩子,我们其实可以用"另一种民主"与其沟通。母亲陆波信的结尾这段话,是很适合我们做父母的:

"我想你已经是个大人了,我们应该平等坦率地交流我们人生中的困惑、问题和对事务的看法。多交流才有多信任。尽管中国在民主的道路上还有很长的路要走,但我们的家是民主的,这一点你可以自豪地告诉你的同学们(外国)。"

你幸福了吗？始辩于动物的苦乐

据清纪晓岚《阅微草堂笔记》卷四，山西太原城南晋祠有个"驴香馆"，远近闻名，食客无数。驴香制作方法是，在地上钉四根木桩，把一头养肥的草驴的四条腿牢牢地绑在木桩上，又有横木固定驴头驴尾，驴不能动弹。再用滚水浇驴的身体，剔毛。用餐的顾客想吃驴身上的哪一块肉，主人当场割下进行烹调。客人们吃得心满意足走出酒馆时，那驴还没有气绝。这个"驴香馆"开办了十几年，至乾隆四十六年才由地方官下令禁止，为首的业主或被斩首或被充军。

动物真的有苦乐感受吗？如果有，是不是包括所有的物种？

庄子与惠子关于"子非鱼，安知鱼之乐"的濠梁之辩，后人把它视为一个简单的哲学命题。从进化论来看，人类内在地具有把物种进化的程度与人类自身相类比，进行苦乐评判的倾向。对那些与人类相似性高的，比如灵长类动物，再者是一般哺乳动物等，渐次给予与自身苦乐体验相一致的评价。地方官对"驴香馆"下禁行令，估计实在是看不下去了，关掉馆子，顺便宣示了为官者拥有仁慈心肠。动物保护组织阻止日本人到北令海猎鲸，但未必对珊瑚虫的保护感兴趣——据说，珊瑚遭受人类破坏的后果比猎鲸对海洋的生态破坏更严重。但，珊瑚虫与人类的相似性确实太低了，以至可以认定他们没有苦乐。鱼是卵生，比鲸胎生用肺呼吸更落后更低级，人们观察到的只是"自由自在"的鱼儿，并单方面认为这就是"快乐"。

我相信，动物的苦乐是有的。宠物狗受伤后发出的号叫为"哀嚎"，无疑这是一种痛苦的表现。报载有一主人宰杀一只母鸡时，遭到了一只公鸡突然的啄咬，无疑这又是公鸡丧偶愤怒的表示。经济学的研究者没有放过这一现象，特别是自由主义者。他们认为人类社会一定有一种符合自身生存的内在规律。生物演化论进而产生了"物竞天择,适者生存"的市场主体生存理论。市场中各参与方只不过是随"丛林法则"进行博弈,并从中感知失败的"痛苦"和胜利的"快乐"。

生物经济学、福利经济学的研究前途是坎坷的,看似有强大的进化理论支持,有时却囿于弱小的目力。这也很容易让我们陷入迷茫。母鸡孵小鸡时,你可以在一窝鸡蛋里安插几个鸭蛋。即使是鸭蛋不小心滚到外面,母鸡也会用嘴小心地把它勾到自己的腹下。鸭子破壳后,母鸡也一样的呵护,带他们一起觅食。在这里,看不出种群歧视,也没有铲除对方的动机,只有和谐与合作。但此后,他们则更多表现出竞争。主人一把稻谷散下去,鸡鸭绝不会谦让。因为嘴型构造的不同,愈是碎小的食物,鸡觅食更有利,吃不饱的鸭子因饥饿而产生我们所理解的"焦虑"——痛苦的另一种显像;等到鸭子羽毛渐丰,认定与鸡崽不属同类时,只能无奈地退出,选择分道扬镳,重新建立自己的领地。

地球上的物种存续到今天,必有其存在的合理性。即他们时时都在为适应环境的变化而试图找到一条自我改造的路径。这种进化前景,一种是自身趋向更复杂的程序进化,比如,人类日益变得八面玲珑。这种进化也可能趋于更简单,比如高速运输工具的开发,人腿功能可能会弱化。更可见的是,母狗一次平均可以产 7 个崽子,鸽子一次可以下三四枚蛋,青蛙一次可以产 10000 枚卵,鲫鱼可以产 2000 枚卵,海鲜扇贝则可以一次产 200 万枚卵。而人类呢？常规就是一个！四胞胎就可以上电视了。

物种的苦乐感受在生物学家那里被定义为三个过程:进食,玩耍,交配。一切有助于三个方面顺利达成的,就是快乐;反向的阻隔就是给动物注加痛苦。面对生物学的研究成果,福利经济学,或者说幸福经济学家一定眼前一亮:进食,就是保证人的温饱,比如可以用减税的办法保证个人不受通货膨胀的负面影响,即工资增长指数化;玩耍,则是保证人生命个体的精神需求,保证人类拥有足够支配的闲暇时间;交配,则是回归物种的自然法则,保证人类享有结婚并无限生育的权利。三个方面你都轻易获得,方敢说你很幸福了!

基业常青,文化视角的考察

对中南大学特别是经济学、管理学的了解、联系和合作是从五年前开始的。三五年间,刘爱东教授的《公司理财》、饶育蕾教授的《行为金融学》后在我手里出版,且在业内获得了很高的评价。特别提及,这两位都是女教授。当两位把颜教授推荐给我并寻求合作的时候,在下内心难饰激动与高兴。颜教授长期从事管理学,特别是人力资源管理的教研,业内声望卓著;更重要的是,颜教授从来不把管理学的研究与探讨局限于象牙塔里,他在商界担任董事长、总裁的经历,让真正的出版人没有理由不对他的著作产生浓烈的期待。

说实在的,我非管理学出身,也不参与公司管理,只是十几年来做了不少管理学方面的图书策划和编辑。颜教授书稿——《基业常青——文化视角下的中国企业管理》的到来还是给我廓清了许多认识——管理学,尤其是中国文化在当代中国企业变革中究竟承担什么样的责任。两年前我得以亲自编辑复旦大学管理学院苏东水教授的《中国管理学》。苏东水教授作为东方管理学派的创始人,着力于解释与解构中国传统文化与中国企业管理的融合方式。我的困惑在于,近一百年来,中国还没有出现过类似于可口可乐公司这样的全球标杆性企业,经典的西方管理学理论遇上中国的传统文化,其化学效应究竟有多大? 如果再把管理学的范畴放大到国家管理以及家政管理方面,基于中国传统文化的聚财术及用人术倒是达到过登峰造极的地步！把管理学作地域范围的切割，我一直很怀疑；当看《东方管理学》中的一个章节讲到东方管理学的西方管理学渊源时，这个困惑更是缠绕着我。

非常赞同书名副标题用"文化"而不单单是"中国传统文化"来解构中国的企业管理。诚然，中国的传统文化包括思维模式、价值行为与判断标准在中国企业，特别是企业人力资源管理中仍然发挥着独特的作用。但本书却从"历史视角""社会文化视角""组织文化视角""生态文化视角"解读现代企业管理中文化的价值，从学术上保证了研究方向的准确性和现实指导价值，并从实践中描摹出企业长寿的路线。当微软公司的市值一举超越通用电气时，企业的成长、壮大与死亡路径与以往有着更大的不同，其文化的根植及与管理的呼应也许有更独特的方式。我注意到了本书中，颜家民教授对法国哲学家利奥塔的"后现代主义"思潮进行了理论梳理——后现代主义的核心是消解、破坏与批判工业文化，反叛技术理性、工具理性和科学霸权，是对传统工业文化的完全颠覆。"后现代文化是对经典管理理论和技术方法进行的全面变革"——我深信，这些崭新的文化哲学一定能引起中国现代企业家的高度重视，现代企业长寿的基因有可能在"中国传统文化"里根本找不到。

文化对企业管理的渗入是全方位的——人力资源管理，战略管理，组织管理，营销管理，生产运作管理。颜教授特别提到本书对"财务管理"的忽略是因为"财务管理的技术规范性较强，通行性显著，受传统文化影响程度较小"。我当然同意这样的观点。跨国企业面对的是全球性的利益相关者，其财务管理与会计报表的处理方式同样要运用通行的国际标准与商业语言，今天的中国企业会计准则与国际准则日益趋同。但我还是看到，在许可的准则空间里，中国文化元素仍然不时呈现在企业财务管理实践中。比如，中国个人崇尚高储蓄、高积累，对于企业来说则偏向于保守的负债经营模式,直接融资的动因大于债权融资,企业扩张也较少运用杠杆收购,等等。同时,中国有着独特的企业类型:国有,民营。由于最终权益指向的不同,对于材料的计价也有不同的偏好。在通货膨胀加剧的情况下,国营企业财务上多偏好运用"先进先出法",从而会因涨出的利润获得"政绩考核"上的优势;民营企业则喜好"后进先进法",从而做出保守的"财务利润"以合理避税,等等,都是中国特色吧。

也许你不信,书出版快三个月了,我居然没有同颜教授见过一面!图书出版本质上也是文化产品的商业合作,我承认,我们的合作非常愉快,因为我们的内心始终保有晋商奉行的"重信义,轻虚伪"的文化品格。

"中国模式"已经胜出?

张维为教授著《中国震撼:一个文明国家的崛起》(上海人民出版社2011年版)出版后,接受《文汇报》记者专访,再次倡导他的"中国模式"。"西方模式在非西方国家的表现太差,相比之下,中国模式胜出。我们的模式不管有多少问题,在世界是站得住脚的,对世界上许多国家和人民都有借鉴意义。"以此为导,总结出"中国模式"的八大特点后,得出一个"文明型国家"崛起的深刻命题,云云。

"中国模式"的评论起点,还是中国这几年的经济发展以及消除贫困化努力的成果。作者还不忘拿他自豪的去过一百多个国家的经历,说明他的"板块概念",即上海比纽约的好多方面都要先进。更令人匪夷所思的是,作者首创了他自己的"人均资产"概念——中国城镇居民70%拥有房产,超过了世界上绝大多数发达国家。

以唯GDP论说明中国模式的成功,在显而易见的逻辑缺失和倡导"人民幸福"的普世价值面前,不仅不新鲜,而且已远远落后了。中华文明的历史长河里,汉唐盛世不提,单是清末的道光年间,中国的财富总量已占世界三分之一。地球上业已存在的大国,历史上都有其辉煌时期,声称2012年奥运会都可能办不下去的大英帝国,在150年前的维多利亚时期,又是何等的风光?二战后,日德的经济起飞蕴含着什么逻辑机理?在不确定的时间周期里,把一个"出类拔萃"的成就简单地界定为"模式",盲目的膜拜,或者作强加于人的模式输出,害己害人。

对GDP高增长的偏好,忽视这种增长的可持续性,必然包含着对效率和公平的漠视。上海比之纽约,硬件上可能差距不大了,但上海的财富堆砌中有一部分是以牺牲内地、牺牲中西部地区的成长为代价的。如果这也算是"中国模式"表征之一的话,印度就可大胆放任它的贫民区扩大并在消除文盲率上缓行了。将房产计入个人财富的"人均资产"概念,与饱受学界关注的"国富民弱"似针锋相对,却不过是作者的掩耳盗铃。产权的归属不会改变财富的总量存在,自有七十年产权的住房与以货币资金(个人财富的货币表现)租住七十年住房,并无本质差异。更何况,"中国自有住房率超过很多发展国家"是否属实,还是个大大的问号。

在笔者看来,论证"中国模式"前必须解决以下几个逻辑问题:

1. 中国模式的基础是"文明基因"因素还是"制度因素",或者两者的综合?

包括作者张维为在内的许多学者都讨论过文明因素——中国是世界上唯一一个文明没有中断的国家。如果以此作为中国模式的特征之一,则变相否定了这种"模式"的价值——模式应该是可以被借鉴、接纳的,而"文明历史"又无法被哪一个国家以货币购买。这个潜台词或许就是:中国的现行制度恰当地包容地了中国独特的文明史——中国模式推论很容易滑向另一个新的推论——"中国制度"的胜出。

2. 以公平正义和创造幸福感为特征的经济增长能否持续?比如,

克服大的经济周期,至少像美国一样维持至少两百年的经济增长、社会福利增进和社会稳定。模样可否成为"模式",判断其实并不难,基于时间观测和数据度量,给定的时间序列愈是充足,量度的经济增长和社会进步愈是稳定,则可认定"模式"的胚胎已经有了。

3. 当"中国模式"脱离胚胎将出的时候,中国能否秉承"和而不同"的价值观,在未来几年甚至几十年里,奉行不主动推销"中国模式"的外交政策?民粹主义是很容易借着"模式"东风从事排外和扩张行为的。"中国将来强大了,也不会称霸"——反诘语就是"你不称霸,怎么知道你的强大?"阿伦特在《极权主义的起源》表达的担忧不会在二十一世纪消失。

4. 中国模式的"中国"地缘如何界定?

20世纪60年代后,东南亚经济实现了强劲增长,但主宰经济增长的上层政治结构迥异:韩国克服军人独裁,建立起了西方民主外衣下的财阀集团经济;日本则在君主下的宪政里保留了家族企业的发展;新加坡在强化儒家文化的社会意义同时,建立起以个人权威为主的政治形态;中国当今的经济增长是不是一种新的"体制胜出"?

中国自当包括台湾,但台湾的经济起飞却在狭窄的地域空间里依靠国际市场获得。更重要的是,台湾借鉴了美国民主,民主试验不过二三十年,但也已经"像模像样了"。"台湾模式"对"大陆模式"的威胁在于,它将使人们怀疑这个结论的真实性:中国人的文化文明在骨子里,是不太可能容纳西方民主宪政的。很遗憾,嗅觉敏感的御用学者总是主动忽略此等命题。

中国GDP超越日本居世界第二后,这更强化了中国人的自豪意识。自豪意识的膨胀就是自大意识。中国人在找到普遍幸福的模式之前,与其打着灯笼寻找"中国模式",还不如记住这个暧昧但十分有效的路线:

"坚持走有中国特色的社会主义市场经济道路不动摇。"一个伟大国家的构建,我们还有很长的路要走。

《1Q84》的爱情寻觅

孩子本学期语文单元测试有一道选择题,从给出的五种图书中挑出属于村上春树的作品。她很惊喜,因为去年暑假她恰恰读过村上春树的《挪威的森林》。

村上春树的作品中文版已经不下二十种,《挪威的森林》《海边的卡夫卡》是其中影响较大的两部。下个月,这位高产作家即将推出他的中文简体版《1Q84》,据说,本书目前正风靡全球,台湾繁体字版销售火爆,日本国内版上下两卷单月销量越过 200 万册。

《1Q84》,书名何意?孤陋寡闻,目前尚不知,繁体版第一册是以 1984 年 4 月作为爱情的起点,每册的时间跨度不过两个月。媒体挤牙膏似的给出的故事梗概是:"一对十岁相遇后便各奔东西的三十岁男女,相互寻觅对方的故事。"照此推理,未来还有许多等待。

故事同样呼应了这样的大主题:人生即小说,小说即人生,爱情是人类的全部。战争导致的凄婉聚散、失而复得或者离情别恨,在类似小说《战争与和平》《飘》以及电影《魂断蓝桥》中让人无法自持。和平时期,我们的爱情几近完美,唯缺感动。揣测《1Q84》是不是在这平静的年代里、在平淡世俗乏味无比的爱情寓所里,主人扣动了重启生命与新爱情的扳机。

村上先生说,写这本书的目的,是要在当今的空气里嵌入人类的生命。

十岁,三十岁,中间二十年。二十年,人生长河中最精华的部分,有人却无法享受爱情的恩宠。得到的或者失去的,一样可以存在于没有悲歌的和平年代,本书的面世无疑是80后、90后思考生命的最佳季节。

对于四十不惑者,在未来的二十年或许是镜子前的皱纹、拐杖和轮椅,所以,他们愿意把更多的目光回望过去的二十年,从中找到激扬生命色彩的部分——不问是喜还是悲。

同时抓住了这两拨人,这是村上的高明。

奥巴马治税,华人不可掉以轻心

2009年的诺贝尔和平奖令人意外地颁给了上任一年不到的美国总统奥巴马,以奖励他在处理国际关系问题上的新思维。如果说,奥巴马的此项获奖不能"令人信服"和"跟进效果有待观察"的话,奥巴马在国内进行的系列治税行动却是轰轰烈烈、震撼人心的。

2009年3月,奥巴马政府提出"对隐瞒海外银行存款者的特赦计划"。计划一出,大批美国富豪成了热锅上的蚂蚁。大赦计划从2009年3月23日起至2009年9月23日止,有效期6个月。过了截止期,在海外银行有存款超过1万美元,近6年没有向国税局(IRS)作过申报的纳税人,将以逃税重罚并受到起诉,直至送入大牢。

据美国国税局披露,自2004年实行海外存款"自愿披露,免予起诉"的试点以来,效果不佳,每年只有近百人向政府自愿披露隐瞒账户,接受补交税与罚款。自今年美国政府与瑞士政府签约,即瑞士银行有义务渐次披露客户账户信息后的第一星期就有数百人申请加入特赦计划。最新的进展是,至2009年9月23日关闭期,在"坦白从宽,抗拒从严"的"大棒胡萝卜"政策下,有7500名富人乖乖走进美国国税局。

作为打击美国公民海外逃税的组成部分,奥巴马政府打算取缔海外避税体系的多项规定。比如,奥巴马政权希望能够禁止美国公司以海外的经营费用来抵税,他们首先要做的是在美国境内报告自己的利润额。另外,奥巴马还要限制以美国为总部的跨国集团把利润转到税率低的地区。美国财政部长盖特纳表示,相关的税务条例改动一旦被国会通过后,将在2011年生效。

与此同时,《禁止利用税收天堂避税法案》有望获得美国国会通过。这项法案的焦点在于,包括中国香港、新加坡、开曼群岛、泽西岛、瑞士、百慕大、巴哈马、哥斯达黎加、英属维京群岛在内的34个国家或地区,将被列入美国离岸秘密司法管辖区。在这些地区,美国政府将秘密调查这些银行的客户是否为美国人士以及某些交易是否与美国人士相关。

奥巴马政府的系列治税动作针对所有的美国人或美国税务公民而非华人,目的大致是:一是履行竞选承诺,削富济贫;二是金融危机后政府财政赤字创历史新高,单是清剿海外账户一项就可在未来十年为美国政府增加2100亿美金,而禁止避税天堂法案通过后则可为美国每年新增500亿美元企业所得税;三是借助上述两个客观存在的理由,为美国政府实施经济不景气时的贸易保护主义提供说词。

在美华人的任何不当现金交易、不当处置财产行为,以及不当节税规划风险极易在这次治税风暴中显露,这部分源于华人自身的固有理财思维,也源于对美国税制缺乏完备了解。在美国,涉税申报环节与实际缴纳环节同样重要。有时,即使你还不是美国公民,美国国税局都有可能找上你门。以下仅是常见几例。

——当你因公或因私在美国出差,到拉斯维加斯小试身手时,赢钱后立即会有专员上来询问,一方面抄下你的护照号码,同时你赢得意外之财的30%,对不起,必需交给美国政府。当然,如果你已经是美国公民,你会在赌博时被要求留下社会安全码,不久又会收到1099-G报税表。

——很多到美国留学的中国人拿到的都是 F1 签证,这意味着你不能在美国工作。如果你可以正当打工,这就得看你在美国居留是否超过 183 天。超过了,你就是美国的税务公民,得像美国人一样承当申报义务(注意只是申报义务),否则会给未来在美国居住留下不良记录。

——如果你在中国内地汇款给在美国读书持续时间超过 183 天的儿子(或配偶),那么一年之内的汇款额度如果超过 10 万美元,就得由你儿子老老实实申报 3520 表。至于赠与汇款人是美国税务公民的,这一赠与额度 2009 年度定为 13000 美元。超过这一额度就要申报了。接下来可能出现的情况是,如果你探望你的孩子或者配偶在美国停留过了 183 天,即你也已经成为美国的税务公民时,这该怎么办呢?税务专家给出的方案是,让你的受赠人在大陆开个户头,这样的话就可不被美国国税局课征赠与税。但最新的海外账户清查特别注意到这一点,即在海外户头超过 10000 美元存款的,必须自动申报此账户。所以,彼此利益权衡非常重要。

——华人素爱现金交易。而美国"9·11"后对现金交易极为敏感,唯恐有人现金资助恐怖分子逃避监控。在美国 30 美元支付,都会开支票清算;付现金额超过 1 万美元时银行就有义务向美国国税局报告。同时,进出美国海关现钞超过 1 万美元也必须进行申报,否则就有没收的可能。找律师的话,可以取回这部分没收的款项,但必须接受罚款。

美国是个"万税"的国家,但美国在某些方面又号称"节税天堂"。在美华人同样可以精心筹划,善用相关节税条款。比如,外国人在美国银行的存款利息免税;非美国人(不能是银行或其他金融机构)借钱给美国人(且在债务人公司的股权不超过 10%)时,贷款利息免税;在美国投资股票的华人,只要在那里居住一年没有超过 183 天,所有的股票投资所得也是免税的,等等。

美国人与生俱来信奉"只有死亡与纳税不可避免"。笔者在编辑《中美跨国税务问答》(复旦大学出版社2009年10月版)时,更是深刻感知这一点。本书繁体字版在台湾首发,书名为《中美台跨国税务问答》,马英九先生特为致贺;7月,本书繁体字版在洛杉矶发行,海外反响强烈。

税制知识普及的作用大致有两个方面:增加政府收入,培育诚信纳税公民。本书内容看起来似乎是替奥巴马政府摇旗呐喊,"倡导什么可以做,什么不可以做",实际上也从税收筹划层面讲述海外华人自身合法利益的保护方法。这一切都有助于树立华人勤勉工作、诚信纳税的世界公民形象。

金融危机下的政府干预:自由主义还有市场吗?

2008年年底,我就悉心编辑一本好书——奥地利学派的重要人物罗斯巴德的作品——《自由的伦理》(THE ETHICS OF LIBERTY)(复旦大学出版社2008年版)。接到书稿的时候,美国次贷危机的负面影响苗头刚现,10月新书刚出,金融危机已经蔓延全球,美国前五大投行已五去其四,世界经济似乎正在惊恐中重复1929—1933年的大萧条局面。

政府救市风潮成为当下各国压倒一切的任务,即使在共和、民主两党推出的总统候选人竞争进入白热化时刻,救市的必要性在奥巴马和麦凯恩那里也达成了统一。更重要的,拯救金融危机的活动第一次在全球陆续展开并极有可能促成一项一致行为计划,就连联合国秘书长也不断示好,愿意提供场地协助专门处置金融危机的全球主要国家首脑会议的召开。

金融危机,让各国政府重新拾起了政府干预大棒,凯恩斯主义又得到了大展拳脚机会。自由主义这个维系西方市场经济体系的基础正受到越来越多的考验。

有经济学家断言,金融危机的在21世纪初的爆发,宣告西方整个自由市场经济体系基础的动摇,全球财富的骤增与集中、虚拟经济的膨胀、资本跨国移动的便利及庞大规模更需要政府的监督与干预;这种干预甚至已经超越一国政府能力,进而还必须拓展至联合国——这个原本设立于二战后,美苏寻求世界政治秩序重新安排的国际组织。

笔者认为,就此断定自由主义理论体系已经在全球金融危机面前已失去其现实意义为时过早。自由主义是维系整个资本主义制度两百多年的基石,在创造全球财富、激发人类潜能方面开创了全新的时代;就此次金融危机爆发的起因来看,恰恰是以美国为主的西方国家政府在冷战后寻求新的战略优势的一种结果。

二战后的战争对峙迅捷由冷兵器时代过渡到核武器时代,国家安全可保障性难度加大极易成为政府将公民纳税从义务性上升到强制性的理由。危言耸听的世界末日论都可成为军火商在政府的财政预算辩论中获得优势的砝码。冷战的结束,尤其在美国看来,是以中国为代表的系列新兴国家正进入按世界规则行事的世界经济体系后,经济实力的与日俱增向老牌资本主义国家提出了新的挑战。更关键的,中国政府控股的集团公司力量正以更快的速度跻身世界五百强,系列的跨国并购活动不能不引起西方政治家的担心。能够在和平年代展示西方实力的,除了武装力量之外,庞大的能够主导世界经济秩序并在制定规则方面具有发言权的经济主体,正是西方政府在全球化年代梦寐以求的。谢尔曼反垄断法确立的是美国国内自由市场规则,但这个规范不适用于美国的企业在世界范围内的竞争,也就是说,美国是乐于看到微软独步天下的。

有理由相信,包括美国前五大投行在内的大型企业在世界范围内的业务迅猛拓展,既是美国政府刻意追求的结果,也正是美国合理利用世界经济规则的结果。新型政府信用支撑的超级金融机构从昔日的扩张到今天的没落,正是市场规则对美国背离其自由主义立场的报复。

罗斯巴德是自由主义者、无政府主义者。他认为,政府——国家——是与正义的根本原则不相适应的。追溯到罗斯巴德对国家的定义,与奥古斯汀一脉相承:"国家无非就是一群强盗。"

在他的眼里,国家拥有以下两个特征:"(1)它通过物质的强制(税收)获取财政收入;(2)它取得对武装力量的强制垄断权以及对特定领土范围内的最终决定权。"两种行为都必然构成对国民私有财产的正当权利的非法掠夺和侵略。第一种行为构成和确定了一种伟大的偷窃行为,第二种行为实际上是禁止了在特定区域里防卫和司法服务的自由买卖。

果然,美国7000亿元的救市拨款除了遭到大规模的群众抗议以外,一百多位经济学家联名表达了对美国这一背离税收公平规划的不满:政府没有义务要求纳税人为那些野心勃勃的金融大亨们的投机恶果承担责任。

金融危机会不会再次引起一场持久的世界经济大萧条?中国的金融管制无意中为这场金融风暴的金融企业提供了一座避风港,所以,身边沾沾自喜的经济学家及政策制定者颇多;更有人甚至高呼,美国的救市表明美国正在尝试进行新的国家社会主义制度。

政府的权力空间多大才合适?唯一担心的结果是,政府在挥起干预的大棒同时,可能会继续为其剥夺公民私有财产权利不断寻找新的借口。

美国、中国同为世界大国。期待罗斯巴德的这句话在未来得到验证:

"每个国家,无论其大小,如果违反了私有财产权利人和权利,都必须被怀疑和进行抗争。大国的不断强化的中央集权违反了更多人的权利,因此必须被更多地担心。中央集权的国家,以及最终单一的世界,象征着国家权力即邪恶的成功扩张和集中,从而必须被认为是特别危险的。"

又何必刻意人生——《姚明之路》后的艰难人世

2002年8月,时任上海市委书记陈良宇亲自到上海机场,送那个青涩少年姚明飞往美国休斯敦。大个子要作为状元秀在那里打NBA。一年后,我和一位长期从事篮球新闻报道的新华社记者,以姚明国内成长、国际发展的经历为线索打造了一本畅销书《姚明之路》(上海财经大学出版社2003年版)。书当年即卖了5万册,还入选了次年全国青少年百佳优秀读物之一。

当然,这些都不是我需要的,我眼巴巴地盯着所有姚明的比赛,看中国巨人蜕变成真正的篮球巨星。

转眼已过七年了。当我还在专心从事我的编辑出版事业时,姚明距率火箭队在NBA拿总冠军的路却是渐行渐远了。伤病甚至让他宣告,也许还能再打一个赛季,不行就退休,休斯敦别指望他,中国人也别再指望他。

这就是岁月。这就是人生。希望刚刚探出脑袋,转身却要告诉我们:游戏结束。

姚明曾经活生生地站在我身边。非典那会他回上海做慈善。

就是这个高个子,他在美国的女儿现在还不到一岁,他就要歇息他的主业了。

而今的陈良宇则更惨,他也许要在监狱里度过余生。

在记忆里做一个荒唐的游戏,把生命中认识的或者接触的那些死去的人一一梳理。外公,爷爷,奶奶,岳母,中学语文老师,高中英语老师,大学经济学、货币银行学老师,曾经在校图书馆教我们国画的老师,都离我们远去了。

这个名单还可以开列很长很长。这几年里银屏中熟悉而喜爱的形象:罗京,马季,侯跃文,赵丽蓉,高秀梅,刘振华,洛桑……还有那个在《还珠格格》里演含香公主的那位(记不起名字了,编辑本书时,排版同志说是刘丹)都走了。后面三位还都是出车祸走的。

当然,更有一些熟悉的声音与我们的青春相伴过。张雨生、百强、梅艳芳、张国荣,都匆匆作别了这个世界。

所有的眼前膜拜过的伟大都会离去。在我居住的城市里,王元化、钱伟长真的不会再出现了。

人生不过百年,历史还要演绎。我始终不认同,人类是地球上最高等的动物。在万米高空透过窗口看人间,沉寂而苍茫。那里有游动的人,为各自的理想而奋斗,那里有缓步而行的蜗牛,朝着想去的方向努力。人类怎么低看蜗牛,也许蜗牛就怎么低看我们。

生命承载的东西其实很浅薄。那些与我招呼相见、短信频繁的所有认识与不认识的朋友,五十年、八十年以后,他们都将消失。多数人不会被人记起——他们也不需要被记起。为了对得起缔造生命的奇迹,每个人都在付出,像蜗牛一样在平凡的生命岁月里耕犁,足矣。

别样书味

不一样的空气

(一)

《中美跨国税务问答》2009年11月初推出后,定居美国的作者吕旭明先生就与我筹划回国办首发的日程。吕先生一年四季到处奔波,儿子一人在波士顿生活,是位国际象棋职业选手。令人难以置信的是,他夫人拿了哈佛硕士,且具美国会计师资格,却一下子爱上了文化出版这行当,刚刚在台湾创办了一家出版公司。

新书首发时间定在12月8日。见过许多的台湾朋友,他们乐于把身边的所有小事都当作生意来做。所以,风水呀,口彩呀,他们都是很讲究的。事先给他们意见,做新书首发,最好能配个主题,以提升档次。

下午赶到上海锦江小礼堂时,才发觉自己被置身于很高的位置。要知道,我坐的这里,就是当年中美第一个联合公报发布的地方,就是周恩来与尼克松握手的地方啊。场面很大,俱是外资银行大亨,台商尤多,部分还是从欧美乃至新加坡特地赶过来。

如我所料,偌大豪华的礼堂里,"《中美跨国税务问答》新书发表会""中国企业美国投融资及并购研讨会"醒目并列。我则被安排在中国驻洛杉矶总领事安文彬及复旦大学管理学院副院长薛求知后第三个致贺词。总体来说,会议出乎意料之外的成功,三百多号人啊,到了中局,居然还没有一个打瞌睡的,或趁小解开溜的。

几点感想:

1. 台湾朋友做事想到就一定做到最好。围绕大事要目,倒计时分步实施,台南有歌《爱拼才会赢》,可以佐证。

2. 只爱商界不要政界。国内出版界搞的新书发布会,必是各路领导主席台排排坐,吹捧大话每人都要说上几句,也不管究竟备课看书与否;邀请的各路媒体记者忙着签到领车马费,再领着礼品袋子里的资料,回去照着发个信息就完了。而这次都没有。

3. 台湾朋友除了会做生意,上海俗称的"门槛精"之外,也讲会务筹划。这个庞大的会议组织(北京已经做过一次,接下来还要在广州举办)居然找了几家中国赞助商,比如哈尔滨哈电地产置业、华一银行等等,体现了较强的公关能力。出版单位居然一分钱不花,体现了大陆出版社一贯的花钱做事就躲闪的风格。

4. 既然是新书发布,所有签到的客人自然可以免费得新书一本。这是惯例。这次倒好,我亲爱的作者吕旭明先生一人兼本书作者、本次策划、兼研讨会主讲之一,又兼主持人。一开始,吕先生就在台上对拥挤的人群反复说:"大家拿名片换书,只有递名片才能拿书!"

众人不解。以为作者小气。

"送书,送'输',多不吉利。我从来不送书的。"

台下众人浅笑,老老实实地在口袋里摸名片。

(二)

上海外滩中心是上海市区顶级写字楼了,租金据说已经超过了金茂凯悦。前世界五大会计师事务所之一的德勤华永当然有资格把那里作为开拓中国市场的据点。

德勤是善于营销自己的。这不,在金融危机市场不景气的时候,在主业之外集中公司的跨国背景人才,以理解中国财政部《企业内部控基本规范》为要旨,静心推出了《中美日企业内部控制实务》一书。作为出版方并参与本书策划的我,提前接到邀请通知,作为嘉宾出席并接受发布会及记者的采访。

时间定在下午两点。上午的时候还没有接到对方开车接送的电话,就盘算着只能自己打的去了。刚坐上车子,对方公关部一位女经理用甜美的声音拨打我的手机,说会议非常重要,二十几家财经媒体都会来的,希望我有准备。这声音让人感觉到对方是位干练的女子,好感由此而生。通话末尾的一句是"王先生,您可千万别迟到噢",这又让我又点那个不舒服——"别总以为全世界只有中国人不守时嘛"。心中刚刚升起的对她的好印象渐渐熄火:一个中国优秀的女孩终于被外企同化得脱离中国人情了。

第一次进外滩中心并没有把我吓住。笔挺的西装领带,锃亮的皮鞋,早晨精心的修面都让我获得了一天的自信,更何况那天的天气是那么的温暖。上到第三十层的电梯里,混杂着各色人种,说着三五国语言,仔细闻一闻,还好,并没有令我讨厌的刺鼻的香水味。

迟到是恶习,早到似乎也缺礼仪。那位先前给我电话的公关部经理果然与我想象中的一样漂亮。她的热情、她的专业,还有那一杯热气腾腾的递到我手上的咖啡让我对她的微笑、对外企的标准化管理的好印象又陡然上升了。

会议室不大。主席台上安排了四个位置,我占一个。现场没有任何水果点心之类,白水一杯。先前给我沏咖啡的道具也被撤出,茶歇估计也取消了。二十几家媒体的帅哥美女每人拿书一本，宣传稿一份，端坐在台下指定的位置上。

德勤中国区总裁先致辞，一字一句按秘书准备的文稿宣读，中国话讲得很吃力。与时任澳大利亚总理陆克文先生讲中文有得一拼。下面的老记们似乎勉强在听，偶尔三两个心不在焉地用眼神左右打量。

会议按既定的程序执行，时间精确到分钟，似乎发言的人事先都有模拟，于是忍不住对那位全程策划发布会的公关女经理刮目相看了。二十几位媒体朋友，平时都是吃香的喝辣的，在国内开类似的会议拿礼品拿购物卡几乎是惯例。可偏偏在外企、在德勤没有这一套！

几个老记的脸上写满了不高兴，有两位已经提前离席了。作为一个精心准备装束并亲自打的过来的我，当然也不应浪费这样的机会，把合作的意图、把我们的产品、把我们公司的经营理念利用提问的机会倒出来。

"总以为中国图书市场上早该有这样的精神产品"……"结果呢，还是真没有"（我的无奈让记者联想到小沈阳了）。

"德勤旨在向社会提供一种除审计收费以外的公益服务，我们当然喜欢这样的合作，一本书做得如此漂亮，且只卖25元啰！"

就是这最后露骨的广告语把那些老记给逗乐了。

反正我也豁出去了。

……

发布会结束后在电梯里，遇到一网站的财经记者，一听声音就知道他老家一定是东北的。

"啥外企呀，咋这么抠呢！车马费都没有。"

呵呵，外企，不一样的空气，中国的媒体看来得适应。那些位漂亮的女公关经理不就适应得很好！

信自己

因为业务上的原因,与西方人有了更多的直接接触;因为发达的电视直播,也更看清了西方人的生活百态。

看得多了,见得多了,脑筋再转转,更觉得所谓东西方现代文明的差异(当然是教导中国人如何改进之)真得重新审视。

从事出版工作十几年,结交了许多学术界的朋友,有的正在向一流大家靠拢。"以诚信为基础,尊重对方意见,共赢而不伤及第三方利益",如此的合作过程,总体可用"愉快"二字概括。

LEGAL RULES OF THE WORLD TRADE ORGANIZATION(《WTO法律规则》)一书的英文版由我的好友张姓博士在加州大学学术访问期间与加州大学著名法学专家 G. D. 派特森教授合作完成。张兄回国后,先后在国内组织了几个大型的学术论坛,派特森教授当然也在应邀之列。

图书印刷前,派特森教授主动要求购买 1000 册作为加州大学学生一年四学期之用;同时,他还委托自己的女友在美国开设了一个网站,专门向美国大学学生提供教材网购。这个消息让我们很振奋,此前中国人自己出版的图书能够直接被国外一流大学选为教材,并不多见。当时,也是设想他的动机来自何方,可能是国内图书定价只及在美国国内同类书价的五分之一缘故——他想让女友做点生意吧。

派特森教授来我单位了,谈得算是很愉快,从奥巴马到麦凯恩谁可能入主白宫,从美国的次贷危机到 AIG 国际集团的倒闭,甚至谈到了中国的孔子。他说,他很喜欢孔子的论语,"人不知而不愠,不亦君子乎?"他想表达句话的中文,但终不能顺利说出口。我于是用蹩脚的英语告诉他是不是"IF SOMEBODY DOESNT UNDERSTAND YOU,BUT YOU ARE NOT ANGRY,THEN YOU ARE A GENTLEMAN,"他若有所思地点点头。

他告诉了我们他将在中国开设一个账户,回美国后就先试着打500美元进去;同时以商定的我方图书定格的两倍购书(运费我方负担,见款发货)。他也同意了。

结果呢,他那个账户里还是那原始的 500 美元,买书的事情再也没有提起。跟我的张兄解释是,金融危机。很牵强。

也许,西方人比如我们常挂在嘴边的 GENTLEMAN,修养,气质,一流教授风范,面对面的商谈,确实可以感知;然而要完成一个合作,哪怕事先的气氛再和谐,对于没有成文契约的口头说说,他们也是可以失信的。

还好,出于职业经验,图书印刷前没有因为老外需要而采取大印数开印,也没有趁机想赚一票的想法而刻意抬高定价。对我们来说,没有任何损失,但在我给派特森教授的最后一封回信中,终于不再相信他是所谓的"GENTLEMAN"(绅士)。

——口头承诺,在西方教授那里无法得到遵守。也许,中国人真的不必对人高马大有胸毛的老外过于天真;更进一步,也不必在意老外对我们的评价。

奥运会在咱北京举行,我们在北京乃至全国进行了迎奥运观比赛礼仪教育与培训。比如,网球比赛间隙不能随便鼓掌啦(上海在大师杯网球比赛也有类似规定),进入比赛场观赛要穿戴整齐啦,不要在公共场合大声说话啦。我倒认为,除了随地吐痰这一恶习要改以外,中国人相当多习俗无须向国际看齐:你老外到我们中国来,你就得尊重我们中国的原味。

——正在进行的罗马世界游泳锦标赛跳水比赛的现场上,多少老外祖胸露腹,三点式丁字裤女人比比皆是,在中国是要被骂死的——不是被老外骂死,而是被中国媒体骂死。

——上海博物馆每日免费开放,游客中老外居多(算是蹭游吧)。明明规定不许拍照,但周日带孩子看书法展的时候,亲见拍得最热烈的就是男男女女老老少少的老外,管理人员也无心阻止。

——法国已经在公共场所禁烟了。但在中国的星级酒吧,就目睹了几个法国佬吆喝着拼酒,吐着的烟圈直往邻座的中国女生身上飘。哪个中国小伙看了,都想上去给他们一拳。

——有好事者竟认为中国传统的呐喊"加油,中国队加油"已经很庸俗了,那么你就去看看南非世界杯赛场上南非人怎么摇旗呐喊:漫山遍野的赤膊男女每个手握造型不太优美的喇叭乱叫一通!联合会杯州际足球赛不久前在约翰内斯堡举行,有某些大牌队员要求南非改变加油呐喊方式。还好,英明的国际足联主席一口否决:到南非,就要听南非的。

存在于中国人身上的"问题"很多。所谓的"问题"相当多都是我们道听途说自行设定了"西方现代"概念标准,并强加给自己的结果。说白了,任何时候,中国人还得信自己。长城是我们中国人堆的,中国人创造的经济奇迹可不是吹的。

唯文人多难养

从一所大学到另一所大学,从一家出版公司到另一家出版公司,打交道的圈子身份大部分定格在教授、研究员这一栏。选题规划、约稿、编辑、出版、营销、稿费结算一条龙的服务绝对到位。为保持平等对话的资本,这些年我孜孜以求,努力学习,坚持参加一些学术会议。因我不能自造绯闻,但务必要在相关专业里保持一种活跃度,以不至于被那些从硕士到博士,从讲师到教授,从辅导员到院长的进化族遗忘;且要在比如每次经济学年会会后通讯录里留名。十几年的耳濡目染非常有效,我儒雅斯文的形象几次在重要会议的签到处放射出光芒,一群着旗袍身材妖娆的礼仪姑娘郑重地在我的西服口袋上方佩戴好代表证,风头不好意思地压倒了后面排队报到的几位真材实料的专家。

是的,专家学者还是给了我很大压力。因为他们的学业成长,部分还有着越来越大的脾气,更有对钱财的无限看重。在我的人生哲学里,名利无须兼顾。文人相轻,名片里的作者打拼多年,很多都拥有了行业学会、协会里的主席、副主席,秘书长、副秘书长的头衔,亦是情势所迫,无可厚非,你不上别人也会上。但我渐渐知道,现在出席市内的学术交流会,教授专家们都乐于开座驾且在停车场一字拉开,目标还是比车型、比几缸马力,甚至比车牌号。会议茶歇,也谈房子大小,谈如何做材料,最终忽悠住了某傻帽基金会的一百万后期资助。

涉及专家教授的隐私故事我不要听。我一直认为,与作者之间的稿费谈判及支付从来不是我和作者之间的沟通障碍。因为我真诚,因为我相信契约,因为我相信别人也会相信堂堂的一个资产总额超过四个亿的我区纳税大户——本人所在的品牌出版单位绝不会为区区几个稿费而故意虚报少计。但他们就这样想了,就这样较真了,而且这群人的数目较五年前有增加的趋势,什么调阅汇款凭证啦、检查销售册数啦、查看支付清单啦。我乐于在电话里耐心一一向他们解析。可能我的语言表达技巧有问题,对方可能在电话里听出了我的鄙视,感觉人格受损,说下次将把书的版权收走,到另一家出版社出版。你拿他怎么办?

如今,我正幸运地从单纯做书与作者打交道的环境里脱离出来,服从组织安排,把工作重点转移到企业管理上;有时,也还需要利用自己同学会秘书长的身份在校友里挖掘那些在工商、税务、财政系统的朋友。

对我来说,这是一个挑战,一场职场生涯变革。新岗位让我在受人诟病的官僚体制里谨慎出牌,且非得学会勾兑关系。在这张庞大的关系网络里,做事竟想不到的简单与顺畅。仔细在思考这个问题,顿时有领悟:关系网其实永远不会饱和,总会越织越大;每个官僚体制里面的人都要在寻求与被寻求、帮助与被帮助中让权力不致沉淀与生锈;你或我,一旦有诉求涉入,就会进入自动添加好友模式。

我不敢确定我有哪些资源,但相信我们的组织拥有出色的资源。从与作者打交道转向交际体制内的大小官员,总体感觉他们原则性错误不犯,偶尔小慷国家之慨亦不会过多自责;他们总体爽气,办事利落,顺手人情做起来很是得心应手。这还真不像有些所谓的大牌教授,与我协作了十几年,六十岁娶了自己的学生作新媳妇,讨起稿费时一下子猥琐无比。从人格的角度看,文人学者的精神蜕化比官场腐败官员坠落更具隐蔽性。

难言之隐,一退了之

对所有来稿,俱是小心,即便有着十分的专业自信,一样地严阵以待;对边缘交叉专业,更是谨慎万分,除了耐心求证外,暗暗变换自己的角色——专业人士,读者,编辑出版人——三个方面的感觉都还行时,基本确认这是一本可以出版且不让读者上当的书。

上周五把某学院院长的稿件给退了。简单的基础课教材,弄出了一百多万字;每章内容阐述必从盘古开天地讲起……前后对比着看,不得不删节一些,似又觉得删除后"点"太突兀,又无奈恢复;再接着往后看,又出现同一概念,掂量着前后的平衡关系,又把前面删除后恢复的再删除了。就这样折腾了两个多月,难苦不亚于自己重写——我坚信有了这些材料,一个大学生可以写得比他好。

　　阅书其实在阅人!对资料的驾驭能力,如同面对无限多路径作最优决策。条条路径皆尝试是傻帽,面面俱到非大家。西瓜芝麻都想要的学院领导,一定是个抓不住主要矛盾、贪大求全的学院领导。对文本的驾驭与管理其实有相通的地方,都要有敢于舍弃那些看似宝贝似的零散利益。

　　把稿子退给他后,他似乎不太情愿改。但我附带记录的文稿"硬伤"他却无法绕过去。他按我的意见简单作了修改,第三天就又返回给了我——应付?把我当小孩耍咋地?网上检索了一下他的过往著作,有一点是正确的。他在这个领域里堪称著作等身。但选择的出版机构都是三流二流的,作品市场上也鲜见到。可以推断出,有那些可怜本校学生一茬一茬地使用,他就可以制造出版垃圾,且一如既往地感觉良好。此时的我,已经怀疑他的学术态度了:刨去两天路上快递时间,一天就能按我的意思修改完所有的书稿?

　　那边的同事说,他今年60,因为面临退休返聘节点,与现任领导还吵了一架。可见,他真是一个什么都不愿意放弃的人。

　　从出版人角度看,我特喜欢雍正年间的纪晓岚,也希望他听听这故事。

　　纪晓岚以才名世,号称"河间才子"。但一生精力,悉付《四库全书》。又兼人已言之,己不欲言,故其卒后,只有笔记小说《阅微草堂笔记》和一部《纪文达公遗集》传世。当时身边多有朋友相告,大才子当著书立说啊。纪晓岚道,天下可值得写的文章,前人差不多都有了,再让我浪费笔墨有什么意思呢?

　　有一次,纪晓岚的学生把一篇习作遣人送入纪府中,请纪晓岚指正。纪昀看了片刻,随批两句:两个黄鹂鸣翠柳,一行白鹭上青天。学生正纳闷中,边人解道:"两个黄鹂鸣翠柳",意指阁下不知说些什么;"一行白鹭上青天",是说阁下文章离题太远!

再一次,他的另一个学生做一长文让老师纪昀斧正。老师看了全文后,不客气地批了三个字"放狗屁!"(惊叹号是笔者所加,那时还没有标点)。学生脸面顿失,却又不服气。纪昀调侃道,说你文章"放狗屁",还算对你客气,我本打算批"狗放屁"、"放屁狗"呢!

唠叨,不着正题,概念性东西绕弯子,把祖先发明的汉字一股脑地堆砌;明明请我上的海鲜馆,主菜却是鲫鱼泥鳅的各种吃法……最恨就是这类稿子。更坚定了个字——退!

编书识人:作者感情指数排行榜

从业近二十年,所编辑加上从事的二审(编审分离)以财经类为主的图书500余种。这是个比较高的产量,由此也可以说差不多与超过500位的作者打过交道。500余位作者在我的心目中地位各异,绝大多数因书结缘成为好朋友。以下纯属以我个人的出版经历打造的作者亲近指数,这只是一个大致概数,却不能做实践中的一一对应;我们得相信,这些年文化市场、图书市场以及整个学术市场、官僚市场在过度繁荣的商业社会里呈现出浮躁特质。个人存在的价值依附于出镜率、闪婚闪存、快餐快递快运,让别人永久记住自己是件极不容易的事。

我的作者偏好层级:青年学者—中年专家—大牌教授—商界精英—农民企业家—政府官员。

青年学者: 博士或硕士刚拿到毕业证书,涉世却未很深,与出版商讨论学术规范的底气不足,对我提出的书稿修改意见基本言听计从。态度上的谦卑很容易获得我的好感。幸运的话,如果遇到的是一位正经读过书且是名牌大学背景的,这些青年人一般都有较高的学术素养和文字功底,也会让我的后续编辑工作变得很简单。有时,我是带着欣赏与激情甚至一口气读完作品。作品优良,人品优越,也就很容易读出他的未来。

感情指数:A,易交流,有发现潜质的成就感。

中年专家:混迹江湖有些日子,社会上有些名气,著书立说出货很快,难免注水;约定就书稿问题进行交流的时间一变再变、一拖再拖。解释的理由是,"明天不行啊,我有个学术报告会""能不能再改个时间,要会见一个美国的同行"……看得出,对方对自身作品似乎也很无所谓。好吧,那我就搁着。过了一个月,又会装糊涂问:我的书什么时候能出版?我说问题还没解决呢;他又说,不可能啊,我校稿很认真的。最后往往又是一句"隔天我们一起吃饭,边吃边聊。"这些人就一个字:浮。整日行色匆匆一副大忙人的样子。

感情指数:B(得分之所以超过大牌,纯属对中年人境遇的同情),交流总体还行,唯目睹对方人格力量的下降却又无能为力。

大牌教授:总体对他们保持尊重,他们的既往成绩可以自证。审校他们的书稿对我来说,花费的精力偏偏太多。考证、查阅变得必需,改动书稿更得十分的小心。部分大牌也就是假大牌,递上的名片上头衔一大堆,就怀疑他是否有精力专心经营自己的作品。书稿一来,果然烂得可以。不便发作,只书面提了一大堆书稿硬伤。对方没办法了,嘴一歪说这章节是学生写的。一位复旦老教授交来一部洋洋洒洒一百五十万言著作。第一次,提出修改意见,砍了他三十万字;作者很心疼,说一万多稿费没了;我说,好办,给你开版税吧。第二次审稿又砍个三十万字。对方没声音了。现在呢?这书经我这么一打理,销量之好出乎他意料。他高兴,声称七十多岁了,还能老树发新芽。而今,他把我看作他最好的隔辈朋友。

感情指数:C,交流不经常,藐视却又不敢得罪;那一类大佬所展现的过度自信和傲慢,水货大牌名不副实只好放在背后说说。

商界精英:商界能成为精英的,窃以为除了个人魅力、天赐机遇之外,洞察世事的能力往往超越一般人,唐骏、张瑞敏、张朝阳等都属此类。这些人,大多有另类的求学背景,都有较强的逻辑思维,书面表达中就能体现出一种与众不同的大家风范。这些人大多先有事业,先有商界盛名,写书只当是另类休闲与享乐。董事长也好总经理也罢,日常事务尽可交给下面的管理团队去打理,自己则可以在与我们的交谈中获得灵感,并乐于在浮华的世界里寻得一片安宁来做自己的职业回顾。他们的卓越之处还在于,他们能很好地领会出版商的意图。他们出书的目的,一般不会有功利性,当下要做的,或许就是圆曾经的少年梦——长大了,我要当文学家。

感情指数:D,文化同商业共生本来就难,合作具有很大的偶然性,他们的兴致有时像他们的财富一样来去无常。

农民企业家:注意,不是进行身份定位,特指那些学问不深、一见面就拿钱砸我砸出版商的暴发户式企业家。这些人,有些钱,多半是投机所得;平时一般不主动跟出版商打交道,而是找个私人女秘书或者助理什么的跟我联系,通常这种联系已是对方货比三家的结果。有钱赚,不出坏书,我们的出版底线。话得说公平些,有些书的内容还真有些意思。有图,有文,有搞笑,缺少的就是主旨思想。再想一想这个社会上还需要多少有思想的人呢?本着服务大众的意识,把稿子接下来了,但合作过程很烦。书快出版了,主人说要在书的内页上放个人照片。我说,你放吧。整了半天,弄出一张与我初次见面大相径庭的艺术照,五十多岁的女人弄出二十出头的样子,也不知她的出版真实动机是什么。还有一位长沙房地产老板,交来一本如何买房卖房的书稿,初定名为《投资有道:买房与卖房》。隔了几天,老板女秘书打电话,说老板一大早上班,觉得应该换个更有卖点的名字——《说说你我的房事》。于是合作终止,一生鄙视。

感情指数:E,以菜市场砍价的手法讨论严肃的出版命题,除非活不下去,一般不会屈从。

政府官员:总以为政治官员首要任务是行政管理,服务一方百姓,著书立说什么的都可以放在退休后,比如李岚清、李瑞环、吴健民等等,著述内容颇实在。当官的未必都有拒腐能力,但当官的无一不具有舞文弄墨情结。把一些不知从哪里捡到的破烂货装在篮子里打包交给出版商,还很得意。中国的出版商并非地位独立,骨头软的甚至根本没看书稿,甚至明知是烂货,还一个劲地说亮点突出,就像镇关西吃了鲁提辖一拳头不能动弹,还嘴硬说"打得好"。行文八股,官腔套话,逻辑混乱,天马行空,看了书稿,大致也知道这人为官能力如何。怪谁呢?怪他们低能?怪他们没有秘书或者办公室主任捉刀?似乎都不对。麻烦就出在他们在作者介绍里标榜的博士学位上。拿到学位了,却不知道这学位的曝光害了多少人:让真博士贬值,让名牌大学失分,给中国官员抹黑,给中国出版商栽赃。

感情指数:F,不是天生讨厌官僚,是讨厌那些虚张声势、附庸风雅、水平很差却自我定位不清的处级以上干部。

财经·微说

◎ 说经济,说生计

你我皆可改变:给萧条经济中的职业
　男女支招
泛金融时代的社会表达
为什么不是经济出问题?
克鲁格曼,独立冷静的中国之行
"天上人间"关闭前后:娼妓经济学的
　一个解释
人民币升值与只卖肉包子
专业积攒财富
为什么你一直是穷人
一毫米的市场有多大?

◎ 说股票,说人生

股市中的道德困境
股市异象:别让股票玩死了自己
一个大龄股民的忏悔和感激
余秋雨股权投资发财,招谁惹谁了?
曲线政改:借股市这把刀
炒股,让女人走开
闪婚前的"内幕交易"
下跌的股票,抗跌的婚姻
走强的房市,走弱的婚姻
与你的爱人分享财务信息
从财务自由到心灵自由

说经济,说生计

你我皆可改变:给萧条经济中的职业男女支招

金融危机下的经济萧条将使你的资产贬值,并悄悄地影响着你的生活。

房屋可能是你家庭中最大的资产。房屋的账面价值会随经济萧条的加剧、房地产价格普遍下滑而不断贬值。你或许会说,我住的房子只用来居住,又不用来投资,账面价值变化又关我什么事呢?这句话有道理,但不全对。如果你想做一笔生意,而手头正缺少一大笔钱,把房屋向银行、向典当公司质押可能是一种较好的方式。此时的房屋评估评估价格只能以同类市场公允价格作为标准。比如,当你的房屋值200万元的时候,你可以获得140万元的贷款,而当你的房屋评估价格下降到100万时,你只能获得70万元的融资。同理,当你用房产清偿债务时亦是如此。

股票更不用说,萧条时期投资的公司盈利普遍下降,在盈利预期没有变得更好的情况下,公司股票有可能做出过度反应,即无理由的暴跌。这对80%的家庭拥有金融资产的城市居民来说,股市的持续下滑无疑让金融资产大大缩水。

基金,尤其是股票型基金,它是以股票作为投资篮子的组合,在股市下滑过程中,所谓由职业基金经理操作的基金投资无法规避风险。这部分损失对那些缺少投资知识、迷信专家投资的居民以及退休者打击尤甚。

经济萧条将迫使我们改变某些生活方式。开源节流,合理消费,是一种生活态度。

所谓开源,就是尽量多方位的获得能够规避风险的收入来源。我有一个老乡,所在企业刚倒闭,别人返乡,他却在合肥的高校附近租了一个门面,专门做荷叶包饭生意。自己买荷叶,自己买肉买油,用微波炉加热,干净卫生,价格公道。一天营业额已经到达到了2500元,按50%的毛利(不算黑心),也有1200元进账,一年就有三四十万啊。一问才知道,他在杭州公司上班时,多次在许多大学边上的个体店里吃过,有时几乎人满为患……呵呵,以前没想起来,现在起来了,为什么合肥不可以呢?为什么我不可以呢?

当然,经济萧条时,开源其实很困难,节流才是最主要的。什么是节流?通俗一点,就是把口袋子捂得更紧些,能不花的钱尽量不要花。

如果你平时开私家车,路途距离公司遥远,你可以比较周边的不同类型加油站,现行的93号、97号柴油价格已经有6%—8%的价差了。排除排队的不便,做做有心人,你还是可以顺便"揩点油的"。

如果公司离家不太远,骑自行车上班、出行是个好办法。要知道,在欧美,上班做公共交通或者骑自行车已经很流行了,而且会得到政府的奖励。我要说,如果真的能够把尘封的自行车清洗一下再拿出来,也许又是一种新的生活体验。有益健康不用说,更可以饱览曾经许多错过的沿街风景。

也可以改变你的饮食习惯。可以把周末上饭店、蹲酒吧的次数减少。除了必要的公务应酬,一般建议不要带着全家上馆子,如果还认为那是幸福体面的小康之家生活状态,我要说,这已经不时髦了。一位活了一百岁的高官,谈及长寿秘诀时就说,我长寿的秘诀之一就是每次宴会,我都少吃,没办法被逼着吃大鱼大肉各类海鲜,我都中途假装上厕所,把吃进的再吐掉。医学专家也认为,世界上几乎一半的垃圾食品都是在高档餐馆里产生的。

一个月少上两次馆子吧,省了几百元,还提升了健康指数。进一步地,周末陪太太先生一起到菜市场购购物,把小时候从爹妈那里学来的一两手招牌菜的手艺翻出来,或者三口之家一起包顿自己做的饺子,绝对是另一种新新人类的生活!经济萧条无意间会让我们的家庭更团结,更温馨了。

都说上海人精明,我真的承认。但精明何尝又不是一种合理的生活方式呢?

为了省电,骑电动车的上班族学会了用公司提供的充电桩充电。

为了省油,上班同方向原本素不相识的职业白领也学会了拼车。

为了节约家庭用水,有些人甚至调整了生活规律,把大便时间放在了早上九点,那时公司里的厕所最干净。

上海每家用的都是分时电表,白天的衣服放在洗衣机里,十点后再开启,那时的电价便宜20%。

……

当然,如果你的家庭情况可以,利用人民币升值的时机把孩子送到国外读书,或者组织一次境外旅游,相对以前来说便宜很多!便宜主要表现在,花同样的人民币可以获得更多的国外消费机会,当然国际航班的机票也便宜得不得了(这几天赴欧洲的往返机票价格只要4000元就可以了)毕竟一个人一生中境外旅游的机会不多。

我不赞成在经济不景气的时候,女人把打折的衣服大包大包地往回买。所以,我很是不屑单位那些女人女孩每天把淘衣信息当作上班后的第一件新闻。如今衣服的功能不再是保暖和遮体,而是时尚和美。时尚和美却会随流行而递减。所以,当大街上所有的女人女孩身着类似的名牌时,低廉就会变得俗气。

从日本回来的朋友(我已经不在馆子里请他了,把他请到我的家)问我,你知道现在日本什么产业最发达吗?我说不知道。他告诉我,是色情业,因为经济萧条,许多人失业了,许多企业倒闭了,但日本也是一个高福利的国家。失业也好,企业倒闭也好,人们吃有住,但情绪不佳。所以,许多空闲的日本人喜欢到会所到酒吧享受女人温馨的抚慰。现实中,这个能够给你体贴关怀的女人,更应该是你的红颜知己,自己的妻子。为什么不可以呢?

金融危机、经济危机是国家的危机,是全世界的危机,我们无法回避。除了开源节流之外,我们更可以借此歇息一下曾经疲惫的身心,把家庭重新整修一下。

——如果你把人力资本看作你家庭财产一部分的话,你的家人工资收入可能在降低(人力资本价值降低),但他们完全可以改变——身心变得更健康。

——如果曾经的你因忙碌,而对你的另一半疏忽了爱的问候,那么,现在危机给了你更多的时间让你表达,给爱人的下一个烛光生日晚会现在就可开始筹划。

——如果曾经的你从未检查过孩子的作业,现在你则可以抽出一点时间与他一起做算术;如果觉得算术有点难,你尽可以与他一起做游戏。要知道,孩子每天的进步才是你最不贬值的资产。

大道无形。在这个萧条的冬天,就在这个星夜,请轻轻地掩上你我的家门,让温暖不再流失。

泛金融时代的社会表达

"在路易·菲力普时代掌握统治权的不是法国资产阶级,而是这个资产阶级中的一个集团:银行家、交易所大王、铁路大王、煤铁矿和森林的所有者以及一部分与他们有联系的土地所有者,即所谓金融贵族。他们坐上王位,他们在议会中任意制定法律,他们分配从内阁到烟草专卖局的各种公职……"

——摘自马克思《1848年至1850年的法兰西阶级斗争》

自2007年金融危机爆发后,一种金融霸权正在各国人民头上作威作福。

纽约—曼哈顿—华尔街,狭窄短促,难比上海南京路步行街,但这里成为撬动世界经济波动的核心层。银行、证券、专业投行,在这里兴风作浪,伦敦、香港、新加坡、东京、法兰克福,24小时循环保持着交易跟进。这些人表现出的智慧与比尔·盖茨、与乔布斯比肩,但与他们设计产品、把最美妙的时尚奉献给大众不同,金融大亨的智慧里添加了狡黠和贪婪。他们沉迷于虚拟的金融资本交易,他们也强调设计,比如一批天才般的精算师设计出复杂的衍生金融品:期权,期货,掉期,套期,互换……这一堆名词就让人眼花,而这些恰是金融大鳄们梦寐以求的。他们下一步的计划就是把这些自己也未必彻底清楚的东西推销给那些似懂非懂、梦想暴富的人。金融于是成了若干个超级骗子联合一群小骗子忽悠一大批盲从者的游戏。

他们坐在带玻璃幕墙的豪华办公室,双手轻敲键盘,一笔买卖就OK了,余下任务就是心满意足清点一下账户余额。全球几乎每一个工商管理毕业的学生,都向往华尔街,把那里当作实现人生价值的殿堂。这里的人习惯了高工资。即使在金融危机冲击最厉害的2008年底,美国 AIG 集团仍然向公司高管派发不菲的奖金。这激怒了普通百姓,也激怒了政治家。现任美国总统,年固定薪水也就是 40 万美元,私人花费处处受监督,想让夫人孩子一起揩点油都会成为政治丑闻,更何况还要常常半夜起床在白宫办公室听取全球恐怖活动报告。

  那些平民百姓更是不干了,就业越来越难,国家债务缠身,养老福利保障受损,靠出卖劳动力为生的蓝领灰领,有理由向华尔街的大亨们讨个公道。

  劳动光荣、劳动致富是普世价值观么?应该是。个人禀赋的客观差异让劳动者日久分层为富人、中产阶级和穷人。庞大的中产阶级构成了国家稳定的中坚。但金融在 21 世纪表现出的霸权将这个世界分裂为两个清晰的阶层:金融统治者和被统治者。金融统治者以金融的力量进入权力阶层,两房债券、雷曼兄弟等作为全球金融危机始作俑者,明知大厦既倾,仍然顽固地游说政府。美联储、各国央行甚至国家元首面对失控的金融经济,不得不与这些金融大亨们坐在一起商讨解决方案,作出妥协性决策。作为经济联合国的世界银行和国际货币基金组织,也会腾出十二分的力气在全球化缘,拆东墙补西墙,轻灾的中国庞大的外汇储备一时成了香饽饽。

  在上海会进行一场效仿"占领华尔街"的"占领陆家嘴"的行动吗?应该不会。在北京、深圳甚至天津争做亚太金融中心位置明朗之前,上海陆家嘴目前不还能成为中国金融权力的象征。但人们已经喊出了改变金融规则的口号。2007 年,中国民企面临出国订单减少、倒闭量大增、农民工工资无着落的时候,平安集团老总马明哲年薪超过 6000 万人民币,能让百姓不心烦意乱吗?

  金融创富的幽灵同样在中国的大地上游荡。

  上大学金融专业是学生家长的渴望。

毕业后进入金融部门工作是学生的梦想。

上流社会谈论股权。一边纵论大宗国际商品价格的走势,一边手握巨资蠢蠢欲动。

每一个手握金融资产的人都想捞一票:快,狠,准。

那些曾经把产业,比如打打火机、鞋子做得挺好并卖到全世界的温州人,也眼红了。钱生钱,高利贷,棒极了。

北京那里,央行、财政部、外汇管理局从没像今天这样瞩目过,党政经重大决策不可能少了金融一笔。

在上海,退休的大爷大妈都可以跟你讨论股票,都把自己当金融人才。

金融设计了一个少数人占领多数人财富的游戏;金融扭曲了这个世界的伦理,改变了人们的生活品质,人为缔造了一种权力枷锁。是那些诚实、勤奋、创造财富的被金融统治者、劳动者向金融大声说"不"的时候了。反金融统治也许就像反全球化一样为成一种社会思潮,占领华尔街只是一个开始。

为什么不是经济出问题?

自欧债危机于 2011 年 8 月下旬恶化始,欧洲大国围绕希腊、意大利、西班牙等债务危机进行了多轮次磋商和利益博弈,欧美股市在"救助方案提出"(利多)、"现实环境恶化"(利空)消息作用下,玩起了秋千。经历国庆九天长假休市,中国股市以跟跌不跟涨惯性应对欧美股市齐声反弹。中国非资本市场开放国家,外汇储备高达 3 万亿美元,即使从金融危机开始的 2007 年算起,中国近 5 年的 GDP 增速平均依然维持在高水平:11.4%(2007),9.6%(2008 年,统计局修正后数据),9.1%(2009 年统计局调整后数据),10.4%(2010年国家统计局调整后数据)。中国社会科学院近日发布的《中国经济形势分析与预测2011秋季报告》预测,2011年中国GDP仍将达到9.4%左右水平。

把具有提前反映经济走势并且有晴雨表功能的中国股市与"经济增长走势"作一对比,着实让人大跌眼镜。中国股市(以上证指数为例)自2007年国庆节前一周创下6124指数高点后,一路向下。2011年,上证指数曾在4月18日摸高3046点后,再次呈现当边下跌态势。10月12日,沪市险些跌破2300点,深市盘中再破万点关口。至此,所有证券市场参与者,除了企业首发IPO获得超额认购以外,券商、基金、私募以及广大中小投资者显示出普亏的局面。

情绪化骚动已出现在极度低迷的市场上,与"经济高速成长"持续相悖的股价走势,让绝大多数人相信,中国股市出了大问题。于是聊以自慰的股民歌在网络广为流行;金融专家亦有更激烈的诸如重建中国股市论调;更多的人以惯性思维把股市上涨的希望寄托在政府救市上,比如,放缓新股发行节奏、调低新发股票发行市盈率、社保基金入市、三年内不考虑推出国际板、以《人民日报》社论形式提振市场信心、汇金公司高调宣布增持等。

用中国证券市场的经验数据来观察,笔者相信,上世纪末转配股可上市流通问题、国家股法人股与流通股东对价换股协议达成从而取得流通资格问题解决后,中国证券市场已不存在内生性痼疾。中国股市与中国经济走势究竟有多大的吻合,也许不能只看股市本身,更要看经济前景;股市阴跌不止,不能简单地归结为我们的证券市场出了问题,或许是我们经济前景确实不如企业家,不如基金经理预期那样的有把握,那样如意。没把握、不确定性就是一种风险。证券投资者当下采取的抛售行动,正是理性而有前瞻性地在规避中国经济下行的风险;在经济下行的谷底还没有到来之前，抛售是一种正当的用脚投票机制。

可以再耐心地检视一下，支持中国经济增长的三驾马车：出口、消费、投资，在未来可见的三五个月内，能否重聚企业及投行专家的信心。

就出口而言，在欧债危机愈演愈烈、各路政治家彼此讨价还价、迟迟拿不出可行的解决方案前提下，一方面，作为中国第一大出口对象经济体，欧洲经济如果真的二次探底对中国的出口打击将会非常大；另一方面，美国始终保持在各个商务磋商领域对人民币汇率升值的压力。美国参议院10月3日投票程序性地通过了"2011年货币汇率监督改革法案"立项预案。这项法案要求美国政府调查主要贸易伙伴是否存在直接或间接压低本国货币币值，以及为本国出口提供补贴的行为。一旦主要贸易伙伴汇率被认定低估，美国将对其征收惩罚性关税。外界普遍认为，此举主要针对中国，旨在逼迫人民币加速升值。

启动内需，巩固国内消费是国内应对国际金融危机最可靠的法宝。囿于配套改革措施的欠缺，特别是医疗、住房、社会保障及子女教育支出的不确定性，居民现实消费无法"大手大脚"；高储蓄率一直是华人社会的传统，即使中国当前面临的是存款负利率时代。笔者认为，启动内需仍然可以作为一项最佳的备选方案，作为中国应对经济增长下滑的措施；但通胀压力下，政府对消费的刺激难免投鼠忌器，比如，对洗车消费鼓励不可能重启，对家电下乡的补贴明年也可能会终止。

最令人担忧的是投资——民间投资与政府投资。

通胀条件下，那些消化完前期低价材料库存，或者顺势提高售价的生产者可以获取短期利益外，融资成本的上升、利润下滑是生产型企业的常态。温州企业不代表中国的全部，但是一个缩影。一方面，维持再生产需要资金融通，央行的货币紧缩背景下，中小企业特别是民企债务资金成本高企，高利贷成为企业家不能承受之痛；另一方面，作为创业典型的温州,却在通胀的背景下,显示出产业空心化:资本拥有者宁愿食利,也不愿兴办企业扩大再生产。周期性通胀抑制民间创业投资,是世界现象;美国的占领华尔街行动就是一个明证:金融资产占有者玩的是"资本游戏"——设计繁杂的金融产品,冲击大宗产品现货和期货价格从中渔利,一旦投资失利又很容易将政府绑架获得救助。他们不屑进行创业投资,也不愿提供更多的就业机会。

2008年底,中国适时启动4万亿投资被全世界媒体看作是中国拯救经济的高效举措,地方政府配套资金更是史无前例。2009年,央行货币投放达9.6万亿元。2010年,虽然信贷指标是7.5万亿元,但加上表外业务如银行信托合作理财产品,也可能会超过9万亿元。两年货币投放加起来接近20万亿元。巨量货币投放是配合刺激计划所采取的"适度宽松"货币政策的体现,由此带来的资产价格上涨与通货膨胀风险都已显现(《半月谈》2010年第22期)。今天的事实已经表明,我们已确实进入通胀时代。在适度宽松的货币政策下,2007年社会关切的"抑制高房价"举措一度夭折,以地铁、铁路、公路、机场、电站等重大基础设施建设占总投资的比重达到历史最高水平。

现实的通胀压力迫使政府进行政策纠偏。为中国扛过全球金融危机作过贡献的"房地产企业"实质性地进入限购阶段,往日楼市"金九银十"变成"寒九冷十";以高铁为代表的高负债运营毫无意外地受到了媒体的质疑,京沪高铁不断出现的运行故障以及温甬线"7.23"事故,加剧了管理层对这一跃进式铁路发展的反思。缓建或重新评估将抑制这一领域的政府投资。

此时所有的人都会问:当中国政府投资驱动熄火后,中国经济增长的引擎在哪里?经济转型喊了几十年,但依然是问题。世界并不绝望,也许我们能从乔布斯和他的苹果公司看到曙光:拯救这个世界的是创新的企业家环境、创新的人才、创新的产品。在这个星球上,恐怕没多少人会想到这个世界上会有像Iphone这样的产品。一个于人类本无必要的东西,居然男女老少都乐意拥有了。再温故一下一百多年前的萨伊和他著名的"萨伊定律"吧——供给会创造自己的需求。

五年平均近10%的增长速度不能支持股市上涨,可能是这个增长率质量有问题;当下股市倔强地阴跌,可能是这个有问题的增长率还要出问题——滞胀"这头披着羊皮的狼"来了。汇金公司增持四大国行股票的新闻罕见亮相于2011年10月10日新闻联播,普遍被媒体解读为政府救市措施之一,但它无法改变中国股市中短期弱势格局。在一个相对较长的周期内,如果影响中国经济基本面的内外部环境没有彻底改变的迹象,股市由熊转牛还需观察。股市的的确确跌得惨,我还得说,中国股市的的确确是个好东西,它的指向一直这么清晰着;我们唯一需要凝神思考的是,这些年我们的经济增长模式是畸形的。

克鲁格曼,独立冷静的中国之行

谈论国内的经济学家,人们习惯于嗤之以鼻,或曰其已为商人所收买,或为政治所御用,其一言一行已经不代表民众的利益,甚至也不代表他个人的真实见解。更有学界发问:中国有经济学家吗?

没关系,最牛的已经到来。从北大光华到上海交大,作为2008年诺贝尔经济学奖唯一获得者的保罗·克鲁格曼,用一路演讲检讨自己的过去成败,并执著于自己对未来的看法。对于这个外表极像前任巴西总统卢拉的经济学家,如果我们仅停留在其诺奖的光环和成功预测到1997年亚洲金融危机,一定是多么的片面!

对国际尊称其为"伟大的预言家"这一美誉,他一直保持着冷静。例如,他曾经对美国克林顿时代的经济复苏抱有强烈的怀疑;他所预言的源于次贷危机而爆发的全球金融危机也并没有按他的设想早早地爆发;他甚至一度相信,单纯的货币政策足以解决所有的经济问题……面对曾经的失误,他自嘲道,任何一个面对水晶球念咒语的女巫师都有走神的时候。

对政治,克鲁格曼也保持着超常的冷静。尽管任何一个经济学家都梦寐以自己的理论实现经世济国的个人理想,任何一个经济学家都想把自己的理想融入现行的经济体制并力图改造它。在美国,经济学家以能够入主白宫充当总统经济顾问而感到光荣。很不幸,克林顿时代,他独立率真的经济政策思考很让总统皱眉,于是,入主总统经济顾问主席的不是他,而成了另一位经济学家泰松。随后的几年,除了陆续在国际贸易理论方面取得新的成就外,作为在野的经济学家,克鲁格曼对布什政府,包括对今天的奥巴马政府都随时保持着政策攻击的态势。

印象中,当代诺贝尔经济学奖中,斯蒂格里茨、"欧元之父"蒙代尔以及不久前过世的弗里德曼,都是中国的常客。每次来中国,他们都把淘金与政策主张一并打包给中国的主办方,临走时还不忘记给中国的经济成绩些许称赞,他们似乎在来之前已经了解到中国的政治、中国的传媒最想要的东西。

在上海,与克鲁格曼共进中餐与晚餐的宾客及粉丝们,一共要付出人民币5.8万元,但这个有点固执的老头几乎有点"拧不清"。作为国际贸易领域最知名的教授,他对诸多国际国内媒体所宣称的中国已经走出谷底的乐观,并没有给出"包票";对国内统计部门颁布的一些利好数据的真实可靠性,他甚至给予了间接的怀疑。不过,他还是在这个专业领域给予中国人最凝重的忠告:中国以出口导向为主的经济模式已经结束。

更要命的是,每场演讲,克氏都讲到中国的汇率问题,讲中国庞大的外汇储备并不是基于比较优势的结果,甚至讲到中国通过固定汇率制谋求大量外汇顺差,这很让中国人怀疑美国精英层不时抛出的"中国政府操纵汇率"与这家伙到底有何干系?

没关系,花钱请人讲真话总比总讲假话好,谁叫他是"伟大的预言家"呢?要让危险的预言变成失败的预言,中国人必须首先学会耐心倾听。

"天上人间"关闭前后:娼妓经济学的一个解释

所有公共问题的解决最终都可归结为"公共选择"或"政策抉择"的过程。类似于泛滥的堕胎、毒品交易、吸烟、走私等等社会问题,一方面,国家花费大量的成本去阻止(劝阻)这种行为;另一方面,这些行为却不会永远从我们身边消失。社会是否还值得为此付出代价?这就归结为"抉择"的考量:在"放任的社会代价"与"惩治的成本"间寻找"方案"。

在中国,考证什么朝代开始有了暗娼的存在,似乎并不重要。最早期的娼妓活动应该是卖者(妓女及其组织团伙)与买者一拍即合,他们之间以协议价格的形式达成一种双方互利的交易行为。现在的情形是,面对来自日益增加的公众不满,政府必须阻止这种行为。

明白地定义这种"卖淫嫖娼"行为后,政府要采取的打击措施,当然首先是针对"产品的供应者"——"娼妓",然后才是消费者"嫖客"。从政府执法的成本来看,他们会毫无疑问地率先阻止"卖淫"行为,"打击卖淫团伙""端掉涉嫌色情黑窝",这会使得成本最小,能够从源头上消灭供应者。按照专家的统计,一个职业娼妓每天的服务人数在3—10个之间。通过拘捕供应者,能够很快阻止上百起的交易发生,因而与一个一个地追查消费者相比,成本低很多。

于是,我们又看到了政府这种打击的直接结果。其一,政府的高压提高了卖者的供应成本,因为她们将会面临附加的罚款或被劳教的风险;其二,她们可能会以更隐蔽的方法或寻找更高明的手段,甚至寻求权力部门的保护继续经营,这会大大增加她们的行贿成本;其三,她们在高压下会自动约束自己的泛泛行为,而只愿意接触更可靠的客户;其四,她们被迫转行,加入她们不愿意或者不专业的行业。结果是,由于她们自身经营的成本提高,导致供应者数量的减少,从而达成了更高的"交易"价格。眼前的例子是:一方面,政府自建国以来不知花费多少成本(宣传、抓捕、器械、劳教场所等物力与人力)阻止这种行为;另一方面,"天上人间"得以堂而皇之地成为中国某些人骄奢淫逸的天堂。

诺贝尔经济学奖获得者道格拉斯·诺斯及他的公共经济学派以美国为案例,阐明了妓女经济学原理。卖淫行为在美国的内华达州一些地方是合法的。妓女事先被要求到当地政府注册,必须在特定的妓院里从事生意,这些妓院可以做广告并主要依赖老顾客。健康机构每周为她们做体检,每月做艾滋病检查。而美国其他地方的妓女因受警察追查而成为街头流莺,她们不得不变换花样寻找陌生的客人。两种不同的"抉择"结果令人惊异。内华达州的妓女性病传播几乎不存在,当时9000名在册的妓女中没有一个艾滋病测试为阳性;相反,在其他禁止卖淫的内华达以外的城市,妓女的性病发生率为100%,比如在新泽西州,52%的妓女测试感染上了艾滋病毒。

当政府宣布某些交易为非法的时候,非法者当然没有公开做宣传与广告的机会,供需双方都会为了躲避警察抓捕而选择不透明与流动的场所,或者干脆寻求权力保护。关于产品质量与价格的信息只能在私下与民间传播,这对消费者很不利。如果政府定义此项交易为合法,那么交易双方为了维持交易的持续合法性,可能会更愿意公开消费者想知道的消息,包括质量(身体的健康)与价格(公开的而不是胁迫消费)。

"天上人间"因与公权部门的良好关系,一件原本非法的交易(异性高价陪聊也是禁止的)在中国生存了好多年。如今,"天上人间"被取缔关门后,这些服务提供者能够改邪归正么?社会会变得更纯洁么?

人民币升值与只卖肉包子

太平洋那边的美国,居然为人民币汇率问题专门开会。架势不小,目的只有一个:人民币必须升值。甚至还放出狠话,否则要把中国列入汇率操纵国云云。

老婆眨着眼睛与我讨论汇率问题。大致是,我们的钱更值钱了不是更好么?比如,咱们家的房子值人民币300万,折合44万美元;如果人民币升值20%,这房子就是53万美元。我说,53万美元你会卖房子吗?你卖房子我们睡大街?你还得买房子呀。只要你在中国吃喝拉撒,挣的与花的都是人民币,同比例升值,不会享受到额外的利益。

人民币升值也不是一无是处。对居民个人来说,我们可以更便宜地消费国外进口产品,我们可以用相对便宜的外币价格周游世界,我们可以更有实力把孩子送到国外最好的学校。对企业对国家来说,则是弊端和压力重重。人民币升值意味着出口企业必须承担更高的出口成本,以出口对象国货币标明的我国出口商品价格会大大提高,这会实质性降低中国商品的国际竞争力,出口导向型企业日子会一天比一天难。对国家来说,每年花在大宗进口的石油、矿石等的支出会减少;然而中国的外汇储备2.5万亿美元,人民币每升值1%,我们的外汇就要缩水1800亿人民币!

美国人从来没有这么在意过中国。但美国人故意忽略了一个事实:人民币不过是一国货币,不是国际货币,因而它没有国际储备功能,只具有限的国际清算与支付功能。在美元、欧元等为主导的国际货币体系里,人民币还是一个门外客。有位国际问题专家(非经济专家)说得好,美国人装腔作势地开会,中国决策层很容易被这气势给压倒,以为美国议员个个都是索罗斯,都是格林斯潘,其实那般家伙多数都是各州选出来的,什么人都有。他们讨论中国的汇率问题,很多都是眼前利益,甚至是各州利益:那里的蓝领灰领喊着要工作,要把中国货从货架上扔下来。美国讨论中国汇率问题,更多的是政治上的考虑。

中国人应该吸取上个世纪80年代中期日本的教训。《广场协议》的签订让日元一次性升值20%,日本的繁荣从此终结。日元自升值后,日本股市一路走牛,直达30000点以上。东京房价更是再上层楼,均价世界第一。中国的证券投资者可能更简单地认为,人民币升值也会给中国股市造牛。其实并不尽然。除非中国的资本市场完全开放,以外币看人民币的内在价值才会提升,上市公司的EPS(每股收益)才会具备含金量,中国现行的股市才会在世界性的资本市场里,处于估值低端。开放性市场里,交易性机会加上投机性机会的存在,中国股市才能真正迈入牛市坦途,而且很可能是短期内一步到位。

这就是市场规律。在围绕人民币币值问题上,美国人并不认同我们的汇改努力。美国人单方面给中国施压,表现傲慢,就像邻居鳏夫大爷突然要求你养一个孩子给他传宗接代一样,但问题还是出在美国人自己身上,因为你有病。哪个民族像中国人这样日夜勤劳?也许,只有当人民币获得了国际上应有的尊重之后,我们才可以在人民币升值问题上作些妥协。

自由市场经济理论是资本主义制度的基石。市场价值规律亦存在于我们日常生活。今天一早来到复旦大学教师餐厅,一碗稀饭,再按惯例来个菜包子。厨师说,菜包子不做了,只有肉包子。也难怪,西南旱灾,东部低温,菜价看涨;唯猪肉价格一天一跌。商家只做肉包子,这就是市场这只"看不见的手"在发挥作用了。政府的作用不是强迫商家做菜包子且不许提价,至多只能号召大家困难时期一起多吃肉,给养猪户解忧!

专业积攒财富

不是每一个人都荣幸成为富二代富三代,制度寻租永远属于权贵和特权阶层。大乐透4个多亿的纪录已经出来了,这个事件的意义只适用于媒体,再谈什么技巧、诀窍、昨夜沐手焚香,都是扯淡。更具诱惑性的是撞大运者虚假的淡定表白:不能拿赌徒心理摸彩,像我,每月花三五百块钱,五年多过去了,亿元大奖终于来了。你信吗?反正我不信。

所以,对于99.99%的人来说,发财还是要靠不断积攒自身禀赋和人品,最好能在自己还处青壮年时候,把自己的财商挖掘,到生命的最后光辉熄灭时,正好把自己的智慧榨干。多一丁点,也不会留给这个社会。

一桌吃饭,五个财务总监,最高学历会计硕士,人均拥有资产5000万人民币以上。都是师弟师妹,长相极普通,因而在网络里是找不到他们照片的,但关于他们的信息是异常的多。而且,几乎人人都与上市公司有关。

赚钱的逻辑路线图是这样的:

第一步,以知名大学会计学本科和硕士毕业的背景进入一家即将IPO的公司(当然是做财会),熟悉所有的上市流程及材料报送要求,财务会计方面的、法律方面的等等;如果没有参与上市首发的经历,参与一家已上市公司的增发经历同等有效。

第二步,将这样的经历挂在猎头公司那里,待价而沽。要知道,创业板、中小板开市后,众多的民营企业对上市有巨大渴望、对资金有巨大需求,他们所缺的,就是有经验的"财务总监"给他们的财务报表洗澡、打扮,配合保荐人、投行及会计、律师事务所将合格的材料送到发审委。这些有专业经验的"年轻人",他们选择最终落脚企业看两点:一是否真的是值得包装的好公司(几无可能上市的烂公司给多少工资也不去);二是谈判,看老板给自己多少股份,一般情况下 30 万到 50 万是底线数字。

第三步,是最体现自身价值的生死一步,帮助企业找几个创投公司,俗称的 PE 进入,通常一两年运作以后,把公司弄上市,以获得退出平台。公司通常高溢价上市,每股 20 元,50 万股权价值就是 1000 万。常规锁定期 36 个月。锁定期结束,即可套现。

W 就是一个身家接近 1 亿的小青年。我在两家创业板公司中的流通股中看到他的身影(还有两家是以他老婆名义持有的)。他的能力就在于,他知道什么样的公司是能糊上墙的烂泥巴,他也知道怎样才能讨巧地满足发审委专员的审核偏好,他也知道以怎样的口气在公司土老板面前展现自己的谈判筹码。一切都源于专业,源于稀缺。当他们手握股份辞职的时候,公司往往还会在三大报向投资者发公告:"W 财务总监已辞职,公司的经营没有发生任何变化,公司感谢他为公司上市及规范运营作出的贡献……"三天后,W 给我电话,说他经过慎重考虑,决定到一家做按摩靠椅的公司,这家公司具备未来上市的潜力,老板的承诺是给 50 万股,另可以每股 2.25 元拿 50 万股作为战略投资者的一部分。

W 和那些同窗朋友一样重复着赚钱的逻辑。在特定的年代,劳动创造财富,但劳动未必一定拥有财富。人们在诅咒贫穷和分配不公的时候,很容易忽略自己到底拥有和具备哪些特殊专业才能。你越是稀缺,别人才有可能出更高的价格来收买你。每一个人都喜欢用"拒绝平庸"来励志,但每天所做的仍然是平庸的而不具创造性思维的工作。不错,社会财富这张大饼的切割方式已发生质的变革。选择一个能挣大钱的工作比郭美美伴上红十商会开宝马要难得多。不幸运的人生莫过于事业的中途,才猛然发觉职业太无趣。说这不幸,是因为往往到这个年龄段,多数人也只好用"干一行爱一行""三百六十行,行行出状元"来自我安慰,而那些专业稀缺却仍不断专业进取的人正好愉快大方地笑纳劳动者的馈赠。

为什么你一直是穷人

当国家发改委中心主任说今年(2010)中国物价(CPI)的涨幅将超过3%时,老百姓的牙咬得吱吱响。对他们来说,直接来自个人及家庭消费品的价格涨幅,心理感受至少在30%以上!公用消费品价格如水、电、气第一轮涨幅完毕后,京沪两地生活资料价格大米、蔬菜、水果、食用油今年以来的涨幅超过40%。目前,棉花的收购价格已经是去年同期价格的1.8倍,下一步可以预见的是,所有冬季服装用品,包括羽绒服的价格大涨将是必然。

物价飞涨,最不利于穷人。因为他有更高的恩格尔系数。

恩格尔系数(Engel's Coefficient)反映的是食品支出总额占个人消费支出总额的比重。一个家庭收入越少,家庭收入中(或总支出中)用来购买食物的支出所占的比例就越大。推而广之,一个国家越穷,每个国民的平均收入中(或平均支出中)用于购买食物的支出所占比例就越大,随着国家的富裕,这个比例呈下降趋势。

打个最简单的比方,富人穷人都要一日三餐,都要吃喝。物价上涨很大一块直接表现为消费品(特别是日用消费品)价格的上升,比如,上海最节俭的三口之家一月日用消费品此前大约1200元,现在没有3000元日子没法过。当你的工资收入没有同步提高,比如你的家庭月收入还是 3000 元时,那么你不会有一分钱积蓄。穷人因通胀而更穷。

富人则不然,同穷人相比,富人因生活资料价上涨而多付出的货币与穷人相比并不显著高出,痛苦感受并不明显,生活资料的价格上涨带来的额外付出占其资产总量的比例微小。

更重要的是,穷人的自然禀赋差异决定了在通胀背景下,找不到合适的"通胀对冲"资产。

家庭应对通胀的对冲资产有很多:黄金白银等贵金属,房屋等固定资产,股票股权等金融资产。通胀通常有其传导机制,比如从生产资料的最上游开始蔓延到下游产业链环节。当富人拥有了上述资产时,他就可以坐拥物价上涨带来的收益。两年前的黄金每盎司还在 1000 美元左右,现在快逼近 1400 美元了;房产的租赁价格及房价依然在高位徘徊(10 年涨 10 倍总超过 CPI 了吧);下游产业跟进涨价导致公司业绩大增(涨价前存货的消化),拥有上述公司的股票当可以分享交易性机会和投资性机会。

穷人拥有极其可怜的不具备避险功能的资产,面对通胀,他们只能被动地接受生活盘剥,一筹莫展。

一毫米的市场有多大?

牙膏的基本功能是什么?清洁牙齿。随着人口的递增,牙膏市场温和增长,新的牙膏生产企业不断渗入进来,行业竞争由此更得更加激烈。

消费者都追求消费者剩余,有占便宜的心理。就牙膏而言,总希望同样的价格水平,自己购买牙膏体积大些;同样的体积些下,牙膏的功能更多些。厂家于是在最基本的清洁牙齿功能外,不惜用吹嘘的方式塑造一个个全新的概念:你说你美白牙齿,我说是我坚固牙齿;你说你可以防止牙龈出血,我说我可以爽口清火……目的就是巩固和取得更大的市场份额。

终于在某一天,国内的几家包括合资企业的牙膏生产企业坐到了一起,他们商量着消除内讧、扩大市场份额、让消费者最终买单的办法。

其一,如果能够让所有消费者接受每天刷牙两次的计划,市场份额可以增加到80%(此前只约有20%的人每天刷牙两次)。这完全可以通过游说医学部门达到。

其二,如果大家认为每天刷牙两次正合适,那么有什么理由证明刷牙三次就是浪费呢?以后的上班族都得在办公室自备或者公费配备牙膏及牙刷了。这样的话,牙膏市场份额至少还可以在原基础上再增加30%!

其三,改变中国的人习惯,比如,让习惯于到达7岁才刷牙的中国儿童将刷牙年龄提前到3岁,市场份额又可以再增加10%。

其四,应该是更绝的,GLJ公司的牙膏包装设计人员无私地提出了一个与同行分享市场的经验:每支牙膏的体积增大,从而提升价格;同时,将牙膏的开口半径由此前的2毫米增加到3毫米(只是增加一毫米),每次牙膏的消耗量将会增加约50%,牙膏的整体市场消耗量会平添50%!

上述厂家合谋的结果是,今天的中国13亿人,12亿人在用牙膏,平均每人每年用牙膏4—5支,每支牙膏的价格在8—12元左右,整个牙膏的市场份额价值是每年600亿。这个数字是上世纪80年代的6倍!

很多厂家习惯于在狭隘的空间里思考对策,习惯于以搞垮行业竞争对手为胜着,殊不知,松散的无法串谋的消费者才是冤大头。供给可以自动创造需求——200多年前的萨伊定律对此就有了充分揭示。

说股票,说人生

股市中的道德困境

马克思也承认,股票是资本主义发展史上的一项重要发明,它为资本主义的持续发展提供了与以往借贷资本完全不同的持续经营资本。

当伟人小平同志把股票引入社会主义中国的时候,首先面临的当然是制度困惑。在社会财富国家所有、全民所有的年代里,宪法不会承认它的公民私人拥有生产资料的权利。所以,股权的概念乃至分割股票所代表的一份产权不能属于个人。承认股票设计与流通的合法性,等于承认以实现共产主义为终极人类目标的社会主义里存在私有财产、存在剥削,并形成少数人以股票的形式切割与剥夺全民创造的财富的可能,这变相等于在搞资本主义,向资本主义投降。

制度困惑解决起来很容易,"股票究竟是不是资本主义的东西?可以试嘛,不行可以再关掉。"伟人的一句话让中国的股市有了蓬勃发展的今天。《物权法》的颁布进一步确立了私人可以拥有合法正当的财产权利且受到保护。

然而,股市里的道德困惑却是日复一日的存在。也许这将是个千古难题。

自新中国证券市场诞生的第一天起,股市里就诞生了权力腐败、公司造假、内幕交易等等。权力腐败，表现为稀缺上市资源中的官员寻租，一个也许极其丑陋的公司可能会获得上市后几乎自己也无法想象的且无须偿还的庞大资金。早期的上市公司上市的背后哪家没有权力的影子？批文就是一种权力。

公司造假、内幕交易存在于众多的公司中，只是程度不等而已，目的只有一个：少数人在股票市场里将获得巨额利益；做假账、大股东掏空上市公司、内幕信息充斥着整个证券市场，其本质均是以牺牲众多中小股东的利益为代价获得财富的乾坤大挪移。

甚至，包括证券市场里的每一个哪怕是最普通的投资者，从入市的第一天起，无不用布满血丝与贪婪的目光盯着证券市场。他们不相信在股市里会双赢多赢，他们承认从长期来看中国证券市场只是一个零和游戏甚至是负和游戏。即使他们是弱者，而且他们也相信自己是弱者，也知道自己在这个恐怖的股市游戏里，自己多数时候是只被人宰杀的羔羊，但他们都带着同一个想法进来并带着同一个目的进去：赚钱，赚更多的钱。

股票市场道德困境还在于，屡屡投资失败的中小投资者已经变得恐惧，已经学会见好就收。但这还不够，任何一个四肢健全、大脑正常的人在股市里都还得面临这样的拷问：赚钱的最大法宝就是，你必须克服贪婪和恐惧。这事实上是用一个不存在的制胜理由去折磨自己并挑战自己的智商。

这让人变得堕落，让证券市场上的所有参与者人格异化。

于是，更加佩服股市交易规则的设计者真是绝顶聪明。聪明之处就在于：它虚化了非道德侵害对象的真实存在感。一项最普通的成交记录，买家与卖家并不相见，彼此完成着击鼓传花的游戏；一轮行情结束时也宣告游戏暂时结束，接最后一棒者成了最大的输家。在这里，起始赢家不会有负罪感,更不会在意那个承接自己的最后一棒者正在跳楼、或夫妻反目、或父子相仇。这得益于股市的制度设计,一种规避道德责任的制度设计:没有侵害记录,就等于没有目击证人。这个社会上最贪婪最吝啬的企业家都可以发发慈悲,做些公益或者慈善事业;但在股市里,永远没有雷锋,永远没有大公无私者,永远没有慈善家,永远不相信眼泪。任何一个刻意高买低卖者,在股市都会被人骂作不幸者、蠢货、神经病。

这又让人想起了精子捐献过程。女人无法以原始之爱自然受孕时,精力捐献成功地解决了这一难题。为克服这一基于血缘错位而达成的形式父子父女关系可能的负面影响,以合约及制度屏蔽掉那个事实上存在并做过贡献的精子捐献者,就有效地阻止了基于生物学上的老爹认子寻亲的机会。在这里,道德的困惑日复一日被复制,被自我麻痹。

智利是世界第一产铜大国。当上周末一场大地震把这个地势狭长如蚯蚓般的国家搅得人心惶惶时,全球证券市场上的有色金属套利机会来了:沪铜期货1006当日大涨3.85%,中国股市铜业股今当日大幅走强。精诚铜业、云南铜业、江西铜业、铜陵有色等健步涨停。这正印证了,由来只有新人笑,有谁知道旧人哭!

股市里是不需要人性的,甚至让好人变得人性扭曲。早期空想社会主义者傅立叶对资本主义社会进行了如下批判:医生希望病人多,卖棺材的希望多死人,粮食投机者希望发生灾荒,律师希望家家打官司,建筑师希望每天失火,玻璃商希望下冰雹打碎所有的玻璃……那些不小心赶上一回智利地震并买了铜业公司股票的人,也许心中在不断庆幸:让智利的地震来得更猛烈些吧。

期待智利民众生活早日恢复正常。而当智利铜矿产销步入正轨的消息公布后,那些等着智利更坏消息的买进铜业公司股票的投资者可能又要成为最后一棒的牺牲品了——此时,道德反而脱离困境且能够做出如下合理解释:贪婪和邪恶是有报应的。

股市异象:别让股票玩死了自己

"克服贪婪,战胜恐惧",证券市场上的投资格言,实践中几乎没人能够每次做到。

这八个字之所以纠结投资者,是因为它概括了面对瞬息万变的行情,投资人总不能保持心理过程的稳定与决策理性。最近十年里,行为金融学借助实证分析,揭示了人性当中至今仍然无法解释的非理性投资决策,包括认偏差、过度自信、损失与后悔厌恶、羊群效应等。以下稍举几例。

其一,相对于债券,股票为什么总是溢价?

MEHRAR,PRESCOTT研究110年来美国证券市场的状况,发现美国股票的平均年收益率大约为7.9%,而同期债券投资的收益率只有1%。研究再推而广之,这一现象同样发生在英国、日本、德国和法国。

或许会有人说,股票投资要承担更大的风险,所以要有更高的风险溢酬来补偿。但是,所有的投资者大部分人都希望再活个几十年,他们都期待进行长期投资以获取高稳定收益安度晚年。所以,理论上他们是可以克服股票市场的短期波动并一如既往地投资股票,并因此获取更高的收益率。但是,为什么仍然有人大量投资债券呢?

其二,投资大公司,还是投资小公司?

这在证券市场上被称为规模效应。BANZ在1981年发现股票投资这一特别现象,即投资小公司股票(流通市值小)获得的收益远远超过投资大公司。SIEGEL研究了1926—1996年纽约证券交易所市值最大的

10%股票的年化综合收益率为9.84%,而市值最小的10%股票的收益率为13.83%。中国证券市场似乎也存在这一规律,投资小盘股有着更高的收益水平;深圳创业板指数也已创出新高。但为什么多数投资者仍然青睐大盘股呢?

其三,"日历效应"如何解释?

ROZEFF,KINNNEY研究1904—1974年美国股市发现,每年1月份时股价指数明显高于其他11个月的收益率,金融专家称之为"一月效应",且这一效应也适用于30年间的日本东京股市。专家的解释是,可能是人们都倾向于把新年作为新的开始,喜欢在年度交替之际采取激进的行为。类似的还有"周一效应"。每星期的周一,股票的平均收益率水平比当周的其后几个交易日明显偏低。至少到目前为止,对这些现象的解释力都还不够。据笔者直直观判断,类似的"一月效应"也存在于二十年间的中国股票市场。一月通常是红一月。

其四,面对同样的金钱,为什么要给予不同的价值评定?

假设投资者做方案一,买一公司股票,当年公司分红1000元,你用这1000元买了一部手机,不出售股票。方案二,公司不分红,但你出售了这股票,获利也是1000元,买了一部手机。测试的结果是,执行方案二的人后悔值较高。理由是,人们普遍认为,红利是应得的部分,而获利是自己的才智赢取的,如果不出售股票,自己的才智会给自己带来更大的收益(过度自信)。但生活当中又会存在另一景象,1000元工资收入与1000元出售股票收益相比,人们会更珍惜1000元的工资收入,人们会在无形当中将同样的金钱分立在两个心理账户中,并作差别对待。接受证券市场洗礼多年,我的体会很深:比如我不太关注公司红利(公司分配决策所得),更关注投资利得(自我投资决策所得);我会因搓麻将一夜输掉1000元而后悔,但却不怎么在意一日内股票账面损失5万元。

……

还可以举出很多例子来证明,投资者进入股票市场,在许多时候表现出弱智,他们总不能把握那些异象——尽管这些异象到目前为止还只能用"投资者心理"来作部分解释。心理面波动影响投资行为,投资行为又强化了心理预期。

投资行为而致的股票涨落对生理的影响又是如何呢?很多人可能都设想过这一层面问题。复旦大学公共卫生学院的马文娟和她导师阚海东新近发表在国际顶级心脏病学杂志《欧洲心脏病杂志》(EUROPEAN HEART JOURNAL)的文章得出重大发现:股指波动增加冠心病死亡率。他们用2006—2008年三年的数据验证上证股指波动与冠心病死亡率波动的关系,两者具有很高的相关性。即上证指数日涨跌幅变化与上海冠心病日死亡率的变化趋势完全一样。指数涨跌幅度增加100点,冠心病的死亡率增加1.87%。可解释如下:上海炒股者中老人居多,股票市场的波动影响了这些人的情绪,心理、生理上压力随之增大,压力大导致毛细血管更难扩张,心肌梗死几率得以上升。

突发一建议,那些准备参与证券市场的投资者进入之前,最好能做个心理测试,不合格的,不要参与。对中国证券市场而言,那些年老体弱的,最好附加一个体检查报告——较之国外成熟市场,中国的证券市场还有更多的残酷——单是公司造假,就足以把你玩死。

一个大龄股民的忏悔和感激

十年股市(2001—2011年),十年轮回。从终点回到起点:2200。

一批人老了,一批人倒了。长江后浪推前浪,多少股民摔在沙滩上。在一个零和甚至负和的游戏里,我没有理由成为稀缺的赢家。"一赚两平七亏",我摊上了那百分之十的赢家概率。面对那些两眼泪汪汪的股民,我庆幸,我忏悔。

我忏悔。在证券市场里,我成了剥削者,我心安理得地拿着进账,吃喝玩乐。

我忏悔。在证券市场里,有人做多头,有人做空头。只有我,做了二十年滑头。

我忏悔。在证券交易里,我不信神不信鬼,不信政府不信公司。我用狐疑面对一切,你带着热情进去,我冷酷地出来;你绝望地走出,我悄悄地进村。

我忏悔。我从不用自己的良心试问股票好坏,我从没把股票当作老婆孩子养。让我赚得最多的股票,最多也就是阴暗地表扬一句:SB股票也能让我赚这么多。我从不追问,明天的你是否依然爱我。

我忏悔。在证券市场里,我是懒汉,也是机会主义者。我喝着青岛啤酒(600600),就从不想还有什么重庆啤酒(600132)。眼见为实,在上海,我从没看见过你,就别叫我相信你。

我忏悔。我有时也于无意中刺探一些情报:分红,增发,重组。而我从不把这些信息与哥们分享。我的心比奥巴马、比包大人的脸都黑。

证券市场的二十年,是中国社会诚信缺失的二十年,也是道德滑坡的二十年。二十年的我在股市里历练成妖。聊斋里好些讲义讲情的女妖,股市里的男妖是从来不问诚信和道德的。我忏悔。我强烈谴责自己。

向中国的股民说抱歉:我赚了小钱想吐出来做些慈善,但不知谁是股市里最值得悲悯的痛苦者。

向所有的上市公司说抱歉:我买了你几回,也卖了你好几回。在早期T+0那会儿,我甚至一天折腾你几趟。

向所有的投行说抱歉:感谢你们的荐股有些居然与我持仓一致,你出报告,我出股票。我跟你对着干,天天如此。

感谢中国股市的设计者,感谢中国证监会,给像我这样一个不能去澳门、不能去拉斯维加斯的平民百姓,在伟大的中国成就了一个比赌场更让我有成就感的事业。

余秋雨股权投资发财,招谁惹谁了?

上海徐家汇商城向证监会申请发行上市的招股说明书已经上报并过堂,知名学者余秋雨先生名列第十大股东,持有该公司518.6万股股份。余秋雨8年前斥资240万元,购入了该公司1.5%的股份,每股受让价格为2.9元。经过近8年的股本转增,如今其持股数量为518.6445万股。相对于原始投入,现在的每股成本仅0.413元,投资银行专业人士给予的公司未来的上市价格大致在20元以上。这样的话,等到公司上市的那一天,余秋雨先生的股票市值当在亿元以上。

就是这样一个崇尚长期投资理念、即使在经济形势不太好的2001年拉了徐家汇商城一把的文化人,如今却受到了人们莫名其妙地质疑。真不知余秋雨投资发财,到底招谁惹谁了?

无论余先生在文坛上积存了多少恩怨,与形色各类之人口水战打了多少年,这些都不妨碍余秋雨做一个合法股民,做一个投资家。就做股东的资格上来说,余秋雨是合法合格的。只要余先生当年没乘人之危巧取豪夺别人股份,只要余秋雨没有为了让股份变现上市怂恿公司构造虚假上市材料,余先生投资8年、耐心持有8年,也该到了分享8年投资抗战成果的时候了。

文化人之间的恩怨最好在文化圈层里解决。看不得余先生好眼光好运气的文化人忍不住也想把腿伸进证券界,无奈投资知识缺乏,在这个同样靠知识、靠智慧的资本玩家活跃的证券市场里终究也不是余秋雨的对手。怎么办?文人的险恶更上层楼,这不,一位掮客经济学家发文,给余秋雨先生扣上了"涉嫌侵吞国有资产"的帽子。这已经不是文化界的悲哀,而是将文化界的丑陋搬到了证券市场。

作为一个投资者,余秋雨先生无须回击那些经不起推敲的奇谈怪论。稍有经济知识的人都知道,余先生如果怀疑自己的亿万财富来路不明,或者担心露富,在公司上市时把自己的股份变更至家属自然人姓名持有时,那些对余先生"仇富+仇恨"者就无法在证券市场里向一个普通不过的投资者开炮。余先生确实不需要这么做。

中国人接受一个彩民中奖3.5亿的事实,却不允许一个投资者投资公司股权赢利1亿的事实(其实他也承担了相应的风险,如果公司最终无法上市呢?一等就是8年,够有耐心的),这不算是健康成熟的心理。顺便告诉那些"眼红"余先生的人,由余秋雨先生创办或参与创办的并正运作的上海九久读书人文化实业有限公司及"99网上书城"从最初的赔本经营到如今的业绩迅速提升,并极有可能在香港创业板上市,那时的余先生不只是简单的1亿富翁概念了——5亿市值都不太遥远啊。

曲线政改:借股市这把刀

中国股票市场在某种政治风险中诞生,面对保守派的种种责难,小平同志给出了一个权衡的表态:股票这东西如果搞不好,将来还是可以关掉股票市场嘛。

关掉股市已不可能,二十多年来的中国股市在扭曲中成长,千万级别的股票账户背后就是千万个赌徒,他们都想在这个诡异狡诈的市场上分得一杯之羹。自1992沪市开市以降，不只是普通股民成为这个市场上最大的失败者，股市配置资源的错位，也在某种程度上培养了权贵并拓展他们的了腐败空间。一大批号称全体人民利益的国企日益在市场做大。经济基础决定上层建筑，当前中国经济、社会等诸领域所暴露出来的问题与危机，绝大部分可以在证券市场找到线索，发现影像。银行股票普遍性地以断崖式暴跌直到股价低于每股净资产，是不是阴谋？可怜的中小散户成了牺牲品，但通常不会伤害到公司高管的利益；相反，为了强化他们的利益预期，他们反过来以股价的暴跌要挟政府，"社会稳定"是高级而常用的绑架说词。

当整个社会的GDP增长不到8%的时候，即使是最不动脑筋的银行也可以轻易坐拥30%以上的利润增幅，这就是垄断的力量。因为不是人人都可以开银行，不是人人都可以开彩票公司。

人们总是感叹股票市场自身的扭曲，说中国股市不是国民经济的晴雨表。我想说，中国股市可能有这样和那样的问题，但总体来说，中国股市反映了中国的基本经济现实，也反映了国民对未来的基本预期。建议大家翻看一下石油、石化、钢铁、造船、机械类公司，排除利润造假因素，对比8年前的经营状况，它们的盈利状况和盈利能力哪一个不是坚定地朝下走的呢？

即使在马钢股票价格走到10元之上的时候，我在三年前的评述文章中，称这公司的股票价格就值两三元；即使沪市中石油股价跌到二十多元的时候，我也说这股票价格就值八九元。为什么？借助政治动员催生的国民经济增长不具可持续性；权贵也有生命周期。如今，在李总理强调中国的经济增长率只需要7%左右可达"十二五"目标时，这些国企背景的庞然大物的未来图景将会让我们看得更真切：世袭的权贵也要走人。

窃以为,中国股市不只是配置经济资源,也可配置政治资源。股票市场曾经为经济发展找到直接融资的出路,也不幸地成为国企趁机做大、鱼肉百姓的剁板;以国企股为代表的股票自 2007 年后至今的暴跌尽管市场代价很大,但不应构成本届政府改革的压力。借助股票市场的自动投票机制,将这些代表权贵代表特权阶层的股票降价出售,新兴的代表社会公共利益的积极力量就会占据上风,与民生相关的医药卫生产业、绿色食品产业、文化创意产业、环保产业等有望将在技术变革中成长。

亏损累累的股民当然无法申请国家赔偿。一百多年后,中国股市的英雄碑林里也不会有他们的名字。证券市场以牺牲一代股民为代价终于迎来一场无硝烟的非暴力股市削藩战争。让人欣喜的是,我们清楚地看到,这场曲线的政治变革具有很大的成功可能性。因为马钢股价跌到了一块多,中石油股价跌到了七元附近。非暴力政治变革比我想象的还要彻底。

炒股,让女人走开

我最讨厌女人在家里、在饭桌上讨论理财问题,特别是股票涨跌。这是有根源的,如果把做股票看成赌博,夫妻二人下班后讨论赌资的分配以及赢利的多少,家庭生活必然索然无味。

四年前,广发证券的业务员到老婆的单位游说,凡开户者不论有无交易,均送雨伞一把、MP3 一个。不知是不是这些小恩小惠的诱惑,还是单位同事的怂恿导致的集体无意识,甚或"没事在股市里弄些零花钱"的极端幼稚想法激励,她办了一个股东账户,户头上放了 5 万元。

没有阻止她,她居然偷偷地买了几千股股票。新手上路,手气果然相当的好。看她当天晚上一副兴奋无比的样子,盘算着一天2000多元进账,再以此累计未来时日的金山银山,我就一脸的不高兴。"出来混,总是要还的。""这些都是纸上富贵,明天一跌,保证把你打回老家。"

幸运的是,第二天股票还在涨,我的魔咒没有应验,她的兴奋还在持续。但只坚持了两天,股价随后却是一路的跌,她的言语也没了。

这一跌,却是我的幸运,我再也听不到她下班唠叨股票,再也听不到她长煲电话粥与朋友讨论股票。一下班她的方向就一个,往厨房里跑,不声不响地做她的大菜——家里安静了许多。

更要命的是,还有女儿在饭桌上的冷笑:"菜烧得味道不对呀,是不是股票跌了弄得老娘你魂不守舍?"

这触及了女人的痛处。她搁下筷子,几乎不想吃饭了。

为了维护家庭非物质纯粹,为了寻回往日的快乐,我必须给她上课。

"股票是高明的赌博,除了心智,还要有很好的心理,包括身体素质。这两方面,你都不具备。"

"股票是有交易成本的。什么是交易成本?就是做任何一项买卖都要付出代价,物质的,精神的,你偶尔赚的那些小钱甚至不足以弥补你的精神损失费。"

"人为什么要结婚?从经济学意义上来说,结婚就是减少交易成本。如果这个世界的人都是单身,那得要多少房子,那得要多少床位,那得要多少马桶?每笔股票买卖,诸如印花税、交易佣金、过户费你都得出,不管你盈亏。假设你卖出一只股票,而这个股票正是我想买入的,结果呢,我们两人都双份替国家做贡献了,这夫妻存在的价值又怎么体现呢?'在这里,外部交易成本无法在家庭内部化'……这个太深奥,估计你也不懂。"

"给你10万元,你10元买进再10元卖出,如此等价买卖往返八九十次,这10万元也就归零。统计学意义上的论证,估计你不相信,但却是真的。"

我的及时训导给了她感动。我说我宁愿你把夜晚消耗在冗长的电视连续剧上,过一种藐视金钱的生活。

她一狠心,把账户交给了我。自断了在股票里赚点零花钱的杂念后,她的上下班状态出奇的好。

闪婚前的"内幕交易"

2010年5月,《人民日报》连发五文,直指股市中的内幕交易。所谓内幕交易,常见情形如下:某市场主力勾结上市公司提前得知其即将进行资产重组、大股东资产注入、收购兼并以及获取大额合同订单等等潜在利好,提前于二级市场埋伏吸入股票,待这家公司正式发布上述利好消息后,市场买盘纷拥跟进,推升股价(一两个涨停是常态),此时主力出货,在短期内获取暴利。

窃以为,通过监管来打击或阻止股市内幕交易行为,仅存在口号上的可行,甚至理论上都不可行;对普通股民来说,寄希望于监管制度来阻止内幕交易行为无异于痴人说梦。为什么这样说?一项涉及公司几亿甚至数十亿金额资产的重组行为,从"双方有性趣——彼此有意——相谈甚欢——私订终身"到最后的"明媒正娶",只有最后的明媒正娶阶段,通常才是公司正式公告发布、公司股价拉升的阶段。前面的几个阶段,才是甜甜蜜蜜卿卿我我的、客观存在的"值得潜伏"的暧昧期。

此时,普通投资者可以做到的,就是用特别的嗅觉和敏锐来洞察与识别双方"源于激素分泌的性趣——彼此有意——相谈甚欢——私订终身"这几个羞羞答答的过程。用专业术语来描述就是"公司股价其实已

经反映一切信息!"你,定能看得见:

——那些经营一般的公司、不起眼的公司,具有通过"资产重组"解决性苦闷的诉求。

——这些公司正因为不起眼,才有了国家宏观政策(行业振兴与调整)拯救的可能,所谓的收购、兼并极易发生(被人相中,或者相中别人的机会来了)。

——这些公司股价平时像温吞水,无视大盘涨跌,一副半死不活的样子;看似公司股价不动声色,通常公司已经进入"你有情我有意"阶段,主力此时多半已经介入。

——这些公司会有些类似重组绯闻出现在诸如《经济观察报》《第一财经日报》《财经》《21世纪经济报道》等而不是权威的三大报如《上海证券报》《中国证券报》《证券日报》上;特别地,要关注那些"绯闻澄清——再有绯闻——再澄清"几个来回的公司(绯闻多了到了无法澄清的地步,你当然应该相信这是真的)。

——大股东占股比例较高,不想把公司玩死自己跟着倒霉,如果面临不久大小非解禁,就更有重组的冲动与动机了(婚姻幸福与否的原罪还是利己行为)。

还有很多。

综合以上等等因素,再通过最后的"慧眼"——盘面观察,大单突然爆发式的买进甚至直指涨停,你要做的很简单:跟进,与庄共舞!公告公司停牌日,你休息;公告"重组成功"日,适量吐出一部分,次日再吐出一部分。吐出多少,视能量,交易能量越大,吐得要越坚决。

天使爱上了魔鬼,小白兔嫁了灰太狼,潘金莲拥抱了武大郎,不可思议的婚姻曾有甜蜜的爱情线索。面对快递过来的一个个突如其来的闪婚请柬,你更不必惊诧:他们有过异性相吸,有过神魂颠倒,有过暗送秋波,有过眉来眼去,有过初试云雨,这些或许你都看不见;但女孩婚前那一天天突起的小腹毕竟骗不了所有人——如果把"重组公告成功"发布当作婚姻的敲定,这个时候,她不闪婚都不行了!

腹中货色足,何愁不识君! 如同怀孕的女人,终有一种"露"叫挡不住。守猎上市公司重组过程中"一丝暴露"和"蛛丝马迹",管他什么内幕消息、内幕交易,至少你不会是输家。

下跌的股票,抗跌的婚姻

结婚十年,吵架就花了十二年。吵架,其实从恋爱时节就开始。

终于有一天男人说,要不我们就离婚!

女人说,离婚? 没那么容易。你不想过日子,那就一起去死! 说着,就去厨房找刀具,刀具找不着,又去拧开煤气开关。

男人却并不害怕,拿出手帕捂着鼻子,带着女儿出门了。

女人不想离婚,女人当然还想活下去。没着了,觉得自己死了太亏,于是一边哭,一边又把煤气阀给关上。

……

同样的故事被这对夫妻演绎了多场,演绎了多年。

终于有一天,女人疲惫地对男人说,你走吧,不求你了,我也不会自杀,更不会杀你。不过,你得把房子留下,再给我们二百万。

男人有点动心,测不准女人的心思,却又想起了讨价还价的主意。"能不能少些?"

"一分钱都不能少",女人很坚决。

"要不分期付款,你看行不行。"男人希望自己的恳求能变为女人的妥协。

"你不是还有几十万股票么,都给我抛了,后天就给我钱。"女人义正词严道。

男人大惊。当家一直是老婆的事,理财是自己掌握的事。小钱上交,大钱,比如股票是他多年的私人积累。女人只知道他炒股票,但断不知他的股票数。他也不知道女人是从什么时候起开始留意他的私人账户。

终于在这一刻,他们达成了一致:现在抛股票,对谁都没好处,等股票涨上去了,比如市值到了二百万,再抛股票,再签订离婚协议。

金融危机来了,账户上的股票市值距离二百万越来越远了。

还是女人心软。终于在一个晚上,女人叹着气对男人说"这辈子,我看你是凑不齐这二百万了。"

男人双手一摊,无精打采地回应道:"老天要让我长期定居你这里,我有什么办法。"

男人顿了顿,笑着说:"为了这个家,你还不是天天盼着股票跌?"

"为了获得自由,你还不是天天盼望股票涨?"女人白着眼问。

"吵架的那一刻,恨不得卖血也把这二百万给你整齐。现在这股票吧,要不就存着,我看还是给将来我们的女儿做嫁妆吧。"男人卖起骚来了。

女人默许了。

婚最终没快速离成,股票还在很配合地往下跌。跌得越深,这男女对彼此有了更多的依靠,甚至认为这是他们在金融危机中能够享受的最大快乐。离婚?那是四两棉花——不弹了。

走强的房市,走弱的婚姻

金融危机下的中国房市真让人大跌眼镜!上个月(2008年5月),上海的平均房价接近2万元一平方米!这已经是近几年来一个区域性房地产价格的历史最高值了。

与此同时,上海的离婚夫妻2008年大约近4万对。上海的离婚率近十年上升了二十几倍。

离婚的原因多数又很简单:第三者插足,感情不和,性格差异……一纸协议,婚约就立即解除了。社会对离婚的包容也加剧了年轻夫妇对婚姻可否永久的怀疑。

于我这等年纪,当年同学如今多属事业有成型:家庭稳定,房子宽敞。现实是,自己这几年却很随机地奔命于突如其来的同学婚庆,礼金一交,还没看清新人面目,方知此老公、老婆已非那时了。

在上海自拥一幢大房子,比如150以上平方米,排除负债部分,至少都是三五百万以上的富翁富婆。不得不承认,周遭的那些白领朋友,除了更换的房子一次比一次豪华之外(窃以为房价就是他们给推高的),自身不错的条件也似乎是婚变高发的诱因。

大房子,弱婚姻。

城市大房子造得越多,楼层盖得越高,房价越贵,婚姻似乎就脆弱。

房子一大,夫妇间的个人空间迅速增多,个人私密的都可以直接搬到阳台上:给心中的那个他(她)来个短信求救什么的。起始原因多半是"我很无聊只想找一个人说话"……一个月后就是"能不能再给我两个月时间……"这一切在几百平方米的大房子里、在爱人的眼皮底下可以变得神不知鬼不觉。

房子一大,双方的父母都试图加入这一空间分享子女的荣耀。一方父母来了、习惯了,就没有走的打算了,另一方自然不甘示弱,有妈请妈,没妈请来自己的七大姑八大姨。矛盾陡然升级。

房子一大,卧室由先前的一间变成了现在的三间四间。以前还认为是小别胜新婚,分隔的大小卧室可以增添夫妻生活的小情趣。现在呢?增多的卧室已经沦为典型的情感逃避场所。

以前夫妻吵架,女方出走娘家,再接着娘家人送回时不过对男人小声责备几句,危机高速化解。现在呢?在大房子里生别扭,永远是未知的别扭。男人不要出走,女人也不需要回娘家。两个卧室就是两个没有人看护的囚室,却各自给对方的情感判刑。

也许,婚姻原本就不能用神圣定义。

所有的别扭、所有的争吵,那些极端的想法会在小房子里变得走投无路。给你一间卧室,争吵的双方不要脸皮的自可先抢得上床机会,另一方只得裹着棉被躺在靠近床铺的地板上且在半夜里佯装冻得哆嗦。"上来吧!"仅此一句,所有的不快在这对夫妻间便烟消云散了。

距离产生美。在大房子里,曾经相悦的夫妻"距离"是有了,但彼此的"美"再也无处寻觅。更令彼此意外的是,在克服了短期因距离疏远而生的不适并渐渐适应"单处"的生活后,尤其是当隔壁卧室的他(她)终究不是每日生活的必需时候——婚姻自然也就变得可有可无了。

大房子还在那里,只是房子的主人之一换了一个。而那个胜利逃亡者为了证明自己再行选择的成功,一定得寻找更大的房子,寻找更具实力的房主。

你看,这都市房价怎会跌得下来呢?

与你的爱人分享财务信息

德克年轻貌美的太太洗澡刚结束,门铃响了。

德克太太迟疑了一下,顺手拿条浴巾披在身上束紧腰带走出。开门。

是邻居威尔逊。

"如果……如果……"威尔逊看着德克太太继续道。

"如果你能把浴巾拿开,我愿意支付1000元。"

德克太太犹豫了一会儿,还是答应了。

女人回到里屋。德克此时正摆弄着他的古玩。

"刚才叫门的那位是谁?"德克问。

"邻居威尔逊先生。"

"哦,那小子有没有说还我那1000元钱的事儿?"

我不知道,现实生活中的夫妻还有多少人愿意与身边的人分享财务信息。比如,男人借钱给他的朋友、弟妹,女人时常给她的母亲、小姐妹买件值钱的东西。在财务自由的年代,夫妻双方信奉AA制,但家终归是家,他们得共同为未来、为孩子积蓄足够的财务能力。彼此的财务透明与规划由此变得不可或缺。

据说,上海本地男人都有工资卡、银行卡、信用卡三卡上交太太的定律,包装费诸如服饰、皮鞋等行头都由太太定点、定量供应,日常迎送、朋友聚会等都得专题报告申请。家庭财务上的行政集权导致的后果是,太太表面确实踏实笃定了。可惜,作为弱势一方的先生必然要进行制度寻租,结果是,一些账外账、非货币性收入都得变卖形成个人的私房钱。醒悟过来的女人了解了这些,心里却又是一万个不踏实:她甚至很担心先生会有额外的手气,比如偷买彩票一不小心中了500万。

我到新公司的时候,办公室是前任张先生的,他出国定居了。我一直催他的亲属来把张的东西做些清理。两年过后,一个女人,可能是他在大陆留守的太太,姗姗来我办公室打开他的抽屉却有许多的重大发现:信封里有一扎整齐的百元面额大钞,还有没送出去的首饰。那一刻她的表情只有一个:喜悲交加。

这个世界上的骗子太多了,傻子明显不够用。舍得并有耐心与身边的人分享财务信息,就不至于让自己的另一半从婚前的优雅变成婚后的俗不可耐,更不至于神经搭错,自贬身家,蒙受褪裙之耻。

从财务自由到心灵自由

俊男美女超越所有的世俗爱得死去活来,终于在故事的终了前以大悲形式达到艺术高潮。农民哥哥拉着财主家的女儿说,我们走吧,过自由的生活。女人总是在这个时候保持着独特的清醒和无奈长叹:我们又能到哪里去?

是的,没有金钱的年代,你又能往哪里去呢?

所谓坚如磐石的爱情,终究无法在山洞里获得温暖;所谓的海枯石烂,无法抗拒食不果腹的煎熬。到了21世纪的今天,你就更别责怪女孩婚前向你提出是否有幢房子的要求。

职场人士也是如此。

S先生在一家中资银行做到了部门经理,每年的收入加上福利在四五十万左右。准确地说,他喜欢自己的行业,但实在不喜欢自己的公司。问他为什么不跳槽,他笑着说,跳槽嘛,从头做起,成本太高。他把大半的闲置资金买了另外一家商业银行的股票。又问他为什么不买自己公司的股票,他的回答是:真的,你一定要相信,我们的公司有多烂!

这是一个悖论。

这又是一个可以打破的悖论。

如果一个人身不由己,无法选择或者放弃眼前的利益时,他可以通过财务自由达到心灵的自由:身体在这里,心爱另有归宿。

与许多的上市公司高管有过饭局接触:中国民航,马应龙,天士力,中科英华,华闻传媒,时代出版,亨通光电,中天科技……作为一个证券投资者,我保持着尊严,从不在饭局上寻求什么公司内幕,更不会傻到极点地问:贵公司的股票可以买吗?最多就是一句隐晦地反问:贵公司经营还不错吧?得到的回答也是中肯的:还行,凑合。

翻开这些公司的高管名录再看其公开薪俸,二三十万左右。这是一群财富无虞、心地踏实、想把公司保持在一个适度发展水平的中青年。这是多数人想要的心灵自由。

BZ所在的是新闻出版业,他在这个单位享受着宽松的制度环境:收入不高,但有着充分的自由支配时间,三五知己周末钓鱼,假日飙车。终于有一天,他对寄存于当下的组织环境感到了厌恶:不合时宜的企业文化与公司伦理。更甚者,在激烈竞争的市场环境里,自己的组织表现出一副老年痴呆的模样。幸运的是,BZ在这样的环境里表现出了豁达和活力。当时代出版(600551)以极大的热情在这个沉闷的市场上逆势前行的时候,BZ扮演了一个积极的投资者角色。他一年多前以13元左右的价格买入了心仪的时代出版——他从事行业内的另外一家优质上市公司。

时间又走到了年终分红的时候,当单位员工像震后的海地灾民抢夺空投的食品一样盯着那块盘子不大的年终蛋糕时,他却在时代出版(600551)上分享着超过200%的投资回报。

这就是财务自由。他可以为这个社会上所有怀才不遇、走过弯路,以及嫁错郎、入错行的人一个重新尝试和走过的机会,助你踏上真正的心灵自由之路。

乡关·情怀

◎ 奔波在城乡之间

清明时节

匆匆这个秋

老家的关系社会

触摸乡愁

生硬的城市

◎ 懵懂年代

童年的歌

我的高考

选学文科

那一个暴风骤雨夜

◎ 给年迈的父亲

记忆里的背影

酒后的一堂课

夏夜谜情

父亲,您还会给我回信吗?

◎ 乡村平凡人

外婆,健在的缠足者

直面虚空的勇气

婶娘往事

宝姑妹子

秃子队长

奔波在城乡之间

清明时节

　　五天后就是一年一度的清明。到合肥留宿一夜。第二天清晨天朗气清,几乎是一口气回到了阔别多年的老家——桐城。

　　买些纸钱,父亲坐在车子前排指路,来到我未曾来过的先人墓前。那是父亲的爷爷,活在一百多年前。烧着纸钱,按当地风俗,在坟头插上买来的花束,两个可爱的女孩争抢着在墓前磕头,大概是受了我的言语激励:谁先磕,将来谁就会更漂亮,考试也会得高分。

　　无法想象如此好的阳光!微风习习,远处农田里油菜花闪烁着金黄,一直朝山脚下的水库延伸,直至与水相接。这里寂静而不寂寥,身边几株不知名的野花绽放,随风摇曳。几百甚至几千年前无心遗落的种子,在每年的这个时节里等着欣赏她的人到来。

　　四十年前,我诞生,四十年后,我来了。

　　远处不断传来妇人的啜泣,一定是那边刚安息了一位她的亲人。故意把车子停得远些,不忍心踩践脚下的花草,不忍惊醒沉睡的山冈。双手枕在脑后仰面躺下,草很松,蓝天如洗,云丝从眼前滑过,心中却有了很怪异的想法,五十年或者六十年后,这里,真是一个好去处。

　　一只孤单的蜜蜂往脸上凑。记忆中任何驱赶的冲动都会招致它的报复。屏住呼吸,它在我的鼻孔、在我的耳朵边作了几次尝试,最终被厚厚的眼镜玻璃给挡了回去,飞走了,自由了。

故意装出睡得很沉的样子,两个城里来的小孩,停止了嬉戏,飞奔过来欢笑着抓住我的左右手拉起我:一个喊我二叔,一个喊我二舅。笑靥如花。

一夜未眠,频频看表,只待曙光。

静静来到弟弟的书房。随手抽下海子诗集,心有驿动。面向大海,春暖花开——幸福的残缺与生命的短暂,让诗人在最青春勃发的季节,发出最热烈的呼喊。海子家属安徽怀宁,与桐城为壤,同属安庆。窃以为,当下对海子的解读很少兼及海子家乡的地域文化,以及海子幼小年代的生活阅历。我深信,那些未曾被生命感动过的人,不妨看看海子的诗;那些在晨曦中凝望原始而又活力的皖中大地的人们,比如我,总会把几滴热泪落在枯黄的书页上。

书的这页标题是《给安庆》,鲜有人提及。海子1987年写就,月份不详。

给安庆
——海子
五岁的透明
五岁的马
你面朝江水
坐下。
四处飘泊
向不谙世事的少女
向安庆城中心神不定的姨妹

打听你。谈论你

可能是妹妹

也可能是姐姐

可能是姻缘

也可能是友情。

匆匆这个秋

  距离上一次秋天回故乡已有十余年。金风依旧送爽,情景多有不似,车子愈是深入到最原始的乡村处,愈是寂寥无比。几株高粱突兀在道路的两旁,身上缠着几株已呈疲态的豇豆蔓。几根长长的干瘪豇豆挂在高粱的火把处,似在等待主人采摘。主人是谁?也许谁都不是,只是去年散落的种子自然生发;或许主人只是留守乡下的孤独干瘪的公公或者婆婆,他们再也无力攀折了,却在不经意间留下一串串风干的风景。

  十年前,这里的石路还要宽广些,两边的蔓藤也无意如此肆虐;极目四周,人气鼎旺,也更热闹。农夫老汉还是很喜欢顶着秋天暖暖的太阳,戴着草帽,扛着锄头哼着当地民谣在田间悠哉。如今,大片的良田都几近荒芜,衰草连天,耳边不时传来鹌鹑遥相呼应的咕咕声。几只野兔格外胆大,在脚下穿行,少顷,对面的黄豆地里应该会留下咀嚼过一堆的豆角残渣。母亲还告诉我一个发生在上周的真实故事:周末从县城返回老家时,发现储藏在罐子里的20只草鸡蛋不翼而飞了。上面的盖子依旧,门窗毫无受损,不可能是盗贼。纳闷中,邻居发现纱窗上有一小孔,还有一只散落的鸡蛋。再明白不过了,黄鼠狼干的好事。

  田园的寂静让人害怕。在我童年的那些日子里,脚下的路是一批顽皮孩子上学的必经之路呢。

今年七八月间,收到家乡年轻村支书来信,告诉我们一个好消息:当年那所历史悠久的龙庵小学在推倒二十年后重新落成了!这所小学是当地的文化高地,解放后,乡下几乎每个有文化底子的人,都在这所破土庵基础上改建的小学里磨蹭过一两年。她的声名鹊起是在恢复高考制度以后。当地的三王家(我父亲也算是其中之一王)总是包揽这方圆几十公里的中考状元、高考状元。当地后来陆续步入清华、北大、中科大的,都能在简历的小学栏内找到龙庵学校的名字。

通往小学的道路正在维修中,把两边二十多年攒下的灌木清除掉是件不太容易的事。我能做的,就是远远地看。想象几十年前,每个驻足此处的人,都能听见朗朗的读书声。这个读书声中,曾经有我的,我的大哥的,弟弟和妹妹的,还有一大批从这里走出去的人们的。

回到桐城市里才渐觉有了人气。因为我要在那里完成一项任务,做表弟蔡先生和新娘齐小姐的证婚人。

表弟大学毕业后,在上海发展,事业爱情发展有今日之成就颇为不易。在我述及表弟上海四年之经历时,新郎官已是潸然泪下。表弟是一个在事业上求新求变求上进的青年,也是一坚守传统的人,女友小齐也是桐城人,雨润安庆分公司工作,小蔡的锲而不舍终究抱得美人归。下一步是什么?我现实地祝愿他们:先在上海安个窝,然后再启动一项很现实的造人计划——小蔡92岁奶奶——我的外婆最大愿望。

……

回上海的卧铺车厢里都是沉睡的人们,对面一位漂亮的女童,求着同样漂亮的妈妈给她出数学题目。这孩子五岁了,不安分地坐到了我的位子上。

一个车厢里都是这个女人好听的乡音:5 加 3 等于几?

孩子摆出一个小手,再摆出三个小指头,于是传来 1,2,3,4……8 一样好听的童声。"是 8!"

"真好,妈妈给你加 100 分!"

"10 加 2 等于几呢?"

孩子伸出两只手,又是 1 往后面数。数到 10,横看竖看觉得不对了。母亲微笑偏不作答,孩子怔着大大的眼睛左看看右看看,再看着我。祈盼着。我起身伸出两个手指靠在她摊开的小手旁,示意她再从头往后数数。

孩子算不对才怪了。

人们又一次听到孩子在母亲的大笑中欢呼雀跃。

母女的口音分明是老家人。他们要到上海去。女人说自己年轻的丈夫已先期在上海打工,有了积蓄后,已经在那里给孩子找了一家比较好的私立幼儿园。

车窗外,寂寥新月冷如钩,我无法承受住这寒漠的深秋夜。我最美好的青春在家乡,但我必须作别家乡,就像这个孩童和她的妈妈,还有小蔡小齐这对幸福的新人。对于我来说,或可作重新思考,面对曾经的人生目标,不应该妥协,更不应在忙碌中星星点点地虚化掉;对许多人来说,美好前程刚刚开始,上海只是一个起点,一个方向。

老家的关系社会

记得十二年前的春节前夕,我回到家乡桐城。从桐城转乡下乘坐的是面的。开面的的司机面容很憔悴,也算是家门口熟人。直到我把三十元递给他并告诉零钱不用找时,他的脸上才有了笑容。他说,他去年倒了大霉,出了两次车祸,撞死了两个行人,伤了三个。单是赔款就花掉八万多。

不是你出了车祸,是你闯了祸。是你剥夺了几条人命。居然你还没有进监狱,没有被判刑,还敢拉我!我笑着问他。

他说,出车祸后,乡镇领导都来调解,死者家属很悲痛,但死者不能复活。双方友好协调也就解决了。

这就是桐城。乐于用"关系"而未必求助于法律、制度来解决社会问题。

此后的日子里,陆续在桐城市里赴过几次宴会。那里的人都有找人陪客的习惯,明明我一个客人,吃饭的时候却来了一批,各行各业都有。酒的规格很高,十几年前就是剑南春以上;烟则是玉溪、中华。要知道,在上海宴请,一个处级干部大众面前抽 10 元一包的红双喜,都不觉得掉价。后来才知道,餐桌的烟酒,都是你送我,我送你,正印证了"会享用的不花钱,花钱的人不享用",烟酒的第一个主人已无法寻踪。

这么多人一起吃饭,彼此互递名片,只为谈交情,寻根溯祖,由此凝聚出许多的共同点。在此后的日子里,这些关系一般都派得上。我朋友的女儿师范毕业后工作由小学调到中学,由乡下调到市里;把桐城户口调到更大的城市,靠的都是桐城熟人帮忙;因为我是桐城人身居上海,每年考生大学录取,自主招生,子女毕业后到上海工作,也追问我能不能找找关系,找个有潜力的好单位。

既然关系如此重要,在桐城,关系的建立基础当然是血缘、师生、同学、朋友。如果这些你都没有,你就必须脱离这个地方。所以,桐城的毕业生高考结束都会把志愿尽量填在外地,至少在未来毕业的时候,寄希望于通过公平的制度获得他心仪的公司或者岗位;因为惧怕关系,即使在安徽的大学生毕业也想着跳出安徽,跳出桐城,以图绕开关系去寻找自己的发展空间。九十年代初,我的两位高中好友、安徽大学经济系的毕业生,一个分配进桐城酒厂,一个在植物油厂,而一个商科中专生却进了银行。差别就在于有否关系,以及关系的硬度。

桐城的社会关系形成,在桐城派文化中也可以看出端倪,人们习惯于向传统向族源去讨教生存立世的法则,对现代社会崇尚的法制、制度并不欣赏。即使今天的桐城已跨入商业相对发达的中小明星城市之外,企业从设立到发展,再到中小企业生存中遇到的资金问题,都可以在餐桌上找到解决方案。

更有趣的是,那些在北京、在上海、在合肥奋斗多年且事业有成的桐城男士们,他们的太太相当多的居然是安徽人或者桐城人。当他们以自己的一己之力在外打拼的时候,心灵世界还是默守着家乡的传统,他们想以最小的成本(以既已存在的"关系"确立婚姻"关系"成本最低)推动事业的升华。所以,当他们背起书包踏上去外地高校的火车时,就盘算着对桐城的女生"下手"。

触摸乡愁

一幢幢两层小楼陆续东西两边竖起,中间那一片突起的高地是王家曾经显赫的老坟。承载雨水多年冲刷,坟顶已经平塌下去了许多。幼年记忆中还能平视的是五厝坟头,如今依旧像五位尊佛,坚固地立在村子的最中央,只不过墓碑上已现"王太祖五世……"的上半截。当年我爷爷告诉我,这些墓壳的覆盖物,是用一种坚固的民间自制混合物凝结而成。主要成分是煮熟的糯米和着黏土槌制而得。看着像水泥,又不是,但比水泥还要牢靠。

坟墓是关于鬼的故事。大人们夜晚刻意在这里谈鬼,后来连小孩子们都不害怕了。夏日晚,如下的场景实在多见。一个年龄稍长的中年汉子光着臂膀,端着马口碗一边往嘴里扒饭,一边把沾着黑泥的脚架在刚露出头的墓碑上吹牛:见过死人复活,听过墓穴私语;当这些都不足以把那些小屁孩从光亮坚实的坟壳上轰走抢得一稍稍整洁的座位时,开口道:那么,现在给你们说一段罗成:

"一岁两岁娘怀里抱,三岁四岁地上跑,五岁六岁耍花枪,七岁八岁会姑娘……"

终于忘词了。边上小女孩一个劲地催促:"后来呢?"

"后来嘛,罗成练枪累了,问妈要了第一碗饭,可肚子还没饱。"大人抹抹嘴,作了个碗口朝下扣的姿势。他要回家盛饭了。

拄着拐杖的算命瞎子先是被老伴后来被七岁儿子牵着,一年也要来这里几回。早春三五月慵懒的女人总趁瞎子在墓顶上歇息的那会儿,先报上自己的生辰八字,祈福当下的困苦、男人的粗暴很快就会过去。命理不差的,往往又是女人和瞎子的一番讨价还价,比如能否半价把儿子的命也给算一算。临近中日,哪家给瞎子供应午饭的,瞎子通常也会算二送一,一边啃着米饭一边兴致勃勃地免费给东家男主人再算一命。

那年我九岁,刚从大病里活过来,又差一点在坟地南面的水塘里淹死过,奶奶一直战战兢兢。瞎子接过奶奶的一碗米饭下肚,兴致大好。"属猴,嗯,未时猴,不错啊,怪精明,一生不愁吃呢。"那时听后,眼见奶奶眉头舒展了许多。

"死瞎子,吃了饭,尽说好话……"那天我刚说完这话,遭到了母亲的大声斥责。

围墓东西栖居的村民遵守着代传的训诂,坐北朝南的五座坟,其南北要永远保持着通畅。北面地势较高,一直是集体农庄时代露天的脱粒场、晒谷场。谷子白天由生产队保管员负责摊开日晒,黄昏时分则要收谷子,将谷子垒出圆锥体形状。保管是位年迈的残疾人。他似乎很陶醉一边抽着老式黄烟斗,一边扛着腐腿享受地垒他的圆锥谷体。左边有点蹩,用扬头往上提一提,左右交换,样子像极了街头的捏面人。在回自个儿家之前,他还要干最后一道活:验鉴,以防监守自盗。那是一只跟当下鞋盒差不多大小的木制箱子,底部刻镂空"丰收"二字。里面装上草木青灰,抓住提手,轻轻朝斜面的谷子上这么一磕,谷子上就出现了"丰收"二字形的青灰大印。四面皆上印后,保管员方满意地长吁一口气。

这是那个年代我最感神奇的事儿之一。这是我认识最早的两个极具原始书法意义的汉字。后来上小学那会儿还由此激发了灵感,喜欢用小刀在橡皮一面刻上"丰收"二字呢。

无须再表差一点要我命的水塘,说说坟场南头偏右的那棵枫树吧。棵龄至少五百年,树干至少四人才可合围,树根似苍虬似龙须,吸盘似地紧紧锁住大地。夏日里树上会被乌鸦垒上几十个铊罗窝,秋风落叶时,这几十个鸦窝又似黑漆漆的干牛粪顶在光秃的丫枝上,几声凌厉而又干枯的工鸦叫预示着一个凄凉的冬天很快要来。

隔年春天,大伯死了。在枫树下举行了隆重的起棺仪式,六十岁的老队长当仁不让地又做了一回悼词主持:

"毛主席说,村上的人死了,开个追悼会,以寄托我们的哀思,使全国人民团结起来。王大伯是我们村子里的好同志,他死得其所。"

第二年春,大树被手工锯了,三个小伙子,忙了两天。

坟场上也有我们孩子听不懂的故事。每个不下雨的晚上,孩子都要在那里玩到很晚,男孩子玩捉迷藏游戏,几个浪漫的女生果真文雅,偏要数天上究竟有几颗星星。间隙,我们也会被大人们愈烈的吵闹声惊吓。

"不要脸,不要皮,不要烧锅(当地男人对老婆的称呼)要小姨。"

"陪保管收稻,陪保管睡觉,你这贱人啥都要。"

用时髦话来说,上一句是男人爱上了小姨子;下一句,女社员性贿赂生产队领导干部。

想想当下一句口头禅颇有理:千万别拿村长不当干部!

在最温暖的马年春节,我又回到那里。弟弟认真地告诉我:总的来说,王氏家族的后代不比过去兴旺呢。

我点头同意:看这五尊裸露的坟头,已不复曾经的圆润结实;墓碑上的名字已可读到碑脚的晚辈名录。两边的楼房不断升高已形成合围之势,当年的谷场也被不畏鬼神的村民辟成了停车场。

枫树几十年前就不在。三岁以野孩子得名的我走失很久又能回家,看到的就是那棵枫树。见到树干上的鸟巢,就知道家的大致方向。

残疾人保管也死了多年。亦不知他当年是否享得艳福。

喜欢作格式化追悼词的老队长也死了。却没有人给他开追悼会。作为王氏家庭最长辈一代,居然没取得在这里安葬的机会。

算命瞎子好像没算出自己的命,死得早。当年牵他手的儿子没有读书,也没有子承父业。

一大群如我当年沉浸在追问罗成招亲"后来呢"的小屁孩,多半已逃离那里,只在春节短暂的时日里,指点给来自城里的孩子:这可是一片我们祖先的墓地哟。

每此刻,孩子紧紧拉着我的手,我怕! 我大声说:莫怕,鬼都死了。

故乡对于我的记忆是什么? 我的乡愁是永远存在的这片墓地,是曾经的苍天大树如今或碾作栋梁或已成腐木,是拥有超越谈鬼色变的不怕鬼的童年。

生硬的城市

来到上海这个城市已整整二十五年。我检讨自己因讨厌缺乏刚劲的吴语侬音而鄙视这座城市的小气和自大,实质不过是自己的陈规孔见作怪;城市,如同我个人,也在不断修炼中完善。终于有一天,我在网络中居然投票赞成上海应该恢复公交采用双语站点播报。语言是城市的魅力之一,当可保留呵护,然城市也需要一成串的属于这个城市的个性东西。新天地能代表上海吗?当我将自己最好外地朋友拉到新天地喝酒时,才发觉这不过是少数中国人的新天地。外国佬乐于在这里找到老家,比如巴黎、慕尼黑、爱丁堡的感觉;中国女孩子当然也乐意抹着浓烈的香水显示出优雅,如果此时被一位路过上海准备到义乌倒腾点小商品的刚果黑人搂着的话,她在中国人面前的感觉也不会变差。

城市在国际化浪潮中有一种急迫,城市在疯狂地长高,钢筋在结网将城市变得更立体。城市的设计者当然不会忘记城市语言、城市文化。戴眼镜可冒充知识分子,城市呢?在文化品位提升的全民诉求中,城市也搬来了各类展览会,大到世博会以及眼下正引起轰动的法国印象派大师莫奈的画展;当然,城市还有各式的主题公园、文化休闲街;道路延伸到哪里,就可一夜之间把一件奇葩式让人狐疑的雕塑作品放在那里。居室变大,主人都有弄些玩物填塞的冲动,城市亦如此。

城市需要文化,而不是用文化符号作视觉压迫。一味求文化"高大上"的单方面移植并不靠谱,城市有时也可包容那些看似肮脏的东西。法兰克福有东欧人在街头玩杂耍,小国比利时首都布鲁塞尔的广场上不时有中国人在秀中国书法,河南人把羊肉串夜摊摆到了纽约大学校门口,在荷兰阿姆斯特丹的大街上官员习惯着头盔骑单车上班,莫斯科紧近红场的弄堂里有一群手执伏特加的酒鬼,而巴黎圣母院的广场前,也时不时有些行为艺术者、小提琴手、独轮车手,自由即兴地为客人表演。这种情势、这景观却在我们标榜的城市文化中被驱赶了、消失了。当年在德国参加法兰克福国际书展期间,我竟然请时任安大出版社的王社长挤进斯图加特的人行道,现瞅着大排档上的烹饪技术流着口水,一人一块烤牛排解决了中餐。

不是说中国的城市一切都不好,只是当下中国每个大城市,都想着把华盛顿作为博物馆之都的名分与新加坡的花园城市名分统统集齐,而忽略了中国早期活跃在城市角落里的落泊艺人、耍唱者、相命者,甚至极普通的炸臭豆腐者。为什么他们需要,这是真实中国人的一部分生存状态;至于老外,则看到了一种有别留辫裹脚陋习的生动和真实。城市在追求优雅的过程中,间隙卖个破绽也是一种技巧。看到下层百姓的真实生活,才算看到了城市的真相。到曼谷第一次看人妖,其实很不适,但无关城市文明;人妖边上还有许多佛僧在做善事;阿姆斯特丹随处可见的男人性器雕像又到底会伤着谁呢?早些年中国官员只能晚上偷偷参观那里的红灯区再拿回几张照片在圈子里炫耀,谁更猥琐,高下立分。

美国第一夫人米切尔弃上海访成都,这是有独到眼光的。成都,一个西部城市,女人把茶摆在路边喝,麻将在公园里碰;第一夫人要看的就是属于中国真实的城市文化。

懵懂年代

童年的歌

　　上个世纪八十年代初,港台的流行音乐之风终究不能迅即刮到内地,张艾嘉首唱的《童年》也只停留当时的收音机及后来的网络检索中。1985年,即我中学生活的最后一年,疲惫于中考前的奋斗,那类似说唱的歌声就是自己唯一的陪伴:知了声,就在树荫下;教诲声,就在课堂;小考砸了,暂时扔掉课本,望着蓝天发发呆,渴望有一张成熟的脸,渴望什么时候长大。

　　马路上追逐嬉戏,偷偷摸摸集体逃课,恶作剧给盲人设路障,手握课本倒骑在牛背上,攀爬果树偷摘幼果……天下孩子所有的顽劣,所有的无知,所有的受到的责骂,所有的欢乐,我都有过。而这些,终随着童年的逝去,一起化作成串的记忆,而《童年》就是记忆阀门的钥匙。

　　来上海体育馆,追踪罗大佑的样子,颇有点让我失望:宽大的黑边眼镜,台下每个纯真的心似被偷窥;永远站不直的身躯,怀疑他真有苦难的童年;唯那副吉他让人想起一个轻狂少年曾经歌唱自由,对海那边世界的向往。其实,真实的罗大佑就是这个样子。终于在去年的夏天,在海的那边,在台湾的乡间城郭,目睹了那些与我们肤色相同为学业而奔波的孩童,还有等待退潮准备把把小脚丫印在沙滩上的孩子(又想起了外婆的澎湖湾),才知道,罗大佑的感受,其实是天下每一个华人孩子的感受。

这是一首不以爱情告白为基调的歌曲,但每一个曾经哼唱听这首歌的过来人,都能从中读懂一种叫朦胧初恋的东西,浅浅的,淡淡的,曾经像云,飘过你的眼前,容不得你柔软的小手触及,她已经飘过。他,就是隔壁班的那个男孩,相约经过你上学的路;她,就是隔壁班级的女生,身影在课间或现于你的教室窗前。

惊喜于上海的中学生读本中,罗大佑的《童年》歌词作为散文选入,这很合我意,不只暗赞那些编委会的眼光,更感怀于那清新纯朴的歌词其实早已浸润于每一个过来人的心中。

附:《童年》歌词
池塘边的榕树上,知了在声声地叫着夏天
操场边的秋千上,只有蝴蝶儿停在上面
黑板上老师的粉笔,还在拼命唧唧喳喳写个不停
等待着下课,等待着放学,等待着游戏的童年

福利社里面什么都有,就是口袋里没有半毛钱
诸葛四郎和魔鬼党,到底谁抢到那支宝剑
隔壁班的那个女孩,怎么还没经过我的窗前
嘴里的零食,手里的漫画,心里初恋的童年

总是要等到睡觉前,才知道功课只做了一点点
总是要等到考试以后,才知道该念的书还没有念
一寸光阴一寸金,老师说过寸金难买寸光阴
一天又一天,一年又一年,迷迷糊糊的童年

没有人知道为什么,太阳总下到山的那一边

没有人能够告诉我,山里面有没有住着神仙

多少的日子里,总是一个人面对着天空发呆

就这么好奇,就这么幻想,这么孤单的童年

阳光下蜻蜓飞过来,一片片绿油油的稻田

水彩蜡笔和万花筒,画不出天边那一道彩虹

什么时候才能,像高年级的同学有张成熟与长大的脸

盼望着假期,盼望着明天,盼望着长大的童年

一天又一天,一年又一年,盼望长大的童年

我的高考

7月7、8、9三天高考,对我的1988年来说,挑战其实是四天。我的记忆得从7月6日写起。

考点设在县城,乡下的考生必须提前一天去县城把三天的食宿安排妥当。7月6日一早,父亲说好骑自行车带我去县城。那天早上,母亲起得格外早,给我煮了面条,外加两个荷包蛋。鸡蛋在那个年代算是奢侈品,一次吃两个鸡蛋,寓意一双筷子边上加两个零,满分100的意思。

6日早晨,太阳刚爬出来,空气就火燎火燎的。胃口不算好,勉强吃了些,就出发了。拿起备考书包,坐在父亲的自行车后面,哈欠连天。考前紧张,一直失眠,父亲知我状态欠佳,劝慰之语却无从说起,只是面有愠色,觉得按我的个性,应该信心十足才对呀。到了县城,才发现临时再去寻找旅馆几无可能,连最低档的招待所也客满了。

江淮地区,梅雨结束之后就是恼人酷热难耐的盛夏,每天 37、38 度高温是常态。到了县城,已近中午,正在街上逛荡找寻食宿地方,天上却突然的阴云密布,间隙着雷声滚滚,连忙与父亲一起把自行车停在树下,钻进附近的一家邮政局躲雨。大雨约莫十几分钟过后停止,太阳又出来了,四处躲避的行人又拥上了街头,卖西瓜的、卖桃的、卖冰棍的,重新从弄堂里推出小车一路吆喝着。我们父子俩又推着自行车继续寻觅晚上睡觉的地方。口干舌燥;心,却比早上来的时候更慌了。

那时还没有手机。从一个弄堂穿出的时候,遇见一位家境很差幼小丧母的李姓同学,真是天无绝人之路!他说他在县城的亲戚给他找了间工厂的仓库,他在那里拼了个简易小床,挂了蚊帐。还算凑合。眼见我现在睡觉地方还无着落,他邀我这几天与他住在一起,同时也让晚上自己在偌大的仓库里有个伴。父亲连忙道谢,看天色不早,我把父亲打发回家,并说自己一切都准备好了,请他放心。

晚上七点前,我们终于把床铺支好,挂上蚊帐,再出去了一碗水饺当晚餐。这仓库四周并没有窗户,里面像个蒸笼,蚊子不停地唱歌,似乎是在欢迎两个外来的新鲜童子肉。一夜醒来七八次,很困,可就是睡不着。新借备考计时用手表指向十二点了,两个人闷得慌,起床后跑到工厂院落中间的水井边,把小木桶拴上绳子,一起奋力拎水,直接冲在对方的身上,无比的快意。彼此的短裤都已湿透,索性都把短裤褪下扔在一边,只有星星在偷看。两人一路爆笑。这一笑,却是难得的放松,顺势赤身躺在光板木床上,居然睡着了!

1988 年的 7 月 7 日上午 9 时,准时开考语文。语文知识一路顺利,知道拼的就是作文了。那时的语文满分是 120 分,作文 40 分。命题作文《习惯》,文体不限。

与众多考生选择议论与说明文体不同的是,我写了记叙文。我虽年龄不大,对生活的解读却是我的特长。我记起了自己的父亲,他是一个乡村中学老师,受"文革"之苦,未能参加高考,却一心一意把自己全部的心血扑在教学上,包括他的几个孩子身上。教学上的难题也好,学生的生活困难也好,在困难凝结待解的那一刻,他总是要习惯性地点燃一支烟,再接着又是一支烟,直到烟屁股都快没了,他要用静静地思考去寻找解决的办法;炎热的夏天夜晚,灯下批改作业,习惯性地用水桶盛水后再用双腿浸入的方式抵御蚊虫的捣乱。吸烟有害,熬夜有害,母亲也这样告诫父亲,但父亲总是用无奈的叹息"这么多年,哎,都习惯了"来回答。

我以第一人称形式刻画了父亲的形象。是这个最朴素的习惯(甚至是恶习),以及乡村教师对教育事业的忠诚感动了他的儿子——我,当然也感动了那些苛刻的阅卷老师。

哗哗地,笔落之声如此悦耳、自信。

7月7日上午,我以我心写就了成功的序曲。

8月1日,来了大学通知书。8月3日,那个与我在7月6日晚裸对星空李姓同学大学通知书也来了。

选学文科

孩子不止一次在谈学习时问我,老爸,你高中为什么没学理科?我也不知道是什么原因,而且我们兄弟三人高中学的全是文科。我尽量避免回答这个尴尬的问题,尤其是当着父母的面。要知道,父亲是初中全能教师,化学讲授更是强中之强。像后来自由选择婚姻一样,我没有征求父亲意见,舍理从文,自由填报了高考志愿,自由选择了职业,自由选择了今天工作的城市。

令父亲欣慰的是,我们兄弟三个都爱上了喝酒,这是对父亲嗜好的最大承继。这个承继对家庭对父亲也是有意义的,逢年过节围坐在桌子边,尽情畅谈那些美好的事、美好的人。也许,这不是承继,是父亲的"诱导"吧。记忆中很小的时候,呆望着父亲喝酒的样子,一脸向往,父亲拿起满杯酒说要让我尝尝:很苦,想吐,于是父亲急忙往夹了一口菜放在我嘴里。

我的生日是阴历6月29日,父母习惯在这天给我电话。今年很是奇巧,这个6月29日与我身份证上的生日编号7月29日居然是同一天!这真是百里挑一,难得的人生际遇了,这一天还同时接收到了许多人的祝福。更令人高兴的是,父母在6月29日的前一天来到了上海。生日的那个晚上,陪着父亲照例喝了差不多半斤白酒。

孩子,如果你以为我只像父亲——你的爷爷一样,能喝一点白酒,就太不了解我了。化学的情怀不曾消失心中:父亲当年自编的元素化合价记忆口诀"二价锡铜硫钡钙锌汞(二家惜童刘备街心滚),三价金铝砷锑钽铁磷(三家金女升梯打铁铃)"我还能背出;"碱溶钾钠铵钡钙,其余金属都除外"也还烂熟于心。初三住校那些晚上,还蹭到父亲的实验室至少做过这些游戏:冬天用酒精灯烘手;学校里没开水了,挑最大的试管用酒精灯加热;烧瓶里放进方便面搁在酒精灯上;我还偷偷地剪了一大块镁条。按初中化学第一册第一课的说法,镁在空气中燃烧会发出耀眼的光芒,镁与氧产生化学反应(典型的化学变化)生成氧化镁。我亲眼目睹父亲在课堂上演示镁燃烧产生的奇特景象(金属还是那块金属,消失的是光芒)。因为有了这个景象,我还私藏了大量镁条,一直带进高中住宿年代的宿舍里,在室友生日那天晚上燃放着。

是的,我们兄弟还制造过炸药,过年的时候自制过威力无比的炮仗。木炭五份,从自家的灶里就可取出;硫黄三份,花五毛钱就可从镇上的卫生院买到;硝烟两份,父亲的实验室就能弄到。三者碾碎混合,挑出一小匙,用点燃的火柴就可测试其配置效果。

我讲这些时,孩子一脸的羡慕,父亲也是开怀之极。回想到了高中阶段选择了文科后,父亲不再过问我们的理化成绩,后来甚至不再过问我们的学习状况了。父亲中学化学课上的精彩仍让人记忆犹新。化学带给我们的回忆却不过仅此而已,我无法从自己现在自认为还挺满意的职业中找到化学的影子。

记忆本身就是一种价值吧。快三十年了,当着父亲的面说起这些时,父亲放下酒杯,微笑着作吃惊状:怪不得那年我发现我实验室的镁条老是被人割去一块!

舍弃化学,舍弃理科,留下一大篓故事,并没有多少遗憾。

那一个暴风骤雨夜

大哥上大学的那年,我正好上高中,弟弟在初中,妹妹在小学。当最小的妹妹考上师范学校时,大哥已经是博士毕业了。童年的记忆很深刻,但属于我们童年的岁月又是如此短暂,以至于我们追忆懵懂年代的时候,兄妹四人间聚少离多成为不得不面对的现实。

昨天,大哥结束在台湾为期一个月的讲学后回西安,他给我的消息是,6月份,他要来复旦进行一个月的学术交流和四场学术报告。兴奋啊!与大哥相聚在一起超过二十天的日子还是二十五年前的事。

二十五年前,有一个风雨之夜的故事,我一定要与他重新讲起。他一定也还记得。

我的老家距离最近的车站桐城县城也有三十余里的路程,大哥的第二个秋季开学也必须从县城转坐大巴到他的学校——芜湖的安徽师范大学。发车时间在早上五点钟。这就意味着,要赶上这班车,大哥必须凌晨两点前从家里出发,先步行到桐城车站。

那个夏夜,父亲不在家。母亲凌晨把大哥叫醒,再把我叫醒。她试探着问我是否可以陪大哥到县城?我揉着没睡醒的眼睛说,我行的,我比爸爸还熟悉这三十里路!这是事实,那年我刚上高中二年级,习惯了一个人步行,并抄一条我最熟悉的近路到县城再转到自己的高中。那晚,母亲尽其所能给我们做了最丰盛早餐。母亲忐忑地把我们送出门时,外面已是暴风骤雨,强烈的闪电让我看见了母亲不放心的脸。

暴雨如注,道路泥泞不堪,借着一道道闪电,我指认着小路带大哥一步一步往前走。走过狭窄的石板桥,下面不再是平时的潺潺流水,而是狂野的轰鸣;走过黑黝的山坳,两旁斜伸出的树木被闪电映得格外狰狞;村庄在风雨中与夜幕连成无边的黑,一声接一声的雷霆间隙听到几声象征性的犬吠——狗也畏惧这样的夜。当我们进入一片低洼区时,才发现这里的池塘与农田与路面完成融为一体(想到了"巴山夜雨涨秋池")。路在哪里?心里在寻问,脚不自觉往前一伸,身体瞬间跌入池塘,水一下到了自己的脖子位置,大哥忙把我拉起,手又被荷茎刺痛,方知我跌落进的是一方荷塘(真的"误入藕花深处")。荷香犹在,那一刻又想刚学过朱自清的《荷塘月色》,只觉得此刻的情境更庄严:如此恐怖之夜,鬼神焉敢出没!脱去上衣,拧干水,复前行。

天色微亮的时候,雨也收敛了一夜的狂躁,渐渐停息。眼前已是一片水世界,却并不再让人害怕。回荡在耳边的尽是清澈悦耳的流水声和蛙声(似"春潮带雨晚来急,野渡无人舟自横"),县城的轮廓渐渐地在我们面前变得清晰。我们兴奋,甚至有点激动:我是人生的第一次履行了一个做父亲的职责,我带着大哥花了近三个小时完成了一件不可思议的艰难行程!……在窗口买好票子,目送着大哥坐上大巴,我的眼泪差一点要出来了。

　　那时没有今天便捷的通信工具。等我新学期开学时,才收到大哥的一份来信,他问我那天是什么时候回到家的。我说,我一个人光着膀子,哼着小曲,赤着脚(凉鞋陷在荷塘里没有捞起来)回家的。那天临近中午的时候,太阳出来了,我一个人靠在路边的大理石界碑上居然不知不觉地睡了一个多小时。

给年迈的父亲

记忆里的背影

"……我看见他戴着黑布小帽,穿着黑布大马褂,深青布棉袍,蹒跚地走到铁道边,慢慢探身下去,尚不大难。可是他穿过铁道,要爬上那边月台,就不容易了。他用两手攀着上面,两脚再向上缩;他肥胖的身子向左微倾,显出努力的样子。这时我看见他的背影,我的泪很快地流下来了。"此段堪称朱自清《背影》精华,是一段五味杂陈的主体感受:是父爱,又不全是;那串眼泪分明是儿子对父亲的深爱。

平庸如我,在大都市里从小与孩子相守,不曾有过离别相送之痛切,因而我隐约害怕有图有真相、在直白相处中失去一份可以纠结的情感和一份有张力的生活图景。文学的描述能够超出事件本身,但我确实无法想象孩子面对空洞的世界可以虚构出跌宕起伏的代际情感。一切的一切,源于我们单调平凡、偶尔沮丧的生活。"他肥胖的身子向左微倾",聪明的孩子大抵可以抄袭这一句来感动或取悦老师,但同样不适用我这副还算"矫健的身子"——为孩子干点力气活,目前还是轻而易举。

然而,我的确有过目及父亲背影的那段可以类比朱自清的情怀。我就读的高中坐落于一个高高的山冈。一年的中秋节,父亲上完下午最后一节课后骑着他那辆老式自行车行了八十多里,给我送母亲做的有肉的黄豆酱，还有几十斤大米什么的。因为担心回路寂寞，十五岁的弟弟也坐在车后座。那天晚上月光很好，到达时已经是晚上九时。父亲把东西放在我宿舍里交代几句给了二十元钱抽身就要走。我知道，他赶回家一样要翻过几段狭窄的山涧和崎岖的路，到家时定是月已西斜。那晚，我就是站在这高高的山冈目睹父亲的背影，还有弟弟的招手，最终一并消失在朦胧的月色里。我静静地站在那儿傻傻地呆望着，再强迫自己将目光收回到身边婆娑斑驳的树影，眼泪终究没有流出来。

也许是生活太安逸，没有了兵荒马乱，没有了颠沛流离，没有了彻心的思念，没有了永恒的守望，人类命运的剧情就注定缺乏冲击力，情感归根荒芜。孩子真的没有目睹过我哪怕短暂别离的时刻，即使在她年幼时，我都是偷偷起床赶火车、赶飞机做一次公差什么的。她也习惯没有我在身边的日子。孩子自幼晕车，一家人集体外出都是心病。当每个周末都得陪她到很远的老师家学琴时，她都在头一天晚上表现出惊恐。严重时，看到我们招手出租，她就开始呕吐。

"Let's go，孩子！"每每此刻，老爸我一下子把她抱起架在我的背上。此时，只有膀子两边硬硬的背骨，没有背影的朦胧，没有背影的遐思，我背着她走了约一个多小时的路程，一路说笑，倒不觉得有多累。也许吧也许，就像秋天枫叶，只待到风中金黄缤纷的那一刻才有矫情的资本，即使没被诗人情种瞅见，至少自个儿悠悠地展现过他清晰的生命纹理并慷慨自在地从你的身边飘过。这一回，我可以为自己感动。

酒后的一堂课

父亲是乡下中学老师，授课范围十项全能：语文，数学，物理，化学，生物，体育。尤以化学、物理教学最为得意，学生多次在全县中考立下名次。

一日下午二时许,父亲满面红光,在铃声响过后的五分钟走上讲台,步子还算稳健。迟到五分钟?那是因为中午别人的宴请,酒又高了。

父亲掩上门,讲物理学上的杠杆原理,什么力距、原点、力臂之类。室外有风,教室门又被推开了。父亲再去掩上,上讲台话又没讲完,门又被推开。如此往复。

父亲做出了一个惊人的举动。他拿起一支食指长的粉笔走下讲台,支撑在门下沿与地面的接触点。说,这就是杠杆原理的最好应用!这个动作引起了全班学生的哄笑,弄得我也很难为情:父亲醉了。

不过,这门终究给顶住了。当父亲走上讲台的那一刻,教科书页已早早被风吹得杂乱无章。父亲一看此页并不是方才讲授的内容,很是诧异。稍后目睹那扇被顶住的门,方知都是恶风搞的鬼。尴尬之余,父亲吟诵道:清风不识字,何故乱翻书!

夏夜谜情

无风的夜晚,繁星璀璨,越看,那星分外地接近你,似乎要给你讲故事。老老少少人手一蒲扇,叭叭地响,既是驱赶蚊子,又作唤风的道具。没有月光的夜晚,偶尔几个妇人袒胸露乳,借给孩子喂奶之际,让私密的地方接接空气中清新的成分。于是,孩童啼哭声渐止,女人们的兴致便又起来,谈些八卦,间或有几个男人插嘴调笑,又被女人集体顶回。男人自讨没趣,却不再有白天的霸气,摇着扇子怏怏地走开了。

这情景就是江边的夏夜!那时乡下还没通电,傍晚时分,大人还在田间劳作,孩子们已经把木榻什么的扛到野外最迎风的地方汇合,纳凉。最炎热的夏夜,大人们可以聊到天明。小孩子们则在带头大哥指挥下,用扇子扑些流萤,装在掏空的咸鸭蛋壳里,到处招摇,笑声一串。

父亲作为当地最有学问的人,很喜欢逗我们孩子玩。怎么玩?猜谜语。什么谜语?据我现在考察,这些谜语至少到目前还没有写在任何一本书里。用父亲的说法,这是他先生的先生的先生传下来的,一般不为外人道也!

现记述一二,说与你听。

谜面:

1. 人不像人样,还站在母亲头上。(打一字)

2. 四把铜锤子,两根金刚钻,扫帚子盖着酱罐。(打一动物)

3. 道士身上两个奶,和尚裤裆里有条筋,虽是平常两个字,猜坏多少读书人。(打两个字的词组)

4．夫妻二人不出头,丁字无钩顺右求,一人裤裆里一个蛋,道士两眼望清流。(打一成语)

这些都是在懵懂孩童时,在虫萤飞舞的夏夜里接受的最原始的语文教育。父亲以说笑的方式给围坐在一起的孩子出这些上等好题,雅俗与否并不重要,反正已经成了我一生中最快乐的记忆。中学开始过集体住宿的日子,给室友猜,笑翻;大学时,再给来自全国各地的室友讲,再次笑翻。

现在父亲的身体很好,但不知今夏之夜,还可说与谁听?

附谜底:

1. 每

2. 水牛(妙在"酱罐"一喻,甚是恰当,搞笑)

3. 平常(道士,谐音"倒士"即为"干",左右各添一点作乳,象形后为"平";"筋"当地指男人生殖器,此处亦谐音为"巾"。此谜妙处在谜面上已指出"虽是平常两个字")

4. 天下太平(多是象形而设,"平"字解释同3)

父亲,您还会给我回信吗?

距离最近的一份父亲来信,恰是1992年的7月,那年我刚大学本科毕业。

信封是普通的,笔迹是父亲一以贯之的字体,蓝黑墨水钢笔书写,行楷,有我的学校,我的名字。两毛钱的邮票贴得还是那么牢。左上角的六位数邮政编码是我当年的大学所在地——上海杨浦区;右下角的六位数邮政编码是我的老家——安徽桐城。

内容大致是,你即将毕业了,有什么打算?是在上海工作,还是回来?言之切切。说到最后,又把我上学的那段时光提起:你从上大学的那天起就一个人背起行囊转车合肥,一个人第一次坐火车到上海;上海是个很大的地方,四年中你能够独立生活下来,我们很欣慰。如今找工作了,做父亲的不能帮助你什么,你自己决定自己的未来吧!

我跟自己赌气,我自己当然可以决定自己的未来。

尽管那一刻,握着手中的信,心中有点酸,但那点酸味很快消失,把信按原样折叠好放进信封里,再按时间顺序一封接一封地压放……至此,这封信至今也就很荣幸地躺在最上头。我真的不想回安徽老家发展,死活我都要在上海打天下。我不断地告诫自己。

一直认为,自己是个生命力极其旺盛的人,我从不会失败,生命也不会灭亡。从很小的时候起,我就学会了独立地生活,学会了替父母干活。如果说自己八岁时垫着凳子拿着锅铲开始做一天三餐饭,你或许不相信;那么,我说我五岁时就替父亲在商店买香烟买火柴,请你千万不要怀疑。

工作了,业余时间异常充裕,于是想到了再读书。读书后,再跳槽寻求更合意的工作。一切还是自己做主,曾经想寻求父母的帮助,但那是多么的不可能!既然学会了在这里生存,就不应该把自己的苦闷把自己的不如意带给朋友,带给亲人。电话成了互通信息最好的方式,每次通话都是欲言又止,结尾都是那么短促,那么机械的、真诚度打折扣的客套:"一切都很好的,你们保重身体呀!"

我选择了自己的女友,并与她结婚,这一切几乎也没有事先征得父母的同意。这可能是做儿子最大的不肖。也曾经想给父亲去一封长长的信,描述自己的恋爱经过,描述女孩的特征,描述自己准备怎样开创自己的工作。我没有,几次抬起笔,总感觉无话可说,硬着头皮写上"亲爱的爸爸妈妈"后,后面的话似乎哽在喉头,一百个不方便说出。有时也恨自己文笔太差,但又不服气地坚持自己有着很好的文采。也许,真的是多年的文笔荒疏让自己对写信这一表达方式有了更多的恐惧。书信,尤其是给父母的书信,可能过于崇高,因为它必须拒绝感情的虚假,儿女的所有情怀都会一字一字地铭刻在真实的方田格里。所以,我宁愿相信,这么多年来,我,已经不敢面对亲人表露那份真实的情感,只在电话里用简短的固定格式语言表达那一份冰冷的礼貌……疏远,近而陌生;陌生,近而冷漠,刚刚舒开的信纸就又慢慢地变成在自己手中不断揉搓的小纸团。再近而,又是无休止的沮丧。

盼望着在明年春天来临前的某月某日,突然收到父亲的亲笔来信。除了从信中读出久违的父子情谊,更会小心翼翼地与爱人与孩子一起分享父亲挑灯写信的情景:父亲握笔的手还是那么有力,写好信后再读给母亲听,以便把母亲的嘱托再行添加。一切都满意了,粘好邮票,父亲骑着自行车到五里路以外的小镇,把信小心地塞进邮筒。

是啊,看着信封邮戳上写着1992年7月25日的字样,我知道那份渐渐弥失的情感又过了十六年。这十六年中,手机换了一个又一个,电话也没少打,但父子的情谊在这个广阔的世界似乎找不出一点感动的痕迹。只知道,在这漫长的无书信日子里,父亲的头发几乎全白了。

如今的我,也已为人父。

也许真的应该坚强起来,给父亲好好写一封信,修复那份真诚而又被冷落的情感。

父亲,如果我给您写信,您还能写信回复我吗?

乡村平凡人

外婆,健在的缠足者

　　奶奶逝于三十年前,不曾记得她的小脚。三十年前,一场大病,却静静地看过外婆的小脚。那些日子里,我时时好奇地从病床上远看近看,看她拾金莲迈着碎步忙里忙外的样子。

　　上个世纪八十年代的乡村里,破落的屋檐下,时见年迈的女人给孙辈喂食,逢孙辈调皮乱窜,女人追赶莫及,掂着小脚,无奈地责骂。乡下人平常很少谈论缠足,最多就是"某某是裹脚的"。你若寻人,遇着没有裹脚的,乡里人随即回答你:"哦,你要找的是那个王大脚!"

　　裹脚,当是天下唯中国女人遭受的额外痛苦。男耕女织的社会家庭结构下,女人待在家,无须健足出行,即使古希腊早期的奥林匹克运动,马拉松也是拒绝女人的。千字文中有"女慕贞洁,男效才良",在伦理道德的天平上,就给男女设定了不同的标准。女人要贞洁,而男人不存在贞洁问题;女人贞洁的重要性也必须胜于男人拥有才良的品质。女人裹脚,就丧失了红杏出墙的机会。

　　与友人谈论缠足恶习的这个起源时,他的回答是"未必"。女人红杏出墙是不便了,但不能阻止男人的寻花问柳。意思是,不缠住男人的足,天下也未必太平。好闲的西门庆官人帽冠被一扫帚弹落,不过抬头一瞥,就顺着美人的方向上楼了。

　　中国女人裹脚的历史,该讨伐的是男人,而且是一位皇帝。一个治国无能却又写得一手好词,性格怪异却又擅风花雪月的南唐李后主,偏好在宫中置一圆桌,上立绝对精致的小足女人起舞。自己于一边赋诵"晚妆初了明肌雪,春殿嫔娥鱼贯列,凤箫吹断水云闲,重按霓裳歌遍彻。临风谁更飘香屑,醉拍阑干情味切。归时休放烛花红,待踏马蹄清夜月。"后人解读,脂粉味道特重的李煜可能是同性恋者。国君变态,安有希望之国？人言,舞文弄墨、附庸风雅的柔性领导者比那些英武果敢的武夫领导者更让人不放心。

　　准确地说,女人裹脚风潮在社会畅通无阻,也是因为男人的自私而选择集体沉默。然而,裹脚的真正痛处在于,这是母亲亲自动手施给年幼女儿的行为！以䩺为美的审美取向从宫中传开,新生女孩被母亲缠足渐渐成为一种时尚。打那以后的一千多年里,女孩的脚就这样被自己的母亲辛辛苦苦地缠着,为人母后,再去缠自己的女儿。为人父者作何感想？或有不忍者,更多的认为不过是天经地义。在女人缠足的千年历史里,为父为兄的男人们的表现真够奇特,很像我上大学时的校方恋爱规章:既不赞成,也不反对。

　　感谢一百五十多年前,洋人敲开了中国大门。欧洲传教士目睹中国之愚昧社会怪现状,且以女人缠足最为惊骇。男人留长辫顺其生长规律,不过是打战不便。女人缠足,却是自残。鸦片战争后,传教士陆续在中国广州、上海等城市开办了"天足会",吸收年幼女子,去恶俗、给新知、不缠足。传教士的新思维,契合了维新派的政治改革主张。梁启超、康有为、谭嗣同、严复开始响应,以解除女人缠足为要务,极力倡导与西洋接轨的新的生活方式。内外呼应,传教士牵手维新派上书大臣李鸿章:维新先去女人缠足。要知道,中堂大人已是封建皇权统治下最开明最具开放意识的官员了。然内忧外患的中国已经把他弄得焦头烂额,他的答复是:我当然知道缠足是可恶的陋习,但中国的事儿实在太多了,我又怎能顾得过来!?

感谢1911年来了辛亥革命。临时国民政府自上而下从制度上发布了倡导健康的生活,禁止女人缠足的规定。但偏居中国广大贫困内地的千万女孩,并不能及时解放自己的脚。我的外婆就是。外婆生于1918年,国民政府颁布禁止缠足令已经过了七个年头了。

95岁的外婆今天依然身体健康,那双小脚就是历史的见证,感谢老天爷还幸留一批有故事但没有跳过踢踏舞的女人。

直面虚空的勇气

他还住在一间土坯垒起的房间里,这种房子在十年前的乡下都已经很难见到了。

除夕的晚上,雪已止,寒星闪烁。兄弟二人踩着起冻的小路,轻轻敲开他的门。一位八十三岁的老人站到了门前,愣愣地看着我们。他也在守岁,一只15瓦的白炽灯挂在灶台边泛着暗黄的光。他裸露的脚后跟,露在半截布鞋外面。一条黄狗偎依在他的脚下取暖。还有一只老母鸡,常年难得见着的灯光让它兴奋,居然在床边踱着方步大摇大摆。锅里摆着两只碗,一双筷子。

耐心地作了自我介绍,他一一叫出我们的名字。"你,叫××,在上海工作,一个很大的城市,繁华。"

"晚上跟谁过年的?"

"一个人过年,烧了鱼还有肉。"

"侄儿没来看你?"

"没有,多年都没有了。"他并没有表现出多少无奈。

他说我们应该在家看春晚,可惜他家没有电视,抱歉了。

……

告别的时候,他踩着半截拖鞋,执意把我们送到门外,驻足了好久。

记忆中,他是干农活的好把式。八十岁那年还下地干活。上面一个大人物偶尔视察路经实在看不下去了,按政策叫当地政府每月补贴150元。老人说他已经很满足了。

他从没有跟人谈起过父母,从不到祖坟上烧烧纸钱什么的。往前数四代,我们供一个祖宗,坟地集中在村子中央的一块高地里。

他排行老二,侄儿无数。但很少来往。据他自己私下说,六十多岁的时候,侄儿盖房子,借了他一笔钱,后来都不承认。

年轻时他的身高得有178厘米。他也从来不谈论女人。抽旱烟,但不嗜酒。

有一年村子里有个女人死了丈夫,一个小伙子自己还没老婆,居然开玩笑对当着大伙的面对他说:喂,要不要把你跟这个女人凑合一下?他摆摆手说,我不要,我不要!

那一会儿,我看到他的脸刹那间通红。

村子里的老人悄悄地告诉我,他是阴阳人,无法与女人苟合。

但他有一副男人的嗓子,还有一脸的山羊胡子。我怀疑这一说。

仔细想来,我们还真没见过他在露天的荒野撒过尿。也没见过炎热的夏天,他在河里洗过澡。

他自觉的人生意义与我们高谈阔论的人生意义,或许大不同。

想见每一个孤寂的夜,他都在想些什么。想过生自己的父母么?想过女人么?是否有过在梦中与女人对话,来表达自己作为万物之灵该拥有的天生不可剥夺的权利?

八十多年里,他真的没有想过?

他是一个智力健全的人。他应该想过。

物质的空白,情感的空白,老无所依,老无所靠。

但这个老人,依然等待龙年钟声敲响的时刻,一个人静静地迎接生命的第八十四个年头到来。

这些日子,我一直在求解这位子老人的人生密码。

对亲人的依盼,对故土的眷念,对友谊的诚挚,对爱情的忠贞,对社会对历史责任的承担,一切以戏剧性的方式让我们经受抉择与考验,一切以地球吸引力的方式让我们无法摆脱,甚至无法承受。消解生命困惑的前提是思想的力度。诗歌于是作为最有思想力度的表现,也在消灭诗人。于是有了海子,有了顾城,愿意用最冷酷的方式惩罚自己,印证沉重生命中的半点绚烂。历史也愿意在诗歌之外,给出诗人另外的人格褒奖——诗人之错,历史之错?

其实,直面虚空更需要勇气。

老人一生直面的,就是一种虚空。

"……她的人生剧本不是沉重的,而是轻盈的。大量降临于她的并非重负,而是生命中不可承受生命之轻。在此之前,她的背叛还充满着激情与快乐,向她展开一条新的道路,通向种种背叛的风险。可倘若这条路走到尽头又怎样呢?一个人可以背叛父母、丈夫、国家以及爱情,但如果父母、丈夫、国家以及爱情都失去了——还有什么可以背叛的呢?"

这人就是萨宾那——昆德拉笔下最有才华、最能洞察世事的女人。身边这位平凡老人无意中做到了最好:生命中最不可承受之轻,他轻易承受得了。在物质与情感的两个荒漠世界里,他都能以人的名义,勇敢穿越。

婶娘往事

二十五年前的五月节(端午节)刚过,我平生第一次见到了我的堂叔。他回来了,而且带了两个人:一个富态端庄的女人,一个约莫十岁的漂亮女儿。其实,应该是带着三个人,端庄女人微凸的小腹,预示着那里还有一个小生命。

这女人皮肤白皙,高高大大,非本地口音。后来看过电影《一江春水向东流》后,才知道她的形象与张忠良的第二任妻子很像。若干年后,我到了上海读大学,才发现在她的身上的确保存着上世纪三四十年代夜上海尊贵女人的气质。

她的出现引起了全村人的好奇。而她也用微笑面对这里一个个辛苦劳作、面朝黄土背朝天的好奇男女。同龄女人多是仰慕,一个劲地追寻她的年龄,然后再是感叹:"你看上去只有二十多呢!"村子里那些真实年龄明显小一号的女孩也老是在偷偷打听这女人用什么样的化妆品、这女人家的女儿的那件漂亮衣服在哪里可以买到。女人不太懂这里的方言,她一一点头面带微笑。她也知道,在未来的岁月里,她要在这贫瘠的土地上与这些男男女女朝夕相处。

村子的男人们不敢多言,也不敢多看。因为我的堂叔可不是好惹的。据说他七岁离家出走后,在江湖上留有许多的传奇故事。人帅,会武功。他是我当年小爷家唯一的儿子,我们两家又是紧挨着。我们喊她老婆——那个女人作"婶娘"。

堂叔用他的智慧在我们当地创造了许多奇迹。开办了当地第一家大型工厂,荣获了县优秀企业家称号。乡政府看他的贡献如此之大,破例在乡政府大院给他置了一间办公房。这是极高的荣誉。堂叔回到村子时,没赶上分田到户。后来,村里也破例重新把上好的田地分给了他家,而且是按四个人口配给的。我婶娘不会种地,也无法忍受自己娇嫩的肌肤暴露在炎炎烈日下。于是,他的左邻右舍、村子里放暑假的小孩子都成了她家的帮工。春天,村民们给她家田地里栽秧苗;夏天,孩子们替他家收割稻子。而这个女人能够做的,就是奉献一手上好的菜:美味,丰盛。这女人的烹饪手艺一流,当地再普通不过的做菜原料,在她的手下款款都是精致诱人。二十多年后的今天,这事还一直被村子里的老人们津津乐道。

那个年代孩子们最高兴的,当然还是平生第一次看到了电视。夏日的傍晚,就着未退的酷热,先在她家吃好晚饭,看《神雕侠侣》,看《乌龙山剿匪记》,俨然不顾飞蚁侵扰。

堂叔及婶婶家的盛世在1990年终结。厂子不景气,工资发不出,工人们把工厂里的东西往家搬。各级领导也纷纷落井下石,把堂叔在乡政府的办公室也给封了。原来合资的浙江老板也走了。堂叔在一夜间成了农民,而他没做过一天农民。他们家的生活一下子拮据起来:他们的第二个儿子也已经快十岁了,四个人自己靠那一亩三分地为生,而这一亩三分地却还得花钱请别人代为打理(光管饭管酒已请不动帮工了)。

当堂叔经过艰苦抉择,外出准备进行第二次创业的时候,我老家那里迎来的一年中最潮湿的雨季。

那是一个暴雨带着闪电的夜晚。一辆面包车辗转来到村子里,车子里下来一帮神色凝重的男人。这个女人——我的婶婶被带上了车子,我的堂妹——如今已是亭亭玉立的大姑娘,也上了那辆车。我母亲拉住婶娘的手说,看在堂叔是单传的份上,这个男孩必须留在这里。这女人哭着,答应了;堂妹早已泣不成声。

车子呼啸着,消失在夜幕中。

这女人老家在浙江常山,她在当地是有老公的。她老公在与我堂叔生意争斗中失败并被关进监狱十五年。堂叔把这个女人带回了我们老家,当时身边那个女孩也是前夫所生。十五年后,这男人出狱,寻到这里,并发下誓言,如果不把妻子和女儿带回去,他要宰了我堂叔。

从此再也没见过这女人,我姑且还称作婶娘的那位漂亮女人。除了在她家看过许多那个年代好看的电视剧以外,不知有多少次亲口尝过她做的各色美味。她是那个年代我们这里最时尚的人。村子里的人第一次知道有一种不甜不辣的酒,叫啤酒,就是她在夏天给我们买的,鼓励我们饮的。她还是第一个把香菜引入我们那里的人。冬天,把香菜洗净,放入火锅,捞起就吃,曾经让我们目瞪口呆。村子里人学着尝过,脸部表情五花八门。

作为我家的邻居,她极尽友善,凡事讲道理,通人情。她来的第三年,我大哥考上了大学,她买了上好的布料,做了体面的衣服送他上学。六年后,我考上了大学,她也精心准备了礼物。即使在家庭凋落,生活一天天变得艰难的日子里,她还是努力保持着尊贵,身上一尘不染,并努力用微笑与那些口音明显与自己不同的老老少少保持着情谊。

这么多年没联系上,也不知道她们母女过得好不好?偶尔春节回老家,村子里都倍添许多陌生的面孔,苍老的女人多数已经含饴弄孙。这些女人就是当年第一眼见着婶娘指指点点啧啧夸奖的年轻妇人。她们还在说着我婶娘的故事,说她给我们这里带来了啤酒,带来了香菜,还带来了一种叫做保持尊贵的东西。

宝姑妹子

女子无才便是德。我不想别人这么看宝姑。她也许有才,但只上了小学一年级,就不能指望她搞出什么哥德巴赫猜想。

她父亲,曾经一个很蹩脚的老男人,58岁时花钱从很远的山里找一个"山猴子"女人结婚了。

婚后第二年,就有了她,宝姑。第三年,有了她的妹妹,宝妹。第四年冬天,这个山里的傻女人又怀孕了。脑门先出,又是女孩,宝姑妈妈像一条沉默的母狗,静静地盯着自己的心肝被男人轻轻地处理完毕(后来有人说这傻女人当时流过泪的)。有人报案,警察来了。傻女人只是哭。她丈夫说,天冷冻死的。公安将信将疑,瞅了这个傻女人一眼,就走了。

老男人本想有个儿子继后,目的未达到。但两个姑娘越长越水灵,老男人心里乐。

宝姑妈妈,那个傻女人,一次洗衣服不小心掉到水里淹死了。

宝姑九岁时读了到一年级下学期,就辍学了。那年开始分田到户。

我妹妹原本跟她在一个班级里。暑假里,我妹妹在家门口做作业,常能看到宝姑麻利地用箩筐挑稻穗子,打我家门前过,赤着脚。冬天洗三个人的衣服,端个小木椅立在上面再一件件挂在门前拉起的绳子上。偶尔闲着的时候,给老头子的黄烟袋里填充粗劣的烟丝。她有时候还指挥着妹妹跟自己一起干活。

失学后的她看我妹妹进入初中了,她只是问学校里情况。我敢打赌,她没有表示一点对读书的奢望。死去的母亲,村里人只说是傻子,她也信了。父亲这年龄本应该做她的爷爷,她也信了这确实是她的父亲。只有妹妹才最像自己的妹妹。劳动、干活、伺候老父,都是命中注定的。

长年的肩挑手扛,将她的身高定格在165厘米,于是她的整个身形朝成熟的方向发展:肤色不再白皙,但更丰腴。格外突出的双峰吸引邪恶男人的目光,于是她变得警觉,把自己束得更紧。她已是美丽的少女,且到了谈婚论嫁的年龄。

说媒的并不多。男人重门庭甚过重色?

同村一个与我同岁的,与高富帅背道而驰的,据说可能一辈子找不着女人的小伙子,他的父母悄悄托人讲亲:女孩就是宝姑。

宝姑近八十的父亲一口答应。他觉得女儿女婿在身边,自己也会有人照顾。宝姑没有什么意见,在她的眼里,从来没有看过真正的高富帅。

结婚了。一个人伺候三位老人。所有的农活都干得漂亮。

有了两个女儿,像她当年的模样。不过,她们都在宝姑的坚持下上学了。

村子里已经没有大男人了。她也鼓励自己的男人到北京做装修。从此,一年夏秋两个最忙的季节,她都像一台机器,把里外一切都运转得很好。

农村里,女人们学会了打麻将。她没有学会。她说,她要照顾孩子。

农村里,女人们不再养鸡什么的,她还养着几十个。她说,孩子读书、公公婆婆、老父吃草鸡蛋有营养。这些年,我母亲每年来上海小住都要整些家乡的草鸡蛋,都是她专门提前为我妈妈积攒的。我母亲逢人就夸,在农村里讨到像宝姑这样的老婆,就是最大的福气。

他男人不算坏。但也不算争气。终于有天在宝姑面前跪下了。

这事得从去年过年说起。

在北京打工的都陆续回来了。宝姑盼到年三十,只等来一封信。她不识字,让女儿看。信是北京某公安分局发过来的。内容是,他找小姐因付账原因跟人家打起来了,警察一并抓了,行政拘留十五天。

平生没遇到此等羞耻事。她觉得自己一生都在按命理完成人生的使命：上孝父母，念慈夫儿。她说，真希望女儿像她一样不识字多好！那样的话，父亲也就不会在女儿心中留下灰暗。

男人回来了。宝姑没有教训他。

哪个男人能不沾上点坏事？

男人还知道要回来，说明心里有老婆有孩子。

过年时候，宝姑还是像以前一样有说有笑，但脸上的皱纹让人完全感觉不到当年也是美女。

细想一下，她帮助很多人实现了愿望：

老父近九十了，老有所依。一日三餐，宝姑送饭。

公公婆婆诅咒儿子没出息，但儿媳妇给他们撑足了门面。

矮穷酸的男人，白捡了一如花似玉的姑娘（结婚没有新三件）。

自个儿养的两个美丽姑娘，偶尔还穿了迷你裙。拉着妈妈宝姑往我的相机镜头里站。

她男人的额上有块疤。据说是从北京回来后，一个响头磕给老婆弄的。

秃子队长

阿三生得虎背熊腰，只可惜是个秃子。孩子们倒不讨厌他，因为他喜欢跟孩子们一起玩，喜欢带孩子们一起趁着夜色看露天电影；他也喜欢说俏皮话，喜欢拿别人开涮，这点村子里的女人却也并不讨厌。孩子们喜欢他，女人又不讨厌他，阿三得以连续三届在选举中以高票担任生产队队长。

那年夏天的阳光一如既往的恶毒，圩堤上几棵小白杨的阴影成了田间干活男人偷懒憩避日头的好去处。烈日近中，树影渐渐地变小，最终缩为一个点。男人没办法了,再跑往圩堤的尽头跑,那里长着一棵不太好看的刺槐树,很颓废的刺槐树,却是这堤坝上最古老的树了。刺槐树老是被人用来拴牛。夏天的老水牛也很痛苦,偏偏在炎热无比的夏天被人驱赶着下地,背上再驮着粘满血丝和皮毛的枷。主人休息的时候,老牛就被牵到这里来,享受这难得的好时光。老牛一边慢嚼着干草,一边不停地用尾巴蹽蚊子,踱着步子轰赶苍蝇,腿却在不停地围着槐树打转。树皮已经被折磨得厉害,有疤的地方树皮又被牛角蹭去了一块,露出白色的木纹,如同现今都市女孩的露脐装,显眼又扎眼。

树下积攒的牛粪,新鲜的,不新鲜的都有,好臭。

阿三就站在离牛不到两米的地方,把草毡取下当扇子扇风。那光秃秃的脑门上,汗珠其实早已无处躲藏,顺着眼帘往下淌。几个男人光着膀子在一起嘻嘻哈哈,亦不知做甚。说到高兴处,一个人会在阿三肥沃的肉感极强的肩膀上偷偷地猛拍一下,阿三队长一定会反过来追打。逃跑的人一边躲闪,一边呼喊:"是给你拍苍蝇呢!是给你拍苍蝇呢!"

也总是有大胆的小孩在这个季节不断地佯装询问:"阿三队长,你的头发呢?"阿三总堆着一脸阴笑说:"你真不知道还是假不知道?真要我告诉你呀?我那个老婆,太厉害了,每天晚上做那事,好力气哟,喜欢骑在我身上,头发都被她扯光了!下面的要不要再看一下?"

"不要!!不要!!"大人孩子一起摆手,求饶:"你就留着给你老婆扯吧,哪天扯完了,再给我们看看哟!"

阿三队长猛地站起来,顺手试图抓住一个全身赤裸的男孩骂道:"小狗日的,看大爷今天不把你的小鸡鸡给割了!"

那小男孩整日阳光曝晒,像个刚果黑娃,身上沾着汗水,泥鳅般地滑,在阿三的大手来临前,已经纵身一跃,跳下圩堤下的水库里,游走了。

那群小屁孩其实也只是随大人随便说说,起起哄,毕竟少不更事,正疑惑刚才那番话时,大人早已笑骂翻:"你这家伙,不愧是秃子,无法无天啦!"

……

秃子一共做了四届队长,横跨二十年。这个纪录至今未有人打破。我是当年那批小屁孩中的一个。我和其他现如今的中年人一样,回忆起童年,公认这位秃子队长是位好同志!

闲适·微记

◎ 世事乱弹
为计生政策放宽欢呼
光鲜的背面
希拉里如是说中国
写在日本大地震之后
吾国吾民中的看客
中国人的嗓门
奥运会上的中国,一个五味杂陈的名字
民间的"三俗"未必就是公害
张悟本是被绿豆击中的?

◎ 艺林微说
数学很难么?——关于中学数学的断想
别拿钱锺书数学成绩说事
音乐不过是音乐
第一次"触电"
首届《中国达人秀》还有哪些软肋
赵本山、小沈阳的赢家法则

◎ 饮食男女
爱情价若何?
幸福的代数式
这算不算爱情?
女人啊,形式爱情就这么重要?
两个男人的好天气
女生的吃相
女为衣狂
酒的自戕
咖啡不是天天有

◎ 忐忑年代
时钟在走
三思而后体检
消极生存法则
未来人怎么写我这个年代
语言植物人
"屌丝"也要正能量

世事乱弹

为计生政策放宽欢呼

中国差不多是世界上唯一实行计划生育的国家,对这个国家的公务人员及城市居民而言,一对夫妇只能生育一个孩子。社科院的一份放开二胎政策建议下发后,网民征求意见中表示赞同的近88%。这说明不只是在官员那里,在民间,给严厉的计划生育政策松绑是符合绝大多数人意愿的。这是合乎逻辑的:严格的计划生育国策如果在五十年前执行,很可能就缺少一批今天的政治家、一批苛刻的网民来严格讨论这一问题。

继续推行一孩政策导致的后果,社科院专家只是蜻蜓点水式剖析,大致是中国已经进入老龄社会,人口红利消失,代际负担加重,中国持续发展中断,出现类似于日本式的长期经济萧条。人是消费者,也是生产者。在索洛经济增长模型中,人与土地、资本、技术推进一样成为经济发展的关键因素。

在医学专家看来,人为地阻止受孕与生产破坏了女性的体内循环系统,母体的天然构造当中需要三五次的怀孕与生育活动去激活,比如刺激雌性胴体。近十几年来,女性疾病中的高发病如乳腺疾病、子宫疾病在中国呈迅速上升之势。改变这一趋势有一个最简单的方法就是,在自己最快乐和最健康的年代,隔那么两三年正常地生一个孩子。

这显然还不够。

长期僵化的生育政策,对未来中国经济、对中国社会带来的负面后果将变得无人承担,因为这一政策的制定者多半已经去了真正的天上人间,他们将看不到中国社会凋敝缺乏生机的景象。陈腐的政策对部分人永远无效:有钱人可以花钱生孩子,有人可以变相去香港、去美国生孩子。当然有钱有权者可以搞婚姻之外的自留地,二奶三奶不只是用来睡觉的,也可以是计划外的生产机器。他们可以保留公职,可以永远留在党内。生育权褪变为经济特权、政治特权。

网曝为领取独生子女证,一对夫妻卖掉了自己刚满十天的第二个孩子。堕胎、人流、还有比人流更严重的强制人流、贩卖儿童,一切与普世价值观完全背离,与人类文明进步背道而驰的行为,在中国大行其道,严厉的计划生育政策间接鼓励了它。更可怕的是,全中国的人几乎都默许并渐渐接受了这个现实:电视里不能出现避孕药的广告,但无痛人流的垃圾医院广告却每天在横行。

法制可以修补与重建,唯人伦秩序是亘古不变的存在,上帝首先创造的是两个人。我们不能想象,在我们的儿女和孙辈那里,汉语中的叔叔、阿姨、姑姑、舅舅、婶婶、弟弟、妹妹、哥哥……很多都是不需要的词汇了。人从离开母亲的脐带伊始,就是一个物理独立而思维渐渐走向开放的人。在一切社会关系当中,人的地位得以确立,一旦兄弟姐妹之情在人际伦理中消失,人们只能在上下等级的血缘关系中维持纵向伦理,而无法从平行的社会关系中获得血亲上的横向道德体验。"孤独的人可以做孤独的事",等级血缘关系灭失后,孤独的人行为和抉择极易表现为暴力和非理性。

自由是天生不可剥夺的人权。国家这一超级机器诞生之后,自由受到了挑战。每个人都不可避免地成为它的纳税人,且要接受少数人的主张。这是民主政治的悖论:奥巴马最终战胜罗姆尼入主白宫的话,49%的人无法实现自己的主张。说立法权、税收权属于国家,生育权却是超越国家、超越政治而存在。人们在失去某些自由的同时,国家因其对人的生命权、生育权可以提供额外的保护而受到人们的支持。弃婴和堕胎非法达成共识,收养善待弃婴和孤儿形成更高的道德自觉。生育是世间万物生生不灭的存在定律,是人,赋予这个世界真实的语言意义;是女人,让这个世界生机无限。即使因人类蓬勃而宇宙依旧洪荒,资源枯竭,但那也只是人类的天数将尽。生活在地球上的人,何须用广阔的宇宙来丈量自己的生存价值?

生育自由权在中国得到迟来的呼吁仍是一种进步。仁政就应该放开二胎,让想生育、有能力生育或者情不自禁生育的女人们,再拥有一次创造力;计生政策应该与时俱进,广纳民意,向那些跃跃欲试的硬爷们服软。为了成就这批游离于政治之外、甘心纳税、甘享天伦的"伟大的夫妻"们,政治不能剥夺他们造爱的机会,也就不应该剥夺他们自由造人的机会。

光鲜的背面

愈是接近权力的顶峰,愈是完美的人——这得益于受控媒体的塑造和碎片化的形象截取。政治清明未必一定要寻找完美无缺的政治代言人,百姓需要的是真实、随性甚至偶尔露出窘相的领导者。克林顿儿时老是拖鼻涕,奥巴马第一次做官与会的时候,有人看见他偷偷地挖鼻孔。更远者,彼得大帝娶了新皇后一年多了,还摆脱不了手淫,而且还被侍卫撞见一次……如果这些你还不信,网络里还能找到以下视频:萨科齐在一次集会主席台讲话时,脚上居然垫了个矮凳(他的确切身高是167厘米),百姓理解那时他正与即将成为第三任太太且身高176厘米的模特打得火热。英国前首相布莱尔被记者发现上班时脚上左右两只袜子居然样式色彩都不一致,媒体猜测他做律师的夫人刚生育第四个儿子,首相晚上洗尿布没睡好,起床太匆匆。意大利政坛不倒翁——这次可能扛不住的贝卢斯科尼,且不说丑闻不断,电视里亲眼实拍此翁在欧盟首脑会议元首交流时掏出手机独自靠边跟在科西加的一个妓女调情(看不出来,但就是有人听得出来。一个懂意大利语的记者后来提供的)。忍受吧,该干的活干得漂亮,那点窘事算得了什么!身边的伟人,毛主席完美不?几近完美。当年老人家看芭蕾剧《白毛女》,见着黄世仁要霸占喜儿时气愤地站起来,想不到皮带松脱,裤子掉了下来,多亏随从眼疾手快一把提住。这事儿当然不能立拍更不能快播,在场的某位后来把这事儿写进了日记。

朱元璋一直被人喊作土皇帝。因为他出身卑微,门第不高,虽然政治上很有作为,但对自己的身份一直很介意。刚做皇帝那会儿,与皇后谈笑,兴致高涨时突然大腿一拍,高兴得跳起来:想不到我老朱也能当开国皇帝!于手舞足蹈中露中寒微时的样子。他并没有留意远远地有两个太监正瞅着发笑。朱元璋出去后,皇后赶紧把两个太监叫到身边告诉他们:皇帝回来后,你们一个要装聋子,一个要装哑巴,否则你们就没命了。朱皇帝回来横竖觉得哪里不对劲,刚才那窘事要是被太监传出去,那还了得!回到后宫,正要处置,问话时发现一聋一哑才作罢。这还得多谢这位皇后——马皇后,在历史上确实也是位了不起的人物,去年还有一部电视剧,专讲她的。

伴君如伴虎。那是因为天子的儿子——皇帝总有那么点龌龊事被这个最亲近的人看得真切。伴君者又不能24小时装聋作哑,用上海话来说有时还要"接领子"。一坊间传闻,不知真假。某市级领导带着随从秘书出席一个合资协议签定会,圆桌会正开得火花四溅时,领导情不自禁地放了一个响屁。还得说这位领导果然是见过风雨的人,面不改色心不跳,严肃地问边上的秘书:早上都吃了些什么?居然还放出这等节奏来了!秘书一脸无辜——不是我放的呀。命运可想而知,第二天秘书下岗,仕途就此折煞。用这位领导的话说:一屁大的事儿不敢承担,还有什么培养前途呢?

希拉里如是说中国

在奥巴马宣称美国要"重返亚洲"并在本月(2010年11月)对中国周边重要邻国进行穿梭外交的前夕,国务卿希拉里的脚步早早踏上东南亚国家领土。在老挝这个中国的传统友好邻邦,希拉里对外界发表了一个意味深长的针对中国的讲话——中国经济增长的奇迹得益于中国人的勤劳。

希拉里这句话是国际外交场合讲的,意图有二:

希拉里走访亚洲为奥巴马访问亚洲四国打前哨,目的就是要抵销中国在亚洲特别是东南亚日益重要的影响,减轻亚洲国家对中国发展的"恐惧"。在美国看来,以中国发展模式为特征的"北京共识"具备被他国引进和效仿的可能;美国更担心的是,中国的全面发展有可能导致社会主义政治制度输出。对老挝这样一个与中国政治体制类似的国家进行敲打的最好办法,就是对中国经济发展的源动力进行另番解读:中国的发展成就不是一党执政的结果,中国的发展成就归功于勤劳的中国人民——对中国普通百姓来说,这话也很中听。

同时,希拉里的言论也代表了金融危机后美国一种普遍的社会反思,美国人当然也能听得出来。

如今在美国的大小商店,找不到"MADE IN CHINA"很困难;特别是在普通生活用品、玩具用品系列里,中国制造已经统治了美国。这些产品大多属于劳动密集型,即依附于中国百姓特别是低层次产业工人的车间劳作;尽管单位利润低得可怜,但仍以其巨大总量为中国赚取了大量外汇,并形成了中美间的巨额贸易不平衡。当美国百姓因为次贷危机、经济萧条抱怨没有工作跑到白宫前游行的时候,中国人却在加班加点。去年有幸参观全球最大的实时印刷车间英格拉姆,订单饱满,机器轰鸣,而工人清一色来自墨西哥,而不是美国人。美国人习惯了太平盛世和超前享乐,美国是全球第一高负债大国,现在花的是外国的钱、未来的钱。与中国百姓的勤劳相对应,中国人崇尚储蓄和节制消费。中国的超额储蓄又多转化为企业投资,从而促进了经济发展。中国所有的商店都喜欢在节假日早开门晚关门,期盼有个好生意;而欧美周末的大街却异常冷清,商店悉数打烊,他们要休闲。

我们大可不必担忧奥巴马的中国周边国家行,更不必在意美印间签署的百亿美元武器大单。奥巴马早在去年11月就访问了北京和上海。在上个月的CNN上有幸看到了奥巴马与美国某中学师生的对话,很是感慨。奥巴马回忆起他到上海访问情形,上海市长告诉他中国的中等教育以及高等教育发展模式。奥巴马也目睹了中国的父母是如何尽一切所能让孩子接受最好的教育,而孩子们又是如何如饥似渴地学习(中国人自己解释为学生负担)。他把这一切讲给美国人听,并告诫美国的学生,散漫和厌学、无视知识价值的教育是缺乏竞争力的。看看中国人吧。

奥马巴果然极其睿智。一次短暂的中国上海之行,就让他看到了中国人是如何一点点积攒起复兴的力量。但又不得不承认,学习和创新能力仍是美国遥遥领先世界诸国的法宝。

美国社会已经不存在直接从事劳动密集型产业的大量工人,类似于一百年前卓别林出演《摩登时代》里的生产线钳工早就在美国消失了。但美国仍以自己的创新智慧为国家积攒了财富,从洛克菲勒到通用,从微软到当下的苹果,世界企业第一的宝座依然属于美国,只不过是企业形态发生了变化:从"技术+劳力"过渡到"资本+技术+创新"。可以说,美国的技术和创新优势、美国基于服务业和虚拟企业的经济增长模式,进一步放大了"中国制造"有形贸易产品的影响力。无处不在的"中国制造"对消费者心理层面的冲击很容易演变成"中国威胁",但从创造价值和攫取超额利润来讲,美国对中国的影响远胜于中国对美国的影响。例如,中国庞大的汽车生产能力中,70%的利润归属国外汽车品牌授权商。

创新的过程是复杂的思想运动而非单纯的体力劳动消耗。太平洋两边的中美两国却呈现出迥异的财富创造模式。美国的财富创造动力非单一的技术变革,金融技术创新也是美国汲取他国财富的重要手段。这绝不是巧合,当中国央行刚刚宣布加息 25 个基点之后,美国仍维持 0—0.25% 联邦基准利率,尽管企业借贷成本超低,但仍不足以吸引美国企业开工,美国执意要把基于金融创新的财富创造、把华尔街的功效发挥到极致。量化宽松货币 6000 亿美元不可能在美国市场消化,因为没有企业再对生产线追加投资感兴趣。投向哪里?类似于中国的亚太新兴市场是优选。人民币也好,大量金融(债券股票黄金等)和非金融资产也罢,均处于价格陡升的阶段。此时不来,更待何时?美国开动印钞机徒增的 6000 亿美元,将来回笼的可能就是 1 万亿,甚至 2 万亿。

当一个国家人民世代坚忍和勤奋时候,这个国家的前途就会最大限度地克服社会制度障碍,中国正是这样做的。当一个国家拼命发展教育并构成全民认知的时候,学习作为创新能力提升的春天就一定会到来,中国也是这样做的。而美国人仍不失他们的智慧,他们清醒地看到了这些。

写在日本大地震之后

(一) 不过是樱花早凋零

多少盛世繁华,一夜风雨,缤纷落去。

日本是天使的国度,也是恶魔狂舞的竞技场。

日本以脱亚入欧为民族进步标本,却无法改变黄皮肤与黑头发的亚洲标签。

日本学到了西方的民主政治,但天皇才是心中的神圣。

那里保存了汉字最纯真的部分,却又不得不打上日本人自己的烙印:片假名。

日本女人据说最守妇道,但那里却盛产全世界最多的AV女郎。

近代东瀛最大的伤痛无疑就是美国人投掷的两颗原子弹,但今日仍要在美国人面前忍气吞声,况且摆脱美国人还是那么遥遥无期。

日本人可以造出全世界最逼真的机器人,但它又是世界邪教最鼎盛的国家之一,世界末日论很盛行。当年的奥姆真理教主麻原聚集了多少善男信女在大森林里,在樱花盛开处,玩起了自焚。

那个为靖国神社辩护、为南京大屠杀辩护、为日本篡改教科书呐喊的狂人石原慎太郎,放言日本地震海啸是自遭"天谴",被日本人痛骂,就像当年被中国人痛骂。

初始的镜头里,大地摇晃下的日本会议室,没有惊愕,没有仓皇。不是日本人有多坚强,而是这个国家属于被震惯了的国度。在局促狭长的日本列岛上,二亿多日本人其实无法选择自己。

几世日本人都想摆脱孤岛困局,但伸出的手一次又一次从朝鲜半岛、从中国、从中国台湾、从吕宋败兴而归。后来发现自己的北方四岛屿也被人拿走了。所谓徒劳无功,想把每朵浪花抓住,到头来,海啸生虐。

日本人就这样纠结着。如同《伊豆的舞女》所描绘的仙界,缥缈与灵虚,但在凝望的眸子里,都是情人的失意与忧伤。

(二)又到甲午年

甲午一战,并非简单的中日海军黄海一战。前后时间大约持续了半年。

阳历1894年8月1日,清政府明发上谕,正式对日宣战:"……朝廷办理此事,实已仁至义尽,而倭人渝盟肇衅,无理已极,势难再予姑容。着李鸿章严饬派出各军,迅速进剿;厚集雄师,陆续进发,以拯韩民于涂炭。"自此中日甲午战争始发平壤。

1894年9月7日—9月15日,平壤大战,系双方陆军首次大规模作战。

1894年9月17日—11月22日,中日于鸭绿江口大东沟附近黄海海战。

1895年1月20日,日军首发部队于山东荣成湾登陆。

1895年1月30日清晨,日军集中优势兵力,对北洋水师威海南岸炮台逐一清除策略,群炮轰击。至下午,南岸炮台全部失守。

1895年2月11日,北洋海军提督丁汝昌自杀殉国。刘公岛陆军统将张文宣,海军将领刘步蟾、杨用霖在保卫战中先后自杀殉国。

1895年2月14日,《威海卫降约》签署,清政府几十年耗费大量心血经营的北洋水师全军覆灭。

欧美列强,英法意德美等强在中日战争中宣布中立。北洋水师的表面强大与清政府腐朽的自负是否能够抗衡早已维新国兴却居弹丸之地倭人,谁也不敢打包票。很快地,大清输了,中国人输了。

《纽约时报》1895年2月19日关于威海卫中国军官的殉国倒是有动情的描写:

"三名中国海军将领,北洋舰队司令丁汝昌将军、右翼总兵兼定远舰舰长刘步蟾将军和张将军,在目前的战争中表现出了比他们的同胞更加坚贞的爱国精神和更高的民族气节,他们值得大清国的人民引为骄傲。他们是通过一种令人哀伤的、悲剧式的方式——自杀,来表现这种可贵的品质的。看来他们也找不到更好的方法来表达情操了。的确,他们被日本人打败了,他们在战败时不苟且偷生,而是在给上司留下信件后自杀殉国。那些信件无疑非常引人注目,但我们很难指望它能公布于众。"

钓鱼岛自此从中国版图分出整120年。

若开战,试问今天:

我们的炮舰是否比日本更锋利?

我们的将领是否有为国捐躯的勇气?

我们能否获得更广泛的国际支持?比如,说服美国承诺《日美安保条约》不适用于钓鱼岛?

我们能否以民族广博胸怀协同港台保钓行为,克服一己之私利同仇敌忾洗百年耻辱?

如果我们不能作出肯定的回答,单有全民族之贲张脉血,我仍不敢肯定我们能赢。

(三) 理性看日的身边青年

我承认,在不知不觉中"毒害"了女儿十多年——用一种自己并不熟悉的精神鸦片——日本文化。

在自己的书架上,陈列着关于日本的文学、随笔作品越来越多。这些并不是自己倾囊所购,仅因身处国内一级出版机构,近月楼台先得月而已。《东瀛悲歌》《菊花刀》(复旦大学出版社2008年版)是中国人写日本的,极尽唯美;日昭和第一女性文学作家林芙美子的《放浪记》《浮云》《晚菊》(复旦大学出版社2007年版),当代日本文坛杰出作家三岛由纪夫、川端康成、大江健三郎的系列作品(复旦大学出版社2009年版)等给一个幼小的中国生命个体来自异乡畛域的生活呈现,她的目光一下子被吸引过去。

她也在尝试着提升自己的阅读深度,跳出自己固有的视角,审视我们的国度曾经的文化是如何让东瀛文人乐此不疲。这不仅仅是怎么穿怎么好看的和服,还有女人头发后面盘起的庞大而华丽的发髻。不错,唐朝人杨贵妃也是这样。能想象吗?青木正儿的《对中国文化的乡愁》、吉川幸次郎等著的《中国文学史》《中国诗史》《宋明诗概说》被复旦社(2011年版)一一引进之后,我和她的自尊心几乎要膨胀了。以战争胜负赢得日本人臣服的,自然是美国人、苏联人。我们能拿出的,能够让日本人心悦诚服的还是过往大中国的那些诗,那些词,那些书法,那些文人骚客,那些礼教。日本人栉沐着、把玩着,富于情趣,丝毫没在意别人怀疑窃用的目光。

如果没有这次钓鱼岛危机,周作人在中国的文化品相一定会大大提升——国内周的作品渐渐开禁。起先,我还认为《唐辛子在日本》(复旦社2010年版)是一本好看的书。一个在日本的中国女人,长得比一般的日本女人还要好看,去了日本,取了一个比日本人还日本人的女人名字,而且专说日本的好话。现在反过来看一看,给女儿毒害最深的也许就是这本极好读的书了。看似无意,但出自一个中国人之口,其间又多了许多关于日本亲子、关于日本教育、关于日本家庭的描述——这些描述似乎刻意与国内的生态现状大相径庭,仿佛在东瀛之国,存着一切的美好,晶莹若富士山峦,灿烂如三月樱花。

最后不得不说,复旦中文系才子汪涌豪,他的《知日的风景》7月份刚在复旦社出版的当天,即被我捎带回家。而那时的孩子刚刚接到赴日交流生的电话通知。汪先生以通透灵异的笔触,以博学把日本的文化比如相扑、歌伶、武士娓娓道来,且有相当深度。我的孩子像饥饿的人扑在面包上一样,迷上了这本书,迷上了日本真正的茶者沏茶用水时,如何用心地如置一铁壶于宁静的陋室,聆听壶盖被水汽顶起时突突的撞击声。

她喜欢这个国度——从文化开始。

而我,在钓鱼岛危机升级的时候,咒骂日本文化的做作、局促狭隘,甚至猥琐。

孰对孰错?

赴日交流的名额自1997年起。千页某国际中学每年给复旦附中一到两名品学兼优的学生名额。日本财团每年提供大约165万日元的学费及生活费资助。赴日两年后与日本学生一起参加日本高考。附中这边给出的要求是,至少要考上东京大学、京都大学、早稻田大学中的一所,以展示中国人的学习能力超过日本学生。而以往复旦附中赴日的交流生基本都做到了。

我不希望中日兵戎相见,那是一个最坏的开局。这不只是孩子的美好愿望可能落空,而是战争不会把中国变得更好。权贵用不着上战场,流血的一定是底层官兵。更可怕的是,在战争的号角还没有吹响之前,出现在街头的可能就是无数的暴民,还有那些惊恐的拿着麻袋抢盐的百姓。我没勇气预测战争的胜负,但我一定能够预测到,今天流氓无产阶级的可怕跟一百多年前的义和团没有分别,跟四十年前的红卫兵也没有分别。于是我们又将会回到那个"攘外必先安内"的高压时代,正常的社会表达再次被抑制,社会再次倒退。

即使在当下黑云压城的时日,她还要和我争辩:对日本只是一种源自文化上的好感,不是哈日,与当下的日本流行文化无关。自甲午后直至可恶的日本侵华年代和可歌可泣的英勇抗日年代,孙中山先生、鲁迅先生、郭沫若先生还有一大批的政治精英和文化名人居然平稳地在日本学习,得到日本人的庇护,与日本人把酒诵吟,切磋棋力,鲜有被砸被抢被迫害之经历。即使在我国52座城市反日游行之际,东瀛的那边民间还是静悄悄的。先期去的学哥学姐,邮件中表达的是比国人还难得的淡定。邻居对他们很好,学校对他们也很好。那里果真是全球犯罪率最低的国家。

这让孩子找到了坚赴日本的理由。有理不在声高,以暴制暴才是最浅陋的野蛮。传统文化与现代文明必须找到最佳契合点,而这正是我们丢失的,又是被当权者几度任意摧毁的。"不战而屈人之兵"是中国人信奉的最高的战争境界,海对面那个爱学习的民族运用得比我们更巧妙。以至于我这个常把爱国挂在嘴边,甚至以断绝她未来几年学习供养相威胁的老父,在一场与十六岁女生的抗日意志较量中,很快歇气、投降了。

吾国吾民中的看客

北周年间,天下大乱,相州总管宇文析与韦孝宽列阵战于邺城。两军刚列开阵势,鼓未擂,旗未展,黑压压的老百姓从家里跑出,扶老携幼看热闹。战事一开,这些本没有明确支持倾向的黎民百姓,在箭矢如雨的两军对射中,呼天抢地,相互践踏,死伤无数……这事儿记载在《资治通鉴》里,说的就是那些良民百姓,少作思考,头脑发热凑热闹,结果弄出了大事情。

同样的事情还发生在清朝道光年间。中国正开始步入积弱年代时,英国却迎来史上最昌盛的维多利亚女王时代。1840年1月16日,女王接到几个鸦片小贩在中国做生意不顺利并被中国人"野蛮阻挠"的报告后,决定要惩罚中国人。一番激烈辩论后,国会以271票赞同,262票反对,决定对中国开战。结果是中国人蒙羞:先有《穿鼻草约》,再有《南京条约》,中国近代史上最痛苦的记忆就此开始。双方交战的过程在英人记录中多有描写,中国守军坚强抗击者有之,战法落伍不堪一击者有之。更有令英军惊讶无比、啼笑皆非的战事情节是:英军与守卫清军交替发炮间隙,岸上总是间隙性挤满了看热闹的群众,指指点点,交头接耳,似乎与己无关。作为侵略者的英人亦疑惑不解:在关乎他们国家命运的战争面前,中国百姓何之如此冷漠?

看客的冷漠,鲁迅先生深恶痛绝过,也曾恨铁不成钢。在他的《药》里就有这样一段描述:几个革命党人被日本宪兵逮住了,五花大绑游街后,接着就是砍头示众。旁边站着一堆穿长衫的中国人,面无表情,往前挤,脖子像被绳子拴住的鸭子,拼命往上提,只想看得更真切,看杀人的现场直播。

普天之下,莫非王土。两军交战,总是先占有利地盘,即使在几千年的中国封建社会里,帝王与百姓间的利益冲突其实也是清晰可见的。你的江山,你做主,干我百姓何系?而当政治借助传媒力量介入时,普通良民百姓,从心理到人格再到行动,被成功调动的几率又是非常之高!所以,吾国吾民,在中国从来就是定义模糊的。

医治麻木的民族、给非理性的国民纠偏,我们始终还没有找到办法。寻找过许多救济的良方,试图将吾国吾民的劣根性挖出并涤净,往往到了最终,却又不得不求助政治力量的介入,而这往往又将中国人带入了另一个极端。"扶清灭洋""杀尽红毛""驱除鞑虏,恢复中华",是皇权绝望中喊出的口号。此时的看客摇身一变为取义成仁的斗士,这不是民族意识的觉醒,是传统的劣根性附加上"极端极进"后现代标签。

翻阅近代中国的大事年表,无论是政治权威的主导,还是民间自动自发,战争、动荡、内讧都无法形成中国记忆性遗产,因为给予最贴切思考与最具人性评判的当下人,在那个年依旧是藏在事件背后的看客。历史越是接近现实,就越容易为机会主义者所蹂躏。

中国人的嗓门

有三五个中国人聚集的地方,就有串联,就有高声语,就有不时爆发的笑声。中国人已经见怪不怪,但到了国外,比如入住宾馆前大堂里的等待,各式餐厅里的觥筹交错,地铁车站航站楼里的百无聊赖,此刻中国人的"动静"都是格外的大,也极易引起外人侧目。

在中国人内部,我们向来不把自己的高嗓门当作"教养的缺失"。曹文轩先生则从文化指向的角度善意地批评中国人,要多些底蕴,要学会静静地涵养自己的性情。他还很不客气地指出,听自己房门的敲打声,就能判定对方是一个农民,还是一位大学生。

中国社会结构脱胎于农耕文明,直接的语言表达作为最快捷的信息沟通方式,联系着散居各地的居民。中国地域广阔,相距三五十米的熟面孔,都会立马迎来彼此响亮的问候"吃过了吗?""吃过了,你呢?"这种方式非常有效,比拇指手机至少快两倍。当然,要在这三五十米内准确传达信息,大嗓门是必需的。央视每隔两年举办的青歌赛中,原生态选手就是农耕文明残存的典型:几乎人人都可高八度吊嗓子,这足让长眠在亚平宁的帕瓦罗蒂欣慰无比。

不断加快的城市化步伐聚拢了那些散居的民众,他们的距离从来没有像今天这样靠近,进而升级为愈益严重的城市病——交通拥挤——上海地铁有一女孩被挤怀孕。当然,这是隐晦的段子。这消息很快得以澄清——是则假新闻。但物理上的近距离并没有压低中国人的嗓门。早期雅典城邦的建立形成了公共事务集中高效处理的城市管理模式,但在中国的近代城市的发展进程中,公共秩序一度遭到破坏,比如"文革"期间的"文斗",真理求教于嗓门,求教于帮派的声势。"揭发和揭批""血泪控诉"式的呐喊最容易获得同情和赢得掌声。文人在那些日子失落得最厉害,为什么?输就输在文弱的语言和文绉绉的气质。文明遇挫通常的情形是,法制被搁置一边,赢家制胜凭的是拳头和嗓门,理性的思辨和虚心的聆听一天天远去。

我也曾对快递业务员、对送水工急促而沉重的敲门声心生讨厌,对那些可以猜测的、温柔的、彬彬有礼的敲门声总是轻声而亲切地回应——"请进"。其实,今天这里讲中国人没有教养只有大嗓门并不贴切,长久的缺省弹性思维已经把我们的情感钝化。比如,我们很容易接受强硬的语言(最最、伟大、万岁之类),很容易接受强硬的音乐(前进、前进、进),对文学或者音乐当中的情感曲折和峰回路转式的情节跳跃,已缺乏足够的关注和品味。在我幼小的心灵里,在我的童年,在我居住的乡下,一对最时尚的上海知青,一边在田间干着农活,一边聆听搁在田埂上的双卡录音机传来的动感十足的迪高——整个夏天就这一首曲子。即使年龄稍长——比如我大学毕业那年的冬天回到桐城,大街小巷的发屋、商店、餐馆飘进耳朵的都是叶倩文的"何不潇洒走一回"。周遭的行人似乎听觉麻木,欣然忍受着一个文化名城被莫名僵硬的声音统治着。

如果不能从人种声带构造上证实中国人天生拥有大嗓门,中国人作为一个谦虚而有教养的民族,发出大大的嗓门声之前至少得先学会聆听吧。

奥运会上的中国,一个五味杂陈的名字

伦敦奥运会还未过半,中国不经意间又成了国际焦点。一切拜托网络社会的功劳。第一天的开幕式,人们比较伦敦奥运会开幕式与2008年北京奥运会开幕式的优劣。综合世界各大报社的信息,国人的自我否定胜于外媒对北京的肯定,这很奇怪。再联想到今日国人对中国金牌至上的恶评,又觉得不太奇怪。伦敦奥运会,真正成了一场中国人自我反省并自我进行国际形象检讨的舞台。

这场内部反省还在持续发酵。举重选手周俊入选的背后故事机关重重。孙杨与朴泰桓之争引发的中韩口水战再到200米颁奖仪式中国国旗落在韩国下方让国人怀疑这又是一场韩式阴谋和不怀好意。一直擅长"算计"并津津乐道于"田忌赛马"的百姓一夜间不再理会中国人是如何吃透羽毛球比赛规则,而纷纷加入责骂中国女双于洋组合比赛的丑陋。两名帮助哈萨克斯坦赢得举重金牌的女运动员偏偏否认生在中国且尤爱她现在的国家,而相貌上她们真的不像汉人了。乒乓球女单冠军李晓霞是如何缺乏风度对领导感谢一番,又如何在赛场面对同胞丁宁时的凶神恶煞。举重银牌选手如何面对镜头悲痛欲绝狂呼对不起中国、对不起这个那个……未来几天一定还有许多许多故事。总之,中国人夺金之喜与失金之悲,都得有眼泪为伴,都得有感谢与检讨。奥运唯金牌,始于1984年洛杉矶奥运会,高潮于北京奥运会,但这一观点在本届奥运会

上首次遇到了国民说"不"的窘境。理由无非是：国内方方面面矛盾交织，体育大国不等于体育强国，国民健康状况未有明显改善，政府好大喜功以金钱堆砌金牌塑造十五天的快感，每一枚金牌后面都有肮脏的东西。

外部的质疑也在持续。所有针对叶诗文的偏见来自西方，还振振有词自己拥有"质疑的权利，女人超出男人的速度不符合生理规律"。即使在国际泳联主席力挺叶诗文且以叶三次尿检合格否认这一质疑时，外界的疑虑仍未消除。这一疑虑已不限于叶诗文，也不限于中国游泳界，而是中国整个体育界，甚至是中国的所有政治政策。比如，不透明的训练方法、不透明的军事目标、不透明的宗教政策、不透明的政治操作。对世界某些人来说，"中国"二字有时不幸成为真相缺乏的危险符号。结果是，中国的金牌愈多，越被外人诟病，负面消息越是被掘地三尺，中国愈是被人看不起，我们苦心经营的国家形象愈是糟糕透顶。

这么说吧，在重商和功利时代，每个运动员的金牌都包含着汗水和伤痛。在奥运会这个大舞台上，冠军的成色是真实的，干净的冠军值得尊重。金牌的兴奋与银牌的失意在中国人身上表现尤甚，是因为在中国特色的"算计"与"田忌赛马"的头脑奥林匹克哲学之外，我们也信奉金钱的力量。金钱催生金牌，金牌可以创造政治动员并为政治加分。生在一个人口众多且意识形态迥异于西方的大国，咒骂金牌无用论毕竟太过草率，中国需要料，特别是在这个不确定的年代。那些抱怨用金钱堆砌出金牌的人可以闭嘴——在我们的国家公款吃喝与无效投资方面又浪费了多少百姓财富呢？金牌毕竟是金牌——尽管本届奥运会的金牌黄金含量是历届最低的——约合500美金。尽管这金牌与我毫无干系，金牌可兑换的500美金与我亦无干系。可以自慰地说，金牌战略还不是一项无效的和最腐败的投资。

法国人顾拜旦倡导的"更高更快更强"奥运精神，终不过是今天某些西方圣士的冠冕堂皇之语。我不喜欢李永波,诟病国家体委,但我无法认可惩罚中韩印尼八名羽毛球运动员的理由:6000名观众可是花了平均50英镑的钱来看比赛的!这是否意味着在没有电视直播广告商参与,或者只有了了几个观众,而且又是一个并非源于欧美且不能讨好欧美观众的项目,就可以打"默契球"呢?奥运会与国际单项体育联合会比如与国际足联下的世界杯,从申办到主办,商业目标总是不自觉地超越了奥林匹克精神本身。再说一句,在中国女双这场"争输"的闹剧中,韩国人俨然是五十步笑百步,"中国先这么干的",还装出委曲的样子要申诉。这一点上,中国倒是有闪光之处:不上诉,一切都认了。

中国是条龙,聚积了可上九天揽月可入五洋捉鳖,无所不能又无所不为让人无法定义的图腾形象。中国二字,天生就是一个让人五味杂陈的名字,只不过本届奥运会放大了国人的迷茫,加重了世界的困惑。我们要金牌,我们又讨厌金牌;当有一天十三亿人的中国说不玩奥运了,四年一次的奥运会还能玩些什么吗?中国人知道不能再拿金牌了,可全世界人民不知道中国究竟又要干什么。

民间的"三俗"未必就是公害

郭德刚终于为自己积郁已久的非主流行为闯了大祸。徒弟打了人,师傅偏偏不明大义地声援,而且运用的是超级现代的相声与博客形式。郭德刚上不了主流封面,习惯于远离春晚,心甘情愿地在自己开办的德云社里闷声不响地发些乡下俚人的小财,与正规媒体倒也相安无事了好多年。郭德刚做的其实就是一个小买卖,相声口活,本不易。再加上中国的俗人又多,口味又大不同,还得常常更新点油段子。德云社挺下来,靠的全是郭氏的吐故纳新。那会儿,百姓自掏腰包,看了乐了笑了,走人,类似足球流氓赛后折腾点事儿,当不会发生。

而今,郭德刚式的定点艺乞——他的小本生意店德云社终于"被整顿"了。更大的头衔是,郭已是中央自上而下治理三俗的重点狙击对象。那个无厘头的开场白"床前明月光,疑是地上霜,举头望明月,我是郭德刚"——德云社的常客们估计也不会再听到了。

从精神文明到以德治国,从反对精神污染到反三俗,政治口号终于有了理性回归,借着60年后海峡两岸国共两党蜜月期的重新来到,蒋先生的新道德运动大旗又被重新祭起。我承认三俗相当严重,且问,"低俗、庸俗、媚俗"的发轫在哪里?三俗的破坏区间、破坏强度又集中在哪里?三俗的主力传播者正是权力垄断部门:电视,电台,电信,包括郭德纲徒弟打人对象——报社;三俗的破坏区间当然是偏好勾兑三俗权力关系的政治官员。权力勾结了三俗,才会导致不受约束的权力,不作为的正当权力,以及权力的滥用;至于江湖荤段子,乡村野夫,市井小民,淘的都是二手货,茶余饭后,跑到德云社听民间天才郭德刚耍一把开心事,自己跟着呵呵一乐,完事。

这个世界上,那些白天辛勤劳作的平头百姓,他们的精彩无法上头条,几个草根好不容易走上中国达人秀,已经有人表达了"不够艺术性"。他们从来不会被主张为雅士,他们甚至甘愿被称为俗人,他们是中国的大多数。其中的一些俗人在今天被剥夺了"还俗"的机会,他们可能再也无法回到德云社了。于是,高温夏夜,一不小心收到几个俗人群发的一郭氏语录,以表达对失去快乐的愤懑——"你这副无耻的样子,颇有我当年的风采!"

张悟本是被绿豆击中的?

央视《新闻1+1》列举了张悟本的"四宗罪":身世造假,身份造假,违反常识,牟取暴利。接着就是张悟本在北京的诊所关门,再接着就是他那本在6个月内狂销300万册的《把吃出来的病吃回去》(人民日报出版社出版)陆续在全国各地新华书店下架。

张悟本其实有点冤。

身份造假、身世造假,多半是狂人吹牛,也可能是背后的推手比如图书营销公司的夸大性宣传。吹牛不犯法。当下的中国,有谁还相信"中华中医学会健康分会理事""国家卫生部首批高级营养专家"的可靠性?刚会写两个字的,名片上就会是"书法协会某分会秘书长";刚发了几篇关于上海经济转型的文章,头衔就忽悠为"海派经济学家"。这是浮躁年代的集体名片。从法律层面上看,这些虚拟的组织和机构名称因不存在明确的实体,张悟本的侵害指向并不存在。指责张的学历造假以及"中医世家"的造假意义似乎也不大,在伟大中华医学面前,难道真的是学历越高医术越高明?李时珍算是几段水平呢?

说张违反常识前,当然更要看张说的这些东西到底是不是"常识"。张的这句"糖尿病、高血压病人不必终身服药"被人狠批,在下没资格妄言,但从逻辑判断来说,这句话中的关键词"不必终身"倒是包含着理性的成分。

在张明码标价的行医规则下,张的挂号费为2000元、讲座出场费20万元是简单的市场拍卖结果。因为这个市场上只存在一个张悟本,供需的不平衡让张悟本与求医者间容易达成2000元这个双方均可接受的价格。这与"普通门诊""副教授专家门诊""教授专家门诊"三段不同挂号收费类似,牟取暴利理由仍不充足。

张悟本事件凸显以下三大困境。

其一,中医之困。中华医学门派林立,数量之多,神仙之多,远超中华武术门派。然武术已走向世界,中华医学走向世界却是困境重重,尴尬无比。阴阳五行、相生相克理论至今还无法拿出令洋人信服的分子式、化学作用机理而被洋人拒之门外。如今,针灸的命运好一些,但拔罐、刮痧仍被置于玄乎神秘的境地。中国又是一个吃的王国,所以在中国,食补与药补、养生与保健均在哪怕是绿豆之类的小玩意儿身上,都被中国人赋予了许多新的含义。殊不知,类似国内食品外包装上厂家偏爱打上"具有抗癌效果",这东西在出口美国及欧盟之前,是一定要清除的。

其二,医改之困。社会保障体系的欠缺以及医改的方向性错误导致平民医院、公立医院资源配置失衡,"看病难"与"看不起病"成为社会问题。中医里还剩下的那点"望闻问切"在中医院里也被弃之不用,"血检、B型超声、CT扫描"成为患者必备刑具。张悟本之神奇,神就神在他轻而易举地替百姓患者找了一种"简便、价廉、易得"的养生救命稻草,绿豆就是其中之一。这绿豆绿色天然,大棚养不出,凡人吃不死。旧社会,百姓信大神,是知识缺乏;今天,百姓信绿豆,是口袋干瘪。

其三,图书监管之困。目前各地新华书店陆续下架收回张悟本的"大作"《把吃出的病吃回去》,下架的理由并不充分。于是新闻出版总署紧急商议对策,凡今后涉及养生保健、医疗卫生方面的图书必经专家审读。这其实也是有很大问题的。中医专家门派林立,立场各异。单是蔬菜,张悟本的《把吃出来的病吃回去》认为"多吃生拌菜一类的素食,可以把肝火降下来";某专家的《病从寒中来》则认为"生蔬菜有让身体变冷的作用,不要多吃,真要吃的话要放能使体温上升的盐";另一位专家的《这样吃最健康》则直接说,"蔬菜属碱性食物,一定要多吃。"到底听谁的?没人敢拍胸保证自己是正确的。

西方大多数国家奉行新闻出版自由,这一方面是呼应宪法体系下的言论自由,另一方面,西方社会更崇尚个体价值以及文化创新,现在的"伪科学"未必不是将来的真理,现在的"另类和异己"未必不是百年以后的"普世规则"。其间作者以及出版商有可能同样遭受社会民众及相关民间组织的抗议,比如"暴力教唆、邪教、性犯罪、世界末日"之命题,但"真理"总在争论中形成,社会抗争具有自动"涤清"市场的作用。

绿豆价格暴升据说部分是张悟本图书间接推动的结果,但不能据此给张悟本定个"妨碍市场经济秩序"罪;农民一样按市场需求规律组织生产与消费。毕竟绿豆不是鸦片,偶尔多吃点,也不能说是张悟本教导的结果,也不会对社会有什么坏处。

艺林微说

数学很难么？——关于中学数学的断想

对在校中学生来说，数学不仅重要，而且很难。以至于高中文理分科时，数学成为风向标。数学学得好的，选理科，数学不行的，选文科。女生似乎较男生更畏数学，所以，女生选择文科的较男生多许多，只是不便承认，还美其名曰"从小爱好的就是文学"。

高考数学拿满分，不能说明我的数学天赋有多高。看到现在孩子们初一的数学教科书，还是想谈谈自己的看法。

（一）我们的数学教学到底有没有什么捷径

说出来，也许大家都会吓一跳。人类未来的发展一定超越我们的想象，人类过去的发展何尝不让今天的我们汗颜呢？如今，中国几亿儿童入学、入幼儿园学的阿拉伯数字竟是公元前三千年前的产物。也就是5000年前，印度人就开始采用十进位制的计算法了。

而孩子进入初中时开始接触的几何学呢？欧几里得的《几何原本》在公元前四世纪就已经诞生了。13卷中书中包含了5条"公理"、5条"公设"、23个定义和467个命题。它由浅到深，从简至繁，先后论述了直边形、圆、比例论、相似形、数、立体几何以及穷竭法等内容。

我们高中阶段学的导数微积分概念,在 17 世纪的牛顿力学巨著《自然哲学的数学原理》中,就已经有较完备的阐述了。1684 年,莱布尼茨发表了第一篇微分学论文《一种求极大值与极小值以及求切线的新方法》(简称《新方法》),它包含了微分记号、函数和、差、积、商、乘幂与方根的微分法则,还包含了微分法在求极值、拐点等方面的广泛应用。这竟与我们的大学数学课本几乎完全一致!

一直在想,我们的数学教学能否找到一种方法的突破,是否非得一定循着数字、几何、微积分的步骤一点一点前进?能否超越几千年来数学发展的传统路径,从中间一段开始纵向横向并肩发展?更重要的是,能够糅合近现代数学进步,利用计算机技术完成传统中学数学庞杂计算功能的变革?

(二) 数学兴趣的培养

女儿的初一课本中已经有了代数式的加减乘除运算。我告诉她,在我当年的课堂上,一般老师在开讲这课之前都要跟我们做一个游戏。她摇摇头说他们学校没有过。我告诉她,游戏开始。(有兴趣读者也可参与)

"你随意设想一个数(只要不是零)……好了吗?"

"好了。"她回答。

"再加上你设想的这个数。"

"好了。"她又回答。

"再把结果乘以 2。"

"再减去你设想的那个数。"

"好了。"她一步步计算后并回答我。

"再把结果除以你设想的那个数。"

她正在认真的计算,不过我已经提前告诉她答案了。

"答案是不是3呀?"

"真是的耶!"她觉得我太神奇。

神奇吗?一点都不神奇。设她想的那个数为A,我让她自乘的那个数字为N。则上式可以表示为$[(A+A)\times N-A]/A=2N-1$

结果只与我设定的被乘数有关。我这点小把戏在六年级的孩子那里足够创造神奇了。

很遗憾,现在的老师都热衷于填鸭式教育,热衷于让孩子做大量的习题,却很少从更广阔的视野来优化中国孩子的数学教育,也把许多有天赋的孩子扼杀了。

再说一个你可能不相信的事实。在我们这代人脑海里,最小的自然数是1。翻看现在的《辞海》《新华字典》里关于"自然数"的表述,无不把1视作最小的自然数。可现在的中学预备班数学里,这个最小的自然数已经变为0了。这是真的!

别拿钱锺书数学成绩说事

复旦千分考、北约、华约以及卓越联盟的自主招生笔试结束,二月风暴渐入尾声。

高校自主招生肇始于对一考定终身的高考制度的反思,打着的旗号则是"推进和深化高等教育制度改革,包括高考制度"。

自主招生联考是对考生再次加压还是多种选择?

自主招生是增加高校办学自主权还是另一场生源争夺战?

其中的公平性和自主性何以"两全"?

自主招生的幸运者能否表现出持续的胜人一筹?

教育专家如果无法给出相对合理的解释,就不能轻言"狂飙突进"的自主招生是有效的。

如果你认为既定的高考制度无法选拔优秀的学生,那另一个事实是,高校优质生源早已出现愈如向名校集中的趋势,北大、清华爱的就是高考状元。高校是学生学习能力向创新能力转化的孵化基地。一锤定音的高考不就是学习能力最好的检测吗?

复旦大学招生办似乎给出了有说服力的答案:那些通过自主招生进来的且按照当年高考成绩未必进得了复旦的同学在大学里表现出了优势。但问题是,这个优势能否转化为持续的优势?大学四年后的人生长河里,他能否成为学术精英、商业精英或者政治精英,甚至成为一个人格健全享有美誉的人?现阶段表现出的优势,仍不过还停留在成绩评价阶段,与高中阶段的课程考察没有本质差别。自主招生时间不过七年,那些幸运者未来可否成大器,还需要实证数据验证。

在高考层面上,总觉得这个社会应该为公平牺牲一点效率。一千三百多年的科举制度还未到否定的时候。清代57位状元的家世考察,仕宦家庭出身的共29位,占51%,祖辈包括内阁大学士、军机大臣、部院大臣、总督、巡抚等,翁同龢便是;普通家庭出身金榜题名的占到了49%,后为商贾的张謇便是。现今的高考制度延续与继承了为数不多的社会公平——要知道,单是自主招生的考试成本,就把许多贫寒学生阻隔在外了。

主观性面试环节无法保证公平,也未必就能够网筛出一眼相中的人才。今年复旦千分考有这样一道面试题:面试官指着面前的一次性纸杯(市场价格大致在1毛钱左右),问考生如何把它以500元卖出?面试生给出的答案是请某个名人签名后再卖出。只不过甲说姚明,乙说刘翔。

你能分辨甲乙孰优孰劣?

高校行政化阴影不去,用大楼、用状元数量、科研论文数量比拼排名,真正关心学生终身教育的长久措施究竟有多少呢?甘愿为大学、为学生请命的校长又有几个呢?掐苗一批聪颖的学生,不过是高校用自身的特权优先获得一份上等的烹饪材料,以此来掩盖伙房的粗糙和不思进取的厨艺。

钱锺书是大家,当年进清华的数学成绩不过15分,这已经成为现今拿高考制度开刀的最好借口:高考招不到奇才和偏才。不过,当年数学成绩很差但被录取的清华新生大有人在,吴晗(0分)、季羡林(4分),但最新档案记载,钱还是被正式录取的。而当年的清华是何等品格的清华呢?

音乐不过是音乐

很多年前,拿着一张赠票,跑到人民广场附近的上海大剧院看了一场理查德·克莱德曼的钢琴专场。那确实只能说是"看",顺便看看先进得几近奢华的新落成大剧院。黑白键上是克莱德曼那双会跳舞的手,流溢的则是轻缥的音乐,抒情成分多些,很能打动人。钢琴王子名不虚传,英俊帅气。因为这是仅有一次大剧院的经历,我此后从未标榜过,对那些严肃或古典或素名为高雅的音乐,我是无论如何也不好意思给自己贴上可以"欣赏"标签的。

我没有理由承认自己缺少音乐细胞,我相信自己只是缺乏音乐最基本的训练。等到初为人父的时候,我迫不及待地把学音乐的重任扔给了孩子。在陪她学琴十年的时间里,每个周末的课程现场,除了无聊之极在一旁玩弄着手机外,我能做的也就是看看老师怎么教,看看孩子怎么学。孩子十级证书拿到后,我还是我。于是我深知,我再也不能以看客的身份混迹于大剧院这样一个绅士和淑女鱼贯进出的场合了。

"走进音乐世界"——中央音乐学院副院长周海宏教授在北京国家大剧院的讲座,多多少少澄清了普通人对音乐理解的误区,告诉我一个关于音乐审美意境的真相。这让我这个菜鸟级伪音乐爱好者轻松许多,以至于让我有了第二次、第三次走进上海大剧院体验音乐的冲动,测试自己是否还拥有"感受"的能力。

——大多数音乐作品,作曲家都没有明确有表现意图,现存的对绝大多数乐曲的所谓解读,其实都包含着很多解说者个人的主观想象成分,甚至许多作品的标题都是后人加上去的。

——搞音乐的人和那些真正喜欢音乐的人在欣赏音乐的时候,从不过问内容懂与不懂的问题。

——音乐是靠"联觉"来表现各种内容的,作曲家凭借"联觉"选择与组织音响,欣赏者靠"联觉"体验作曲家的表现意图,共同的"联觉"反应是沟通作曲家与听众的桥梁。

——丰富的联想是理解音乐的前提,每个人的音乐细胞其实都很发达,每个人音乐感受力都很强。

——在音乐的审美活动中,体验重于理解,理解得对与不对并不重要,重要的是在音乐当中获得丰富的感受。

——在音乐欣赏过程中,良好的感性体验增加了人们的趣味和享受,个人感性素质提升是获得幸福人生的条件。

这似乎验证了,大凡懂音乐的人,或者会欣赏音乐的人,生活上都不乏情趣。也许我不必非得去大剧院了!每个周末的早晨,看温暖阳光射进窗户,花一两个小时,打开音响,比如从班德瑞的山涧清音开始,把自己搁在美妙的空气里,让思绪徜徉。这感觉还真不赖。

第一次"触电"

第一次跟他讨论电影,是在下班回家的路上。我用十几年前大学时代的室友存疑来追问他:兄弟,黄片,毛片,三级片,色情片究竟是怎么定义的?他说,隔天你上我家吧。

他家不大,能够堆放东西的地方,都是系列专题性的碟片,收集之齐全、覆盖之广超出我的想象!一般的音像店估计也难望其项背。看来,这位兄弟对电影研究是花了血本的。

于是,我努力尝试着对电影感兴趣,故把电影分级存疑暂放一边,用边角料谈谈我对"日本电影中的中国"与"中国电影中的日本"的一点小印象。

观感来自于国内最近上映的《南京南京》,媒体一片狂批。批的是导演大脑发热,想追随世界电影宏大的伦理叙事风格,想走与传统中国式抗战片决裂新路,试图把那些血与泪交织起来的战争记忆用普遍人性的战争反思来诠释。在这部电影里,南京大屠杀留给中国后人的仇视似乎不应该有了,侵略者与被侵略者都最终成了战争的受害者……立意颇高,可国人不答应,在南京大屠杀这件事上,日本人犯的就是滔天大罪;日本人似乎也不买账,所谓的侵略者在侵略过程中的反省,是不符合日本的武士道精神的,放在今天,似乎也不合日本大和民族的禀性。两方都不讨好,可能是导演事先未曾料到的。

是不是中国导演的一厢情愿?可能是,小时候陆续看过国人拍摄的《东瀛游侠》《一盘没下完的棋》以及谢晋的《清凉寺钟声》等等,想揭示的主题很明确,但情感释放却很艰难:一方面要表达中国文化是日本文化的祖师爷,然而我们这个祖师爷在近代历史上被日本人祸害不浅,几乎要逼迫日本人在许多场合承认中国是"祖师爷";另一方面中日总是要友

编辑的微世界

好的,过去的事不能忘记,但重要的是要开辟未来,几乎也要逼日本人相信"友善"一说。矛盾就在这里,给中国人看的电影,却把价值含义交给大海那边的日本人评说。

对译自日本的电影几乎都是好感这当然要归功于国家广播电视局了,不是我简单地哈日。在情感表达上、在叙事方式上,日本影人确实遵循了于无声处写真情的现实主义思路。《幸福的黄手帕》《追捕》都给我等国人记忆良好。上世纪七八十年代,日本电视剧如《排球女将》《血疑》等在中国风靡一时,一度思忖,这样的有内涵的民族怎么会跟中国一直玩阴招呢?

翻看李政亮先生的日本电影回顾中,忍不住逮住1937—1945年这一段时间里,日本的电影业在整什么主题。再把主题缩小一些,再进行归类,才发现那段时间里,作为侵略者的日本电影业,也在努力地摸索着如何在电影中表达中国这一元素。

(1)日本进攻中国的文化映画。1938年日本制作电影《上海》。内容揭示日本进攻中国,同时介绍上海的电影。很纪实、客观,在当时日本国内引起轰动。

(2)表达"日华亲善"。1939年《东洋平和之路》,情节非常有趣:中国华北农村一对小夫妻,因战争逃离家园。沿途所见是日本兵"保护良民"秋毫无犯,军纪严整。当这对小夫妻逃到北京的时候,所见的都是中国兵仓皇逃命抢夺百姓财产景象。更有意思的在后面,这对小夫妻后来与人讨论时局,有人说应试抗日,也有人认为应该与日本和平相处。电影的最后结尾是一位朋友的父亲以中日两国共同认可的书法写下了"化干戈为玉帛"的象征字样。圆满了。

(3)用意识流手法隐喻中国的羸弱。喜欢用女性来承担涉及中国问题的主角,通过将中国的形象女性化,使之成为日本男性可以轻易拥有的对象。那时红极一时的,主要是由李香兰主演的三部曲《白兰之歌》《支那之夜》《热砂的誓言》。电影情节很类同,李香兰扮的角色都一成不变的是对日本存在十分戒心的中国女性;当然,这个女主角也有现代电影元素中必不可少的爱情,电影的男主角往往都肩负着"日华亲善"的重任。电影的结尾都是喜剧性的,李香兰扮演的女主角终于被男主角的"日华亲善"言行所感动而坠入爱河。

(4)日本人帮助中国解决民族悲情。1940年《万世流芳》,以林则徐抗击英国佬焚烧鸦片为主题,讲述英国人对中国的压迫。《南方发展史:海上的豪族》则纯属虚构,讲荷兰人侵略台湾之际,日本武士协助台湾原住居民,共同驱赶荷兰侵略者的故事。在荷兰人入侵台湾时,史书记载台湾那里确实已经涌入了不少日本浪人,但我们的民族英雄郑成功元帅哪里去了?

粗略整理,突然发现,在表达中国对日本感受的问题上,六七十年后中国的电影似乎也没有脱离"中日应该友好"这一陈词滥调;即使在六七十年后的那场大屠杀的幸存者还在苦苦追讨公道未果的今天,我们的《南京南京》一开始就意淫着自己的大构思。爱与不爱,这确实是个问题。

首届《中国达人秀》还有哪些软肋

我可能是同龄人中为数不多的像大爷大妈一样全程看完东方卫视《中国达人秀》节目,从预赛(24强)、半决赛(8强)及决赛。即使是令人生厌无比的一次次升级的广告插播,还有画蛇添足已经让人好感顿无的"立波秀",都没有阻止我看完中国达人秀的决心。

（一）如何选出真正的中国达人——寻找最接近的平凡和不寻常

东方电视台坐拥娱乐业最发达的一线大城市上海，但自从卫视概念出现后，东方卫视在全国卫视的排名一直是十名之外，影响力远不及湖南卫视、江苏卫视、安徽卫视。东方卫视国内影响力的欠缺无法从海选伊始保证《中国达人秀》吸引到真正的民间草根达人，造势也未必在短期内取得效果。三场预赛中，上海选手占据相当比例，决赛中，八位选手上海占据三席：朱晓明、张冯喜，还有那位饶舌选手寿君超。准确地说，他们三位相当有才，但不足以完整代表中国达人。音乐、舞蹈是最基本的国际语言，中国达人最终目标是代表中国站在世界舞台，体现草根百姓的艺术气质。从这点来看，音凰舞帝的表现可圈可点，尽管距离决赛日英美献演达人还有距离。以语言类或方言节目（中国式幽默）获得的只是区域性的认同，而不是整体性受众认同。张冯喜半决赛通过投票数量复活，不能表明中国的达人价值，只能说明首届中国达人秀还只不过是个上海地区性的节目。10月10日决赛当天，我们一家三口都收到短信提示：快投票给四号张冯喜！这或许不是刻意拉票，只不过是上海人一贯自豪的狭隘地域观内生出对张冯喜无比的偏爱。

但我没有投票给张冯喜，在犹豫当中投给了刘伟；当然，如果是现场投票，我会改变主意，这一票会投给翟孝伟、马丽——他们的决赛表现更突出。但，刘伟、翟孝伟、马丽的特殊性能代表真正的中国达人吗？这又是一个疑问。我从来不否认残缺美，也会为人性中的那点力量而感动。但我们得接受这样一个事实，只有那些原本平常人、从物质到爱情、从身体到心智与大众最接近的人，他们所展现的突出才能(TALENT)才具亲切或可模仿、复制，观众因此得到最需要的体验——平凡中的震撼、感动中的快乐。而不是单纯的泪眼飞花。

(二) 如何挑选节目主持人——找寻中国的主持达人

东方卫视买下了英国达人秀三年版权。作为一档克隆的且已经在英美很有影响力的节目(苏珊大妈的效应在中国功不可没),具有在中国卫视谁抢到谁火的特性。这点在我们的出版行业同样找到证据,英国作家罗琳一口气出版的《哈利·波特》系列在中国一样的畅销。

一直以为,上海是一个只盛产女优秀节目主持人(综艺娱乐类)的地方(近几年以董卿为代表),优秀男节目主持人长久显示出单薄(新闻类略好,娱乐节目尤差)。央视综艺类节目老牌主持人赵忠祥都有迟暮的时候,东视国庆档中的《笑林盛典》节目中,老态、女声尖腔的叶惠贤还在把持着舞台。更要命的是,上海的媒体对此熟视无睹,所谓的"北有赵忠祥,南有叶惠贤",此言水分那真是相当的大。

回到中国达人秀的主持人程雷。程雷早些年和倪琳主持的《相约星期六》口碑不错,首次以影子主持人的身份主持中国达人秀的初赛,挑战很大;但这仍不过是一场选秀节目而已,放在汪涵、何炅手里,驾轻就熟。程雷的主持基本算是过得去,没有刻意的煽情(这个节目就是太煽情,程雷没有推波助澜,值得表扬),有激情,但激情中文化张力略显单薄,场面归于平淡,介绍选手出场的表现手法比较单一。但程几乎是上海滩此档节目的不二人选了。看一看24进8的第一场比赛,曹可凡的表现可谓糟糕透顶。估计他自己后来想一想都后悔——干吗让我去啊?

平心而论,曹可凡主持的《可凡倾听》艺术水准较高。曹的剑走偏锋源于他中了从"偶尔"到"不断"客串综艺类节目的流毒,普通话中夹带些许上海话让他在东方卫视的某些综艺节目里不断放纵,蹩脚的"插歌打诨"自此膨胀了他。半决赛第一场中,他尽显喋喋不休让人讨厌,令人惊愕地请上朱洁已离婚的父母或许只是组织方的笨主意,但"今天就把她们的喜事办了,好不好?"还有让人汇汗颜的现场夫妻对拜,纯属曹先生的自作主张。

这主张让许多人尴尬,包括我,也包括组织方。这也成为曹在中国达人秀节目中的第一次也是唯一一次露脸,罕见地,第二场主持人又回归程雷一个人了。没办法,程只是上海现阶段最好的。海选全国最好的主持达人,或许是主办方下一届的任务。

(三)决赛场地的选择——偶像与感动的距离

把决赛选择在上海八万人体育场,或许是个错误。尽管自9月份开始,东方卫视(右上角天天都有)及上海各大媒体均以显要位置广告刊登这一消息,作为一个此前身位不高、广告收入状况一般的地方卫视来说,藉此咸鱼翻身、扭转颓势显得特别的急吼吼。但从达人秀节目本身的气质来看,放在八万人体育场主办,都非上策。

从海选到预赛,从24强进8到决赛,从观赏性及新鲜度来看,客观上存在着观众热度及选手水平递减的规律,这既是大众观感,也是评委伊能静、高晓松现场点评时的抱怨:"你没有展现出你第一场比赛的气场。"我的理解是,节目类型使然。达人选手第一次露脸所展现的"奇人"特征,尽显超人才能,具有最大的冲击力。但达人的二次表现会在雷同中消减观众的初次体验。决赛没有开始前,普通百姓就大概知道那八位选手的基本套路。这些套路于观众而言,只有投票的偏好,而不会有艺术再欣赏的兴致。

对栏目开发而言,海选及预选的看点更多,广告投放最有价值。要知道,达人只是达人,她们无法成为"偶像",真正的偶像如节目代言广告词"我是偶像派"的蔡依林。她的着装、她的嗓音、她的眼妆都可以成为粉丝效仿的对象,她的一颦一笑俱是广告价值。蔡的演唱会一票难求,只因她是偶像。相反,中国达人的价值存在于隔岸观火和那么一点感动。蔡依林的秀发让粉丝追问她用什么洗发水,却不会有那么一个刘伟的拥戴把自己的双手砍掉从此苦练双脚钢琴。明年中国达人秀决赛场地,一个中型演播厅就差不多了。

(四) 少些腔调,多些低调

我能理解一夜暴富的心理,故也理解东方卫视中国达人秀插播广告的恶劣方式。不必频繁宣传自己的收视率,不必假惺惺地宣传栏目所展现的国民精神价值。选秀就是选秀,节目方要的是赚钱且不要被人骂,选手当然需要以此实现双重价值(情感中自我实现,现实中的命运改变)。伊能静、高晓松明年再当评委,我双手赞同。对于周立波,观众要的不再是他的所谓"上海男人腔调",而是希望他低调再低调。他过多展现的哗众取宠和即兴滑稽真的很滑稽。以下是朱晓明决赛后的三位评委的评述,很能代表三人的水平(大意):

……

伊能静:小明啊,我觉得你不是很自信,你知道吗,距离半决赛,你的体重应该又增加了吧?

朱晓明:(不好意思地)是的,又增加了十几斤。

高晓松:那可怎么办呀,每一次比赛间隔你就增加十几斤,那要是连续几场,你怎么办啊?

周立波:(明显脑子发热)好办,找几个人把他抬上来!

好似说了许多上海的不是。因为明年还会有机会,期盼真正的中国达人能够跳出来,代表我们在世界的舞台上有力地喊出"我中华有人!"

赵本山、小沈阳的赢家法则

小沈阳红似火,业内专家又在操刀弄墨,指点小沈阳的未来,诸如,小沈阳能否成功接过赵本山的班,小沈阳的春晚红旗到底能打多久,小沈阳你明年春晚还能拿什么牛……在我看来,一切都是多虑,纯属杞人忧天。

如今,春晚的节目质量或者说评价标准,已经与元宵晚会紧密地联系在一起。观众通过网站、通过电视报的投票比较真实地反映了观众民意。在中国的舆论生态下,央视是一个直接被宣传部门掌控的媒体发布机构,罕见地把投票权交给了大众,民意得以集中反映,本山先生屡屡成功及小沈阳如今的火爆其实折射出的是百姓对草根的偏爱,对火红政治热情的渐渐冷落。

央视的因生硬说教以及无数按部就班式的会议列示让百姓头大。春晚打从赵本山那时起,真正地给百姓以空间,以容忍,让那个长着猪腰子脸的大忽悠每年在新桃换旧符的那一经典时刻演绎底层百姓的经典。从"卖拐"到"卖车",主题似乎是在展示"诈骗"技巧,毫无政治意义可言;"功夫""送水工""不差钱"似乎也没有明确的主题,也没有什么可以挖掘的政治意义,都是日常生活中的一件小事被台词、被当下流行的网络语恰当点缀,观众于是也被雷倒。于是一年又一年,还是那个人,还是那个风格,还是那副猪腰子脸一次又一次赢得了掌声。这掌声既是送给赵本山的,也是送给央视节目审查组的:要想获得与金钱利益挂钩的收视率,要想把山寨晚会PK掉,要阻止湖南卫视大红大紫,你就得允许它的存在。

那小沈阳亦是草根出身,之前就有上春晚的呼声,据说是在一次又一次的"婚前检查"中以"品位不够高"而被打入冷宫。本山在元宵晚会上说出了实情。本来还有一个节目没通过,临时把"不差钱"拿过来。就是"这临时",就是这"只排练了十几天"的"不差钱"居然赢得满堂喝彩,我们有理由相信,在赵本山那里,在小沈阳那里,在中国最底层百姓那里,一定还有无数好听好看好玩的节目在等待着观众。央视唯一要做的,就是放下身段,开启门隙,让底层的空气透进常年令人窒息的央视转播大厅。

张也的《祖国颂》、片尾合唱《天地人和》可谓一如既往的华贵,两岸艺人合说的相声《团团圆圆》当是台湾艺人在春晚上表现最好的一次了。唯一的缺憾还是主题拔得太高,立意太深,对一年心情沉重的中国百姓来说,早已经是审美疲劳。这几个节目不能得奖,只能说明百姓已经有了小小的心情抵触。

赵本山、小沈阳还能红多久?希望他们求新求变,也取决于他们能否一以贯之地坚持草根路线,也取决于央视的胸怀。

饮食男女

爱情价若何？

这个命题的雏形是美国耶鲁大学终身教授陈志武,日前在复旦大学经济思想与经济史研究所成立大会主题学术报告会上提出的。

每位学者发言时间限制为二十分钟。陈教授几乎用了十分钟探讨了清末至民国初中国男人纳妾的社会问题后,转向了他最拿手的实证研究——通过有效数据收集,得出了某段时间(记不清了,好像前后跨度有十年),妾的市场价格与当时米价间的关系。结果,两者呈现意料中的负相关。即米价上涨,妾的市场价格下降;米价下跌,妾的市场价格上升。合理的逻辑解释是:米价上涨,代表当年饥荒,妾在生产力不发达的年代更多的是口粮的消耗者而不是物质的生产者;当米价下跌时,表示当年丰收,大概是饱暖思淫欲吧,人们意愿花更多的钱(应该是有更多的自备粮)去养更多的女人——男人纳妾的数量有时是不受限制的。

女人是不是越年轻,越有资本?在陈教授所作的实证分析里,答案是否定的。

专家通过数据列出了图表。在横坐标1781—1791年的时间区段上分别列出"童养媳""初嫁""寡妇改嫁""卖妻"的市场平均交易价格。结果是"童养媳"(8—10岁左右)最低,只值1万铜钱,"初嫁"(15—20岁左右)略高,值1.2万铜钱,"寡妇改嫁"1.9万铜钱,"卖妻"值2.1万铜钱。

以我所掌握的经济学知识给出的解释是:爱情值是一个随着年龄和经验增长而不断增长的东西。因而哪怕是"寡妇改嫁""卖妻"类型的女人,在某个特定的社会阶段,其市场价格除了反映其作为女人的价值之外,她们还必须向需求者(男人)索要反映"爱情"的价值增值部分,即相对于普通的"童养媳""初嫁"者,"寡妇"或者"曾为人妻者"理应得到溢价补偿——这部分或可看作是她们拥有恋爱经历以及如何与男人相处的成熟经验值。

爱情的价值究竟如何度量?在媒妁之言下、在先有婚姻后有爱情的旧式婚姻里,"爱情"植入婚姻的程度其实也是那么地被人看重!也许,那时的男人更相信女人的生活阅历,甚至包括女人之于夫妻生活的经验值都是一种要素投入。这种经历、经验投入在交易时就体现为更高的市场价格。

现代婚姻前的恋爱长跑消耗了过多的爱情。顺着这个思路也就容易理解,现代女人在婚变的道路上承受的压力是非常巨大的。因为没有一个后续男人相信,从婚变女人那里可以找到第二段爱情的春天。女人的焦虑也好,女人的恐慌也罢,都随着女人年龄增长而增长。女人比男人更相信,随时间而贬值的东西除了通货膨胀原因之外,自身的价值贬损几乎不需要理由。

这究竟是为什么呢?

现代型夫妻尽管摆脱了传统的贞操观束缚,女人的贞洁甚至也不会被赋予额外的价格,但"爱情"这个东西,确实被现代女孩在狂热的恋爱过程中早早地透支了——现代社会婚姻的整体脆弱,可能是婚姻进程中彼此都无法找到爱情的影子。

幸福的代数式

男人多擅逻辑思维,女人偏重形象思维。男生多选择理科,女生多偏好文科。这个构成恰好均和了爱情的主要方面,男女双方得以平衡彼此的优劣。男人的归纳、推理和精致判断能力,越来越受女人青睐——在她无法把握这个世界的时候,就可以把决策权放心地移交给男人。理科生的缜密思考和果断决策过程虽然情节简单,缺少浪漫,但却是极理性的;所以,男人很喜欢深沉地说:"就这样定了,不会有错。"

男人表达的理性极易在恋爱中赢得女人的好感,但男人仍然希望女人用非理性来回应他的期待:傻傻地等,为爱死去活来;女人手握一本书,作若有所思状,或者表达对算术的讨厌,这对恋爱中的男人杀伤力极大。有个数学系的男生首先排除了与医学专业的女生恋爱的可能。他说,每一个相处的夜晚,她触摸我的是灵魂,而不应是肉身的细胞结构。

想到了边沁。

18世纪的边沁,在开创他的功利主义学说之前,对理性、演绎和定量求证的追求达到了疯狂地步。他喜欢结交数学家,对一个简单的命题,哪怕是一丁点的怀疑,他就可以中止一切写作,痴心研究。57年里,他不近女色,因为他还没有为完成一桩从爱情到婚姻的严密推导。终于有一天,他给一位16岁的女孩写了一封求婚信,结果他被拒绝了。他再次检讨并论证了自己的求婚理由,认为自己逻辑推理还是无懈可击。于是,22年后,在他年近八十的时候,他再次向那位妇人(注意,是妇人)求婚。而且,他还给出了一个小小的建议,建议这妇人能否学点数学,以此证明他的求婚逻辑是何等有力。然而,这个妇人依然只相信她的逻辑——直觉。她再一次拒绝了边沁的求婚。

边沁没有收获爱情,但他终于以自己的逻辑信条,给出了普遍的人性法则。他相信,不只在数学领域,人性当中一样地存在着普遍的公理,即趋利避害是人类活动潜在的、决定性的客观存在。"最大多数人的最大利益是衡量是非标准"。他用代数道德观建立起功利主义的"快乐微积分"。举一个简单的例子。当你的上司给你和你的另外一同事中秋节1000元奖金的时候,这当然会增进你们的幸福和快乐;当你的上司中途改变主意让你拿出500元给你的同事时,此时的社会快乐和痛苦无法抵消,你的痛苦(收入减少了二分之一)远远大于他的快乐(收入增加了三分之一)。这与幸福快乐最大化原则相背离。边沁的社会人性理论,为国家的存在找到了理由。

不幸的家庭各有各的不幸。男理女文搭配是否就一定能"快乐最大化",没有人能证明,边沁也不能证明。他自个儿的逻辑爱情哲学一开始就碰得头破血流。不过,对国家而言,政府的决策和行为如果要经得起历史的检验的话,其决策和行为必须是理性的。民主国家的特征之一当然是文人政治。江、李、朱政治时代和今天的胡、吴、温时代,六人都是清一色工科毕业,同时,技术官僚也得以执掌着社会的主要职能机构。这个时间距今恰巧是二十年。二十年来,中国经济发展,社会基本稳定,这得益于政策、决策和行为亦渐渐走在理性的轨道上。

这算不算爱情?

到第二军医大学附属长海医院肝胆外科看他的时候,几乎已经无法认出他。

而他还能叫出我的名字,只是人消瘦得可怕,头发脱落许多,余下的很长,盖住了眼睛,像狱中的方志敏。照顾他的是他年迈的老母亲,每见一位客人,泪水止不住地流。

毕业那年我留校工作,而他已经在校图书馆工作,一个学历不高但有着美好追求的青年人。他有着很好的国画基础,后来索性在校园里张贴海报,免费教学生中国画的一些基本技法。培训班就设在图书馆,先教素描,来报名学习的女生颇多。

至今我还认为,对上海人的印象是从他身上改变的。一个三十五六岁的小伙子,地道的上海人,家境不错,无数个周日都能在学校食堂碰到他。他不喜欢回家,住在单间宿舍里,边上也从来没有女友晃悠。有一次,我嘲笑着对他说:"是不是把目光锁定在你的学员身上了?"他笑得比我响亮,"哪能行呢?"

1997年,可能是学校最后一片福利分房。那些经历恋爱艰辛一时看不到婚姻的青年教师纷纷向恋人使出杀手锏:"结婚吧,有了结婚证,就能拿到房子。"而他几乎没有任何实质行动,仍精心于他的国画班:安排课时,自费请专题外教,正准备把学生中上好的作品挑出展览。

病房里的阳台上有摆放着花盆,夕阳从窗户打进来,照在鲜艳的花瓣上,温暖而安详。他说,这是几个女生前几天送过来的。

突然,他抓住我的手,认真地对我说:"如果有女孩子写信说喜欢你,这算不算爱情呢?"

我没有直接回答,支吾着对他说,如果你也当面表白过,她的无声也是一种默许。

大概,我的回答令他有点失望。他松开了握我的手。

他说,健康真好。他想恋爱,他想婚姻,他是完美主义者,希望人生就像黑白山水,不着色彩,美却永恒在那里。

他选择放弃,拒绝承诺,是因为他早已怀疑,自己可感知的不适可能是从父亲那里继承了肝病史。而一次例行的体检让他彻底打消结婚生子的念头。

谢绝了人生婚姻的请求,却从不打消他对爱情的渴望——他想过接受别人的爱,并把爱给别人。可这个美好的愿望只存在于他的一念之间,他甚至认为这是一个坏男人的多么罪恶的想法。

七天后,他死了。病房里那花盆还在,新开的朵儿正在挣扎着,努力想看新世界。

一群女孩子,他的山水画班学员,正寂静无声地向花盆慢慢浇水。

在信中含羞表示过"其实很喜欢你"的女孩,或许就在她们中间。

女人啊,形式爱情就这么重要?

2月14日,妻单位的小徐意外收到快递过来的一束玫瑰。小徐老不情愿地把那束红艳艳的玫瑰搬到老婆的办公桌上说,说:"汪姐,我送给你吧。"小徐对那个邂逅的三十岁男人并无更多的印象。

3月8日,快递又给小徐送来99朵玫瑰,送花的主人还是那位——徐此前声称印象一般的男士。这次,她没有转送他人的意思,自个儿放在台前的一玻璃瓶里边看边有心思了。

妻子回家后跟我聊起了此事。我说,真不理解,女人怎么就这么容易被形式性的东西所感动呢。更可以想见,在五四青年节来临的时候,第三束鲜花会让小徐完全投降!

晚上某卫视里一位年轻的大学生背负巨大的木制招牌在大街上游走,上书斗大的"××,我爱你,你快回来!"原来一对合租男女吵架,女友出走两天了。追踪报道的第三天,女孩子看了新闻后,泪流满面,跑到大街上,当着众人面牵着男友回家了。"真他妈丢人现眼,你打她手机啊","丢人也不能丢在马路上啊。"我很鄙视地回应道。然妻子却并不苟同。

爱的表达,到底有没有或者是否有必要设定固定的格式?男女的感受应该是大不同。

日本红人山书先生曾经坚定的认为,男人能够挣钱养家就足够了。但不幸的婚姻让他反思,缺少爱的表达已经成了他自己、也成了多数日本家庭动荡的导火索。在他的倡议和组织下,"日本爱妻家协会"成立了。协会的标志性活动,是在每年秋天大白菜收获的日子里,男人们站在田间,呼唤爱人的名字,并表达爱意。据说这个活动开展得如火如荼,上至八十翁叟下至二十多岁的小生,都愿意在丰收的季节在蓝天下,为爱呐喊。

协会还有许多男人必须完成的"规定动作",号称爱妻铁律:

做点事儿:每天回家帮老婆做一件家务。

说点话儿:每天回家抽出些时间陪老婆聊聊当下。

扔点东西:把那些不快,特别是对方的,包括尊严、体面搁置在一边,永远不要提起。

还有好几条,记不起了。

规定动作有的特别精细,比如在"拥抱妻子"这一环节,大致是这样要求的:

偷偷摸摸地拥抱:两人同时上电梯时,无人的时候偷偷拥抱一下。

光明正大地拥抱:每天上班前,在门厅口的玄关处热烈地拥抱一下。

即性地纵向拥抱:突然从后面抱住女人的腰,就像初恋时女友拍照时,死皮赖脸地凑在她的后面并抱住她。

随性地横向拥抱:比如,两人逛街或者横穿马路,或者同啃一根冰棍时,这方式能够派上大用场,而且恰到好处。

日本"白菜地里喊爱"活动一年一次,规模不断扩大,加入者日益增多,举办地也固定在日本的马旗县孺恋村,一个距离井尺公路30里的地方。又据说,那里已经成了中国人出游日本的一个景点。

两个男人的好天气

　　S女网友还是三年前在网站上的聊天室与陈认识的。现在,你也知道,几乎所有网站上的聊天室都已关闭。现在再写她,至少说明,这几年里,他们的联系一直没有间断过。

　　彼此交互过照片,互换了手机号码,谈到了彼此的工作,谈到了彼此所在的城市。深入一些的,则谈到了各自的感情世界。

　　突然有一天,她在短信里跟陈说,她想到上海看他。陈兄大脑有点残,居然没作过多的思考,就回复道,欢迎啊!

　　没在意地过了一周。突然电话的那头,一个声音说她已经在机场了,马上就到上海,希望陈兄开车去机场接她。还说,她还有一个顺便的旅游计划,希望能够去厦门看看;她那里没有去厦门的直接旅游线路,吩咐陈兄能否找一家旅行社。

　　陈兄有点措手不及。警惕地问了一声,你先生一道过来吗?

　　她笑得很认真,她说只对先生说她去上海公务。希望你全程陪同!

　　陈兄有点害怕,心里觉得不妥;在S看来,陈已经是她三年的网友兼情人了,她说一定要陈给她这个机会,好好陪陪她;四川大地震后,她曾经告诉陈兄,她想领养一个孩子。陈兄当时追问道,你没有孩子吗?

　　她在电话的那头顿了顿,说,是她先生不行!

　　……

　　陈驾着自己的马自达去机场接她,这是三年中的第一见上面。看得出,她刻意打扮了一下,人显得比照片上的还年轻,也算漂亮。

　　送她入住了宾馆,标准间的。陈晚上陪她在南京路上吃饭,上海特色的。

　　不知诸位有没有见过网友?按陈兄后来给我的说法,她算是那种会吃会说的。晚餐时,她要了一瓶红酒,法国的。她还说女人拥有红酒的时候才能真正成为有女人味的女人。她说她就想做一回有女人味的女人。

听着她的诉说,静静地看着她一个人大口的痛饮,陈说他有点心疼。这样的女人,似乎内心隐藏着不朽的怨屈。

她酒后有点糊涂,陈却清醒得很。因为陈 QQ 空间的个人介绍里,就有一条,最喜欢酒的,而且是烈性的那种!

不知怎么的,三年中预存的对她的好印象在红酒下肚后,有点打折扣。可能是她的贪婪饮酒姿势让小陈警惕起来:

阿拉有许多很好的朋友,她只是平常的一个而已;

阿拉有美丽可爱的妻子,姿色一点不输给她;

阿拉有温暖的家,妻子已经准备好阿拉爱吃的晚餐。

这样的男人,难道明天就得跟一个陌生人走吗?并且,在余下的几个小时中,就要与她共度良宵吗?

想着的时候,大学同学阿张来电了,他刻意邀请陈兄明天一起去萧山玩。其实,早一周时他们就预约了,此后的一周,小陈也当时只当阿张随便说说,没有在意。阿张还是钻石王老五,上次来我公司后,居然在电梯里发出了惊呼。回到我的办公室,他似乎还没缓过神来。他说,在这个世界上,在这里,居然还隐藏着大批美少女!我打断了他,认真地对他说,可别打姑娘主意啊,她们可是我们新聘的,纯真得很啦。

……

她还在喝酒,小陈后撤了一步,把手机捂住耳朵,把自己的现在情况全跟阿张说了……最后的两句话是,两张旅游票子已经订好,一张是你的;明天一早就上车;陪伴你的是一位温柔的女人。

阿张在电话那头简直兴奋过头,声音都有点颤抖,连连说道,这怎么可能呢,这怎么可能呢……

陈兄叫了一部的士,让她上了车,很抱歉地跟她说,"明天有个紧急会议,我会安排单位里的一位同事全程陪你去厦门。"

她骂了我的陈兄:你走吧,你走吧,我一个人会去玩的。

似乎都已经结束了。

诸位,你说,我元旦还能干什么?

陈兄和我已经收到了他们的订婚消息,并且婚礼就安排在今年元旦。女人已经办了离婚手续,准备在上海过日子了。特别告之,证婚人是陈兄!

人要是幸运,跌跟头都能捡支票。上周一起去阿张的新家看装修时,他还恬不知耻地给我看了他们沿途的浪漫照片:那个季节,厦门的海滩应该有点凉了,一对男女居然身着泳装戴着墨镜躺在沙滩上,亲热得很!

还是把祝福送给他们,心中曾经的愧疚一下子好了很多。

这是两个男人的好天气,是两个男人和一个女人的好天气。

女生的吃相

女孩从小就接受了比男孩严谨的教育,当然也包括吃相。

比如,吃饭的时候,不要发出很响的声音(当然,这是对所有的人的要求,包括嘴巴里发出的嚼声,屡碰餐具发出的声音等);吃饭时,不要张大口,要体现出女孩的细巧与精致;吃饭时腰要挺直些;女孩吃饭半饱就可以了,让别人觉得你的好身材是自己长期饮食好习惯的结果。总之,就吃相而言,对女孩也有着过分的要求。

结果是,越是正式的场合,女孩越是讨厌赴宴。尽管女孩是多么地向往在那些正式的场合邂逅英俊的王子!

想到了大学校园,想到了大学女生。

一对男生女生,恋爱的男女生,坐在食堂最靠边的一角。慢慢地享用着普通的中餐,旁边还放着下午上课用的课本。女孩用小勺轻触一口,放进嘴里;静静听男孩的诉说,听男孩的表白;她自始至终,只慢慢地品尝她的美味,其实也只是简单的两菜一汤。男孩说到高兴处,可能是一个笑话,可能是家乡的一个传说,女孩也只是抱以微浅浅一笑,没有应答。几个准备下班等待收拾他们碗筷的服务员只好在一边干等,眼睛左顾右盼。

大学里谈恋爱曾经也不被允许! 随后的几日,那个角落、那个座位居然成了男生女生的专座。就在一对爱情鸟即将破壳而出的时候,他们被教导处叫进了办公室,说他们很伤风化,因为有人说自己亲眼看到那个男孩给那个女生喂饭,而且是一口口喂的!

多年了,也不知道他们毕业后有没有走到一起。反正那个女孩吃饭的样子,我是看到了。

可能走到了一起吧! 尽管接受处分后的他们再也没有把食堂吃饭作为传情的场所,但我还是在晚自习后,在学校的后门,女孩站在大排档边,吵着要男友给她买臭豆腐。女孩迫切的眼神追踪着臭豆腐下油锅、看着臭豆腐表面由白变黄。可以吃了,可以吃了,炸老了就没有臭味了!女孩催促着男生,提醒着小贩师傅。

拿个牙签,一口一口挑着,往嘴里送。因为上面有果酱,于是,在她便往嘴里迎送片刻,脖子抬得高,豆腐进了小嘴,果酱还残留在嘴边。有点狼狈,但有几许可爱。

也许她也察觉了狼狈,也知道这不是淑女的吃相,所以她选择了傍晚,选择了路灯下的黑夜。从边上闪过的我,也忍不住朝用眼朝那里瞟。

工作多年了,再也不见职场上的女性有如此轻松痛快的享受美味。很希望,美食,之于女人,如同男人面对秀色可餐的女人,偶尔还是可以张牙舞爪一回的。

女为衣狂

女人间谈论最多的,可能就是衣服。

女人可以不关心国家大事,不关心来临的经济萧条,女人甚至讨厌简单的小算术题,但三五个女人在一起,可以谈论衣服的款式、衣服的质地、衣服的做工。更钻研一些的,顺便来一句,我觉得赵薇长得很漂亮,却不怎么会穿衣服。那么好的身材……女人叹息一声,其实是在抱憾自己的身材,但仍要固执地对流行发表自己的专家级看法。

这个世界是为女人设计的,不如说这个世界的颜色是为女人定做的。时装在复古与现代之间徘徊,所以女人在应付烦琐的家庭事务外,还必须对时装保持十二分的戒心。否则,你就会落伍,你就会被人忽略,甚至在大街上被人指指点点。女人要善变,变的就是要跟上时代的步伐,因为这个世界上没准哪一天就会从弄堂里窜出一露脐装少妇。然而,女人仍要保持警惕,少女露脐可以,且已经风行天下了;对少妇来说,风险不小,也许真的非要等到印度肚脐舞在中国像瑜伽一样风靡时,少妇才可闯关一把。

女人做了服装的奴隶,除了掏钱,还说甘心。在上海的地铁里,在机场的航站楼里,女人除了以一身卓异的打扮换得无数个回头率外,还必须用行动说明,她对时装的关注,对流行的敏感。所以,在那个场合,手头握有一本诸如《时装》《巴黎流行》的精美杂志,都是一种必须和高尚的选择。当然,如果再配以若有所思的紧紧眉头,偶尔再顾盼一下四周,就更妙了!

　　女人做服装的奴隶,是女人世界已经让服装这个奴隶主主宰。从奥斯卡颁奖典礼到格莱美盛典,从柏林电影节到戛纳电影节到威尼斯电影节再到东京、上海电影节的开幕式,从国内金鸡奖、百花奖的红地毯秀,无一不变成了各路女人服装的激情演绎!主持人似乎也正渐渐脱离盛典的主题,似乎所有的奖项归属已不重要,先夸女人如何漂亮,再夸女人的服装如何艳光四射;陪伴的男人也算帅气,但星光就是照不到他,笔挺的西服男人只能站在旁边尴尬地傻笑。所以,再漂亮的女人,尤其是绯闻缠身的女人,都非常珍视这个舞台,都希望在自己的身材还没有变形前,把一切的时尚元素都通通装进自己的服装。

　　云想衣裳花容。女人在女孩年代就天生对服装有着心灵张望。小妹妹会撅着嘴巴说,今天我不想上学!一问,一摸额头,不是发烧,不是没做完家庭作业,而是姐姐今天一早穿着花衣裳去中学臭美了!妈妈只好拿起针线,在孩子的衣服口袋两边各缝一个小花边,女孩便又破涕为笑了。其实,孩子姐姐那件花衣裳,在那个年代也只是袖口上有几朵小"花"而已呀,是妈妈用半年的工夫缝制的,特别的宽大,妈妈还不太想让水灵的女儿过早地展现一天比一天明显的动人曲线呢!

　　女人成熟了、成家了,女人愈来愈为衣服抓狂。情绪好的女人,周末极尽讨好之能事,要自己的男人陪自己逛街,上服装店;情绪不好的女人、受到意外刺激的女人,会不作任何思考的拿起老公的信用卡疯狂地在专卖店扫荡!只可惜这些衣服,其中的绝大部分在未来的日子里几乎上不了女人的身体。款式不合、身材不合、季节不合都有。待女人心情稳定后,一扇一扇地打开衣柜,又有点不可思议自己当初的草莽,面对着那一排整齐的服装发呆。

　　女人甚至可以为服装昏头。女人傍大款也好,女人贪污挪用公款也罢,有时都不是为了吃好,不是为了住好,好车也不是所求,只为了时装!只为了做天下最耀眼的女人,只为了让身边的女人失色!这是有根据的。女人天生是要抢男人眼球的,女人天生就是让身边女人恨得咬牙切齿的。服装就是无言的皇后,她不需要诉说,只需要对方有一双还不算近视的眼睛,就可以让服装的主人成为聚光灯下的焦点,让自己成为明星,让自己成为地铁男人主动让座的对象!

女人做了服装的奴隶后,昏头还算是轻微征兆,更甚者,还有被不轨男人骗财骗色的。网传一漂亮美眉,自认为伴上了一大款帅哥,出入同行,只差上床——而那男人目的,只为骗色。白天到了专卖店,男人说,今天我可以满足你一个要求,你可以挑这里最贵的品牌服装,我付钱!女孩高兴了,试了又试,挑了一件俄罗斯裘皮大衣,标价七万!男人掏出支票,"刷,刷"两声,而且签字用的是左手,递给了服务员。服务员说,不好意思,我这里一般只接受现金,支票造假太多!男人假装一惊,说,理解你们,这样吧,支票和大衣都放在这里,你们明天去银行核对一下,没问题的话,明天烦请贵部派人再送到小姐府上。一边说,一边掏出一百元给服务员算是送货费。服务员高兴啦,那陪伴女孩更是激动万分,货真价实的衣服,货真价实的大款!……男人一夜得逞就人间蒸发了,可怜的女孩到今天还在痴痴地等待她的裘皮大衣呢!

女人,可以做服装的奴隶,但最好不要一辈子。男人,你爱的男人,其实也很想在你清醒的间隙,做一回你的奴隶主。

酒的自戕

(一)

史书记载,罗马帝国就亡于酒。因为嗜酒过度,"酒器上的铝制成分终于瓦解了这个元老的智力。"这与中国的历史颇类似,一个王朝的终结,千篇一律归结为皇帝"整日饮酒作乐,不理朝政"。但在罗马灭亡那里,并没有直接针对酒进行讨伐,而是酒器。可见,对酒的直接批评,人们还是十分的宽容。

沉溺于烈酒,毁灭自己的同时,也毁灭一个帝国,历史原来也是可以在酒杯中完成新陈代谢。这近乎从自慰到自虐再到自杀的方式,可以应用到一人,一国,一种文明,一种宗教。这种以酒磨杯的方式进行社会变革和转型推进,比那种真刀真枪,打打杀杀要先进一万倍。"杯酒释兵权",就是非暴力的政治经智慧。

美国诞生伊始,也是禁酒的。美国人自以为一个伟大的美利坚合众国民族应该清醒地活着。但禁酒终没有成功。在罗斯福新政时期,全美各阶层饮酒变得盛行。为什么?经历大萧条后的那个年代,需要变革,需要活力,需要来自肉体和精神的双重能量。

中国近代没有禁过酒。因为有了我们中生代的前赴后继,茅台、五粮液等如今已是天价,整个中国酿酒业达到了前所未有的辉煌。

这是一个和平的年代。我们需要酒来保持活力,我们需要酒来消融掉那部分多余的活力。

嗜酒者,理论上多知道贪杯的坏处。我们在追寻一种未知的快乐同时,也在追求这种"坏处"。一味的"好处",即使好到天上去,也会让人乏味。有一种对"毁坏"的美好期望,存在于我们的心头。而酒就是一种愉快的"毁坏"。

(二)

例行体检结果出,果然不妙。胆固醇偏高,甘油三酯高,还搭上个脂肪肝。

记得去年体检报告还是脂肪浸润的。那天也是拿着唯一的缺憾"脂肪浸润"报告面对孩子的拷问:什么叫脂肪浸润?答曰:不知道,但你一定见过你奶奶杀鸡剖膛吧?肥大的老母鸡肝上都有些花花的油脂,现在我的心肝就是那个花花的样子了。

那天,医生瞪大了眼睛聆听我大言不惭地说,一周要喝三次酒。而且是白的。慈祥的内科女大夫聚精会神地抚摸着我腆起的肚皮关照我,脂肪肝会缩短人的寿命的。纠错方法六个字:管住嘴,迈开腿。我知道她的医学知识绝对在我之上,也不单是拿生命历程长短来吓唬我;一个长寿酒仙的存在就足以打破那个酒厂死敌发明的医学定律。我以为,在分享美食美酒的那一刻,管住嘴真的很难。

喝得频繁,酒胆越大。

喝得越多,圈子里影响就越大。

终于在这一天,在江湖上,喝酒的名气比事业名气还响的时候,一种堕落的苦涩泛起在眼角。

你不喝。你生气了?

你喝得少。纪委找你谈话了?

你闪开酒杯。十八大人选让你操心了?

"不好意思,自己最近正在启动造人计划",这是极好的推辞,没有人敢拿子孙开玩笑。但焉能让年长色衰的我说出口?

酒,是只能进不能退的江湖游戏色子。

在莽撞中、在半推半就中积累酒精,积累无可奈何,积累一个风萧萧中的壮士模样。

一个人也好,一个企业也罢,总希望在开拓盛大场面中永远成为主角,享受众星拱月,即使眼前即是人人皆知的万丈深渊,也不得不戴着面罩往前。盛名之下,已没有退路。

生命不能承受之重——戒掉这酒,不算难。盛名绑架下的文化企业,甚至愿意行走在合法与非法的边缘,在正义和公理之间被动创造一串串豪华数字,皇帝的新衣从来没有这样光艳过——天地良心,它还会坑坏多少人?这喝酒的兴奋,这文化制造的冲动,慢性杀手的本色渐渐看得清了。

咖啡不是天天有

一年有四次机会,她会在我单位附近的上岛咖啡里给我打电话:"咖啡已经点好,还有,你想吃什么套餐?中式还是西式?"我有时故意回答,中午去不了了,有客人。她的回答是,"那好,我把你的那份预定退掉,不过,你得过来买单。"

每个学期期中期末考试结束的那一天早上(一般上午十点就结束,下午放假),她都会满脸堆笑地提醒我说:"你看我一年忙到头(做班长确实辛苦),今天你总得表示一下吧。"她所谓的表示,就是我请客,固定去上岛咖啡,享受套餐,然后再要一杯南山咖啡,而且我还得面对面陪着她。

现在的独生子女生活态度,我是颇有微词的。即使那些表现还算优秀的学生,除了会享受、除了听老师话、除了得意地扬一下手里的成绩单以外,自立能力乏善可陈。每年的暑假里,我们都在每天的上班前告诉孩子,我们提前把菜洗好,你也不小了,可以尝试着自己做饭。比如,做最简单的番茄炒蛋。可她,就过不了破鸡蛋这个难关!几次的尝试结果是,鸡蛋最终都会在她的惊吓中滚到地上。这也为她偷懒找到了理由,于是暑假里她的午餐就以大量消耗方便面为主,给我们制造悲情。

我们多次在孩子面前力陈方便面是与麦当劳齐名的垃圾食品,但我们不得不接受她的主张还有她得寸进尺的诉求:暑假每天的一大早,拿起手提电脑,跟我们一起上班。当然她的方向是上岛,一待就是一个白天。她说她就喜欢夏天在那里享受音乐、看书与高速的无线上网,当然还有服务生不断添加的柠檬冰水、冰咖啡。

怎么办?难道这就是大号90后的生活?

我下决心在这暑假里给她一个清醒,我还不能忍受一个14岁女孩子过早地享受小资。更何况,孩童喝咖啡是否有利健康都还是个问号。

"套餐,姑娘你随便吃,但咖啡就免了。"我会郑重地在这个期中考试咖啡日(她定义的)告诉她,以此降低她的心理优越;并让她知道,未来靠奋斗,咖啡不是天天都有。

忐忑年代

时钟在走

时间过得快,忙碌的两个月恰是上海雾霾最沉重的时候。你在哪里?我并不在阴暗的地下室里。很想透透气,看灿烂的世界;波士顿的爆炸电视画面我却留意那里湛蓝的天,最神圣的半旗致哀中竟让我们的同胞一样享受了尊严。一场突如其来的变故,一种意料之中的生命关怀。

没有征兆的发生,也没有饭后谈论的价值。就像国务院大部改革,我们的最上级——新闻出版总署——也几乎惨淡地结束了自己的使命。更奇异的,业内居然没有任何反抗的意思,有人甚至庆幸死去这样一位爱管事的婆婆——这印证了我的一个预判,可存在可不存在,宁愿让他不存在。

是的,这些日子尽管脑子在僵硬,脾气却格外的好,对一切都是格外的包容。我突然发现,白天碌碌无为地欣赏周遭风景,傻傻地面对某种触目惊心,晚上,竟换得另一种为白天的感受而自鸣得意。

也在不断否定自己。以前编的那些书,写的那些字,发的那些小感慨,都是那么幼稚,都是那样浅薄,看似一种小清新的生活却难免掺杂着矫情。

搬办公室的时候,清理出一堆名片。扔了。因为从来没有第二次联系过。

推人及己。于是,初见陌生人,再也不发名片。做一名环保分子。

记忆里总要做些删除,一些事,一些人;用岁月这把刻刀。

黄金价格12年一路飙升,没有人会想到会在今天狂跌三四成。这告诉我们,相信价格不如相信成色、相信那个99.999%、相信岁月蹉跎后沉淀的友情分量。复旦大学的室友谋杀案,其传达的另一层意义是:知识也能塑造更龌龊人的心灵。精明的成功者如果确定自己无法做到最优秀,他就应当尽量去真心结交那些笨手笨脚的人甚至思维极其简单的人,像樊哙这类门下,啥时都能派上一线,且义无反顾。

"你是我天边最美的云彩",大街小巷都在闹腾的这首歌也能唱到"中国好声音"的舞台。我差一点默认了高晓松的点评:这么烂的歌你也在这儿唱?但我却渐渐品赏起凤凰传奇组合来。这个组合,火红火红,那杨魏玲花才是真正的台柱子,所谓的特色不过是这妹子的特色,那个曾毅长得不算帅除外,十几年都是在台上哼哼唧唧,专业术语叫 RAP,几乎没出啥力气。凭啥一起分钱?这玲花为啥不换搭子,或者干脆单干?

是朋友,走到一起很不容易。是朋友,走到今天,更不容易。

三思而后体检

复旦大学有着丰富的教学外资源。中山医院、华山医院作为上海乃至中国的顶级医院之一,也只归于复旦大学的门下,简称附属。在这里的教职工也享受着高级专家一年一度的免费体检。医师是高明的,仪器是先进的,检测是专业的,态度是严谨的。这罗列的四大优点加在一起,就是每年的五月份,在近万名教职员工中,必有那么一部分成为怀疑对象,必有一部分从此改变生活,必有一部分从此把家安在病房,必有一部分在不久的将来把身体献给殡仪馆。

害怕吗?恐惧吗?几乎所有的医学专家及宣传小册子都强调,例行体检是多么的重要。那些,例如我等,甚至认为妻子受了上述宣传蛊惑,与之拼命抗争不去体检的理由——工作繁忙,没空啊;能吃能睡,精神饱满,健康良好;甚者,用"现在好多的抽血针头都有隐患"来吓唬她。结果自然是不欢而散,唯独随后撂下的那句"你得对家庭负点责任"让我不得不三思起来。

其实,在自己的周围,甚至有一批顶级教授专家中,都有一些像我一样的抗拒体检分子。邓先生算是学界牛人,年龄长我近三十。一起用餐的时候,除了显示极好的食欲之外,烟酒也是他的最佳拍档。他说过自己曾经患过咽癌,现在好了。他说他唯一的体会就是,有些东西你越是在意,它越是跟你过不去。按他的理论,癌症存活率为什么这么低,生存年限为什么那么短,百分之九十都是被吓的!人体内都有癌细胞,但当医生拿着道具说你还需进一步检查的时候,你的情绪从那一刻开始就不断地催化激活那癌细胞。这似乎是对"病况的存在不因体检而改变"的颠覆。所以,体检到底是否必要,还真不能简单用肯定来回答。反正他是不去体检的。

普通人也很容易观察到如下常识。小病小恙,类似伤风感冒,排除猪流感什么的,一般也无须去做体检;相反,那些貌似强壮、意气风发、自信满满的中青年精英,却极易在"不可能"中变得"后果很严重"。这些年,我已经多次目睹了周围的朋友、亲人在事业家庭正旺的时候倒下。被吓的吗?脆弱吗?与病魔作斗争不够吗?不知道。"遭受打击"的严重程度与主体认知的生存价值有关。当一个人的身份地位愈高、年龄愈轻的时候,主体抗打击能力应该越弱,因为他先相信"老天真的无眼",进而更相信"命中注定"。恐惧加忧郁再加上不能承受之痛,有些人干脆选择了自我结束生命,不知这算不算是对生命最后尊严的维护?

S教授老婆儿子在美国,一个七十好几的老人,3年前向我交来《国际会计》的书稿,出版后竟成为业内相关专业必读之教科书;这提起了他的热情,他还要与我探讨书稿,还梦想着庞大的创作及出版欲望,根本没想到自己会有不行的那一天。其实,他得胃癌都十几年了,从来不挂在嘴上,一个保姆在身边料理他的全部生活,也几年不去医院了。不久他又把老房子卖掉,在上海龙华徐家汇那里买了一个小房子。一问原因,他笑着回答:这儿离龙华殡仪馆近些,万一自己哪天不行了,一个人就可以走过去。

去年没体检,也真不知道自己今年又作如何选择?

消极生存法则

七岁时得过乙型脑炎,自己的记忆就是在医院里的病床上,外婆不停地喂我稀饭,我则吃一口吐一口。唯不解的是,自己现在还不知那一幕是病前还是病后。

长大后,陆续有人告诉我,村子里不少小孩得过这个恶疾,结果有三类:一类急性的,快速死亡;二类是慢性的,命保住,但终成痴呆;三类就是挺过来,还挺聪明。我当然属于第三类,从几近死亡边缘挺过来。更重要的是,今天的我,活得很自在。

读书,上大学,就业,成家,一切顺利得很。在房价还没有疯涨前,买了个三室两厅;在股市暴跌前,几乎抛光了所有股票;正常努力凭良心工作,年底还能拿个公司考评优秀;赛前一阵忙乱,第二天与孩子一起参加现场奥运知识方阵大赛居然还拿个大奖;自己平时的专业习作每投稿必有刊用,外加此后的多少不等稿费通知单;甚者,至今从未遇退稿之羞,顶多是"版面有限请酌情删减"之嘱语;偶尔几个朋友无聊逛街,信手买十元二十元福彩、体彩玩玩,除了"谢谢参与"之外屡有中个小奖的纪录……因为太顺,难免有点小得意,有时甚至有点唯心,唯心的渊源就要追溯到我那个"大难不死"年代,总感觉到命运之神总在冥冥之中眷顾我,给我补偿,给我幸福,让我尽情享受世间美好。所以,生活中遇到的所有一切困难,无不是上帝特意给我出的一份考卷,是"劳我心智,苦我筋骨,增益我所不能",挺一挺,一切的艰难困苦都会过去的。

所以,我从来不仇视生活,不会与社会过去;幸运太多,感激之外,更觉得亏欠社会太多。退一步想一想,如果我真的是个傻子,是个白痴,我会怎么办?

也不是没有想过。如果是白痴,白痴的最大痛苦,在于不知道自己的痛苦,而是给身边的人痛苦;白痴的最大悲哀,不在于在病魔的折腾中消失自己的生命,而在于无法选择最适合自己的最快意的自杀方式。

为自己不是白痴而骄傲,为自己终于在这个季节遭受挫折而更气定神闲。

何必凡事争第一?当女儿为自己的一次考试失误而伤神的时候,我用"只要努力就行了,每次做第一,别人只能做第二直至最后一名,这不公平"作为优先级激励词。

何必做到最好?工作中的一个小小纰漏,足以让自己消沉一天;但对那些因为发现了我的失误并神采飞扬地指出者,我只能承认并恭维他的"英明"。如果自己的失落能给他人带来的快感,不管他的这种快感指数有多高,自己还是愿意为他的快感而自弃"做到最好"的境界。

何必寸步不让?当自己的多年前那些发表的论文被某位学者改头换面在某重要大会宣读时,怒不可遏的我第一想到的就是努力地按倒他,让他出丑。其实,这又何必?网络时代,抄袭高手也都脱离了剪刀加糨糊的年代,也都是为了生计为了声誉而采取的下策;其实,在他拼凑的那一刻,他的内心何尝不在受惩罚?这就够了。

何必得势不饶人?原告在我作为坚强出庭证人的情况下,赢得了官司,而我也在法庭上看清了那个面容娇好的海归女博士的难堪线索:只想在顶级杂志上快发一篇文章,却未按套路出牌,长篇引用却未注明出处。判决结果是先赔钱,再在媒体公开道歉。告诉原告,拿到钱就行了,在媒体上让人家姑娘道歉,还让不让人活啊?人家海归,怀揣为国效忠理想,婚嫁未及考虑,何必把人往死里整?

这个世界真好!当我们贪婪地吮吸着春天的芬芳时,能量守恒定律告诉我们,我们每个人都在偷偷摸摸地向这个美妙的世界释放那些不美妙的成分:二氧化碳,汗液,脚气,狐臭,响屁。无论你我多么幸运,这个世界上不可能所有的好事都有你我的份。学会放弃,学会接受挫折,学会接受失败,也要学会为别人的成功勇敢地喝声彩。

让心灵休养生息,荣辱得失不足挂齿。感恩于生命,享受快乐,并坦然接受那些来自于尘世的所有安排。

未来人怎么写我这个年代

未来,谁还会为我们的当下治史?社会越来越像女孩子的裙摆,长一分让人索然无味,短一分又惹乱知识分子的神经。现在的社会,用流行语来说,刚刚好。现实瞪大的双眼和着无处不在的探头,真的,假的,假背后的真,真背后的假——杂乱无章地陈列眼前。政治精英、文学家、诗人、哲学家已然歇脚,在流行与网络的轰击下渐渐失去社会代言的资格。社会的话语从来没有像今天这样丰富过,这些年我们目送了话语权渐次移交给那些曾经苍白的草根以及正为获得部分社会统治力而沾沾自喜的中产阶级。突然间,你又会发现,这个转变的可持续性其实很值得怀疑,旭日阳刚只能在他们的春天里再度过一个秋,而中产阶级正变成物欲至上的代名词与奢靡消费的主体。他们的文化至多是一种消费文化,手执"爱疯",跨国团购奶粉,周末去遥远的市郊种吃有机蔬菜。

当下的社会,文学日益显示出其寂寞和苍白,着正装的文化人在全民网络的声浪里憋气却又毫无应对之策。硬装嫩揣摩青年人心思的几个文化长者试图以尖俏的口吻对这个社会指点江山,结局通常是被人骂得很惨。衣冠楚楚的道德批评家要么被人指认吃屎长大,当然以前通称脑残,现在刚是脑子进了地沟油。所以,一大批文化精英要么干脆消失,要么一头扎入网络中的大多数一边争当旗主一边洗洗睡了。

没错,几千年前的玛雅人把地球的毁灭日确实定格为2012年的12月21日。偏偏2012是全球大选年,政要换届年。也许我们不必恐惧,也许政治人物暂时忽略了这种恐惧——特别地,当至高无上的权力唾手可得的时候。皇帝轮流做,普京则要把总统与总理位子轮着做,奥巴马还在四处奔波争取再干一届,萨科齐正一一拿中东绊脚石开刀提升自己的国内人气……台湾马英九先生居然与民进党及各党派达成协议,将大选提前至农历2011年岁末。马英九的新施政纲领并没有什么新意,倒是龙应台做上"文化部长"很让国内文学大佬憧憬。当下的政治日益呈现出异象:社会自觉地弥合了意识形态之分,上层建筑无所不用其极地讨好草根、讨好中产阶级、讨好仰仗分肥为生的垄断利益既得者。政治不再一边倒地以树立对面再行清剿手段,而是以更文明甚至矮化自己的手段制造一种委曲,小心地安抚与贴近他的人民。

这样的历史还有政治家么?还有万人膜拜的文学家与诗人么?

现实从来没有像今天这样透明,他不需要历史的解剖。一切功过是非,全民网络时代,大多数的裁决就是正确的裁决。现实几乎没有必要给未来人撰写历史的长考,当下已鉴定完毕。独裁者与政治家并不冲突,我们这一代人就亲历了齐奥塞斯库、萨达姆、卡扎菲被拉下政治家的神坛上直至再拉出去枪毙的重大历史事件。这个事件是如此平庸,以至于我们不关心谁是下一位,而更关心韩寒与老方谁将带领粉丝团在虚拟媒体战与现实的法庭中取得胜利。理想的结局是:韩寒赢得10万元的赔偿;方舟子用输掉的10万元确定自己正式由理科领域进入文科生领域、由老派话语精英过渡到少壮派代言人实现全面通吃的位置。再接着的问题是:方舟子如何在全民网络神兵的历史区间里屹立不倒?见证这个奇迹的时刻恐怕不必等到他身后。

我们这一代人无法观摩世界大战的硝烟,聆听的只是孤独与平庸的历史,偶尔发出几声灵魂的独白,但注定从历史的缝隙中化为滚滚长江东流水分子。我们在狭小的人生空间里目睹了剥削派与被剥削派、自立派与寄生派、革新派与保守派是如何迅速演化为招安派与投降派,社会的一切被中和得索然无味,以至于遍布大街小巷墙壁上悬赏5万至30万的南京持枪抢劫犯通缉令前,鲜有人踌躇徘徊。

也许,未来人看我们的历史,亦如节后开启邮箱,堵塞了大量的邮件和庞杂的文档。我们坐拥更大的储存空间,缺的是个性的签名。

语言植物人

(一)

键盘的发明,对汉字先是考验,再是摧残。

键盘天生为英文而设,26个英语字母键彼此毫不干扰的独居却能穷尽天下所有的英语单词,故人云:西式字母才更适合当代科技演进;汉字的象形、形声、会意组合成更复杂的汉语结字体系,一代又一代人基于以提高输入速度、追赶洋人为使命的汉字输入法果真突飞猛进,从最初的拼音输入到搜狗输入,再到为没拼音基础者而推出的部首、五笔输入法等,汉字的词语连输甚至成句输入,就速度而言都已将洋文远远抛弃了。

在这个眼花缭乱、键盘飞舞的年代,汉字果然成了一堆浮物,一堆简单的记事工具,其形美的功能几乎鲜被提及。而当我们欲面对历史作一次正儿八经地回光返照,比如想亲拟一份书信的时候,我们突然发现,我们的双手连带大脑几乎已经残废了。这不正符合医学上植物人的部分定义么?

正在热播的央视汉字听写大赛,尽管仍脱不了赛前模拟指导、学生狂背辞典的应试俗套,但他们的一笔一画还是让我们感受到上古人们发明的文字,仍有其活用的价值;只要语言的表达不会消失,语言的记载工具——文字就永远有其价值。有意思的是,昨天晚上的半决赛中,我就欣喜地看到了在我们老家一直存有的此前一直以为是方言而无汉字对应的诸如"笆草""薅草"被这些学生一一写出来了。

这只是一场比赛,意义尚谈不上醍醐灌顶。恍然间,自己仿佛是个阴谋论者:当我们拥抱键盘抛弃笔墨甘为"键人"的时候,西人正在窃笑,键盘正以一种钝刀割肉的方式,将我们的思维在中西式键盘间作快乐切换时丢弃了一种曾经的深沉和文明;当那个情真意切的小子拿起毛笔修书一封,末笔那个饱含热度的"吻你"变成"刎你"时,恐吓也是一种罪。

(二)

我是中国人,何必学外文,不学 ABC,照当接班人。

不学ABC,你永远当不了接班人。你也不能通过中考、高考,自然也无法通过四级、六级,也不可能通过研究生考试,遑论将来评定中级、高级职称。语、数、外中高考必考科目,外语大致占用了学生学习阶段三分之一的时间;更甚,英语在中国的渗透已提前至胎教,英语已进入每个中国公民的终身学习计划表!

五年前,我还参加了一个复旦正高职称自主命题外语考试。看着左右那些冥思苦想的老同志们,一种悲哀涌上心头。浑浑噩噩地答题,想像文殊菩萨驾祥瑞俯瞰人间,也在嘀咕那里的人正犯一种奇怪的病,他们绷紧着声带,追逐着一种奇怪的声音,像魔鬼附身反复吟诵着一种与唐诗宋词迥异的英文单词。他们面貌不似嫁接洋人也不去洋国,偶见洋人依然是一百多年前大清官员的"达琳"、"哈罗"、"三克油"、"爱老虎油"。在他们的驾西的那天,追悼会上的致悼词,还有花圈上政要大佬们的敬挽依稀看出这是九州中国——那个国度的人还一度自嘲他们其实说的是哑巴英语。

魔鬼依然附着在这批已经麻木的人身上。又是一个星光灿烂的周末夜晚,大人小孩其乐融融地欣赏一部来自美国好莱坞的原版大片,一个满怀期待、渴望、预留遗产的声音穿透星际,传递给我们的孩子:

能听得懂么?

能全部听得懂么?

不看中文字幕能全部听得懂么?

"屌丝"也要正能量

以一种乐观平视2012,那是一本不忍卒读的书,但毕竟翻到了最后一页;那是一曲最混乱和悲情的大戏,也渐渐到了合帷的时刻;那些对未日论将信将疑或者深信不疑者,又无疑获得了更高的幸福,太阳照样升起,一切的美好将在 2013 站上新的起跑线。

我爱我们的家,我包容我们的企业。身边做企业的朋友邮件告诉我 2012 年的经济萧条、企业主的长吁短叹。这仿佛在提醒员工,对年底的红包不可作更高的期待。这个冬天确实有点冷;但只要我们还活着,还健康着,未来可以重新设计。新年的一月传来的是经济企稳的消息,四年与大好经济形势逆向的股票市场终于在习李新政下露出些许靓色。坚守信念,拥有强大的内心终将是胜利者。进牢狱者有进牢狱的理由,那些不堪周遭苦境,或出走或轻蔑生命者除了塑造亲戚或余悲,他人歌新曲外,还是一个不幸的和谐社会麻烦制造者。

你得承认,我们还没有做好应付媒体信息海量爆发冲击的准备。2012,一切传递给我大脑的都是灰的:政治的,经济的,文化的,社会的。所有的一切让社会上的每个人都瞪着一副无奈的眼睛,这是曾经抗争过、曾经激昂过,但终于回到现实的无助表情。更多的市井平民加入了妄议政治的行业,每个人都愿意回到海德公园讨论中国版的大英宪章,每个人都跃跃欲试摩拳擦掌抵御一夜之间周边冒出的那么多敌人。现实,也许不曾如此灰暗,是人的心灵无法在繁杂的信息面前保持宁静。要问世界其他人对中国人的评价,除了闯红灯、随地吐痰、公共场合喧哗之外,还有"非常爱国"。我也见证了无数次会议,每个人都在操中南海的心,却很少有人来真正关心我们的企业、我们的家庭,还有我们最朴素的权利,比如生育权与计划生育的义务如何对等,隐私的保护,还有异地中考高考政策的落实。我愈发坚信,当一个国家的多数人常把政治挂在口头表述,而忽略他们自身的处境时,这个国家这个国家的人民并不成熟。我们三十多年来的政治进步之一,是政治可渐渐被民间任意评说;我们三十多年来的社会异象,恰是这种政治表述的有限自由度,保留了社会各阶层阐发郁闷分解憋屈的有效管道。他们也许为生计而奔波,他们无法获得政治参与,但却能在心境上乐此不疲,一逞政治口快成为多数人的精神鸦片。

2013年,该是为自己的生活保留快乐的时候了。纵有无数"房叔""表叔"被平民百姓挖出,这一切不会增加我们的福祉,也不会增加我们的快乐,因为下一步可能就会有更多的"房妹"还有无数的艳照门。你做不了叔,孙子也不好担;你甚至成不了各式门的配角;但你们可以信鸟叔,在江南STYLE的怪异步伐和歌声中骑自己的马想象自己的驴。元旦夜里,我着实被大街小巷的歌厅里江南STYLE震撼了。这是一种来得比政治讨论要纯粹得多、实惠得多的新年礼物。

2013新年,《泰囧》也来了。华语片超十亿的票房揭示了当下社会的真实诉求、民意觉醒和政治厌恶。我们谈政治墙头变换的大王旌幡,整个2012年都在谈国事、天下事,但政治从未有过如此空洞,它总在富丽的殿堂口高调走进从后门悄悄溜走,政治从未给我们奖赏,我们有追求快乐的权利,中国人品尝了更多的苦难且要在政治的教导中学会残忍地克制。冯小刚的2012年也特不顺,一个号称筹拍20年的《一九四二》没有得到票房奖赏。玩深沉玩出的票房让我喜欢的冯导在2013年直至以后多长记性:搞艺术,政治不能成为赠品。

来自韩国的鸟叔给我们带来了新鲜,一部事件地点选择他乡却回炉给中国人的《泰囧》还继续让人们在笑声里忘记粗糙的过去。这很好,加上这几天纷纷扬扬的雪,自己更有好心情窝在房间里敲打几个字向真心的朋友表白:只有快乐是最真实的。

2013,一切都在改变,一切都在向好的方面转变。没事别偷着乐,一定要与我分享,让我汲取你的正能量。

图书在版编目(CIP)数据

编辑的微世界/王联合著. —上海:复旦大学出版社,2015.2
ISBN 978-7-309-11061-6

Ⅰ.编… Ⅱ.王… Ⅲ.随笔-作品集-中国-当代 Ⅳ.I267.1

中国版本图书馆 CIP 数据核字(2014)第 245400 号

编辑的微世界
王联合 著
责任编辑/郑越文 陈沛雪

复旦大学出版社有限公司出版发行
上海市国权路 579 号 邮编:200433
网址: fupnet@fudanpress.com http://www.fudanpress.com
门市零售: 86-21-65642857 团体订购: 86-21-65118853
外埠邮购: 86-21-65109143
上海市崇明县裕安印刷厂

开本 890×1240 1/32 印张 9.5 字数 217 千
2015 年 2 月第 1 版第 1 次印刷

ISBN 978-7-309-11061-6/I·870
定价:28.00 元

如有印装质量问题,请向复旦大学出版社有限公司发行部调换。
版权所有 侵权必究